GABRIELLA ENGELMANN

Die Liebe tanzt barfuß am Strand

Roman

KNAUR

Besuchen Sie uns im Internet:
www.knaur.de

Aus Verantwortung für die Umwelt hat sich die Verlagsgruppe
Droemer Knaur zu einer nachhaltigen Buchproduktion verpflichtet.
Der bewusste Umgang mit unseren Ressourcen, der Schutz unseres
Klimas und der Natur gehören zu unseren obersten Unternehmenszielen.
Gemeinsam mit unseren Partnern und Lieferanten setzen wir uns
für eine klimaneutrale Buchproduktion ein, die den Erwerb von
Klimazertifikaten zur Kompensation des CO_2-Ausstoßes einschließt.
Weitere Informationen finden Sie unter: www.klimaneutralerverlag.de

Originalausgabe März 2022
Knaur Taschenbuch
© 2022 Knaur Verlag
Ein Imprint der Verlagsgruppe
Droemer Knaur GmbH & Co. KG, München
Alle Rechte vorbehalten. Das Werk darf – auch teilweise –
nur mit Genehmigung des Verlags wiedergegeben werden.
Redaktion: Birgit Förster
Covergestaltung: ZERO Werbeagentur, München
Coverabbildung: Collage unter Verwendung von
adehoidar, Dmitr1ch und aesah kongsue / Shutterstock.com
Illustration im Innenteil: adehoidar / Shutterstock.com
Satz: Daniela Schulz
Druck und Bindung: GGP Media GmbH, Pößneck
ISBN 978-3-426-52621-7

2 4 5 3 1

Es war einmal eine kleine Stadt am Meer.
Ihr Kirchspiel trotzte tapfer der großen Sturmflut von 1634 und blieb wie durch ein Wunder unversehrt, genau wie die Bewohner.
Der benachbarten Stadt, größer an Fläche und Zahl der Einwohner, spielte das Schicksal jedoch übel mit.
Viele Menschen fanden den Tod, die Kirche wurde bis auf die Grundmauern zerstört.
So manch einer munkelte, Gott hätte diesen Ort für immer verlassen.
Nach jener Katastrophe entbrannte eine Fehde zwischen den einst befreundeten Orten und bedrohte eine große Liebe, deren zarte Bande am Marktplatz der kleinen Stadt geknüpft wurden.

Die Legende besagt, dass die jahrtausendealte Feindschaft erst endet, wenn die Seelen der beiden Liebenden ewige Ruhe gefunden haben.
Dann wird endlich Friede sein zwischen Lütteby und Grotersum, und Liebespaare aus beiden Ortschaften können wieder glücklich zusammenfinden.

- PROLOG -

Der Ausblick vom Kirchturm auf einen kleinen, magischen Ort irgendwo in der Nähe der Nordsee ist so ziemlich der schönste, den ich kenne.

Dieser Turm ist allerdings nicht für jeden zugänglich.

Auf seine Plattform dürfen eigentlich nur meine beste Freundin, Pastorin Sinje Meyer, der Mann, der das Glockenspiel wartet – und freche Möwen. Doch heute brauche ich dringend einen Perspektivwechsel und Ruhe zum Nachdenken, deshalb bin ich ausnahmsweise zu Gast auf diesem Logenplatz.

»So, ich lass dich jetzt allein«, sagt Sinje, nachdem wir beide zahllose Treppenstufen erklommen und eine ganze Weile Seite an Seite in den blitzblauen Himmel geschaut haben.

Mit den Worten »Komm einfach wieder runter, wenn du so weit bist, und schließ dann hinter dir ab, ja?« reicht sie mir den Schlüssel, drückt mich und sagt: »Alles wird wieder gut, du musst nur fest daran glauben. Und egal, was auch passiert, du bist nicht allein. Aber das weißt du ja.«

Kaum ist Sinje gegangen, verliere ich mich im Ausblick auf einen Ort, an dem sich immer wieder Wunder ereignen – sofern man offen für sie ist und auch selbst etwas dafür tut, dass solche Wunder geschehen können.

Schaut man von der umlaufenden Galerie auf den Platz inmitten unseres Städtchens hinab, den wir den kleinen Marktplatz am Meer nennen, wird einem warm vor Glück und Freude.

Er ist kugelrund wie die Sonne und das Herzstück von Lütteby, einer winzigen Stadt mit 3365 Einwohnern, die sich durch Eingemeindung offiziell »Kleinstadt« nennen darf.

Hier begrüßen wir einander freundlich, tauschen Neuigkeiten oder Geschenke aus und schimpfen auch mal wie ein Rohrspatz, wenn es etwas zu schimpfen gibt.

Der Marktplatz wird umsäumt von hübschen, teils windschiefen Giebelhäuschen, einige von ihnen hellgelb getüncht, andere blassrosa, weiß oder hellblau.

Im Winter, wenn der Schnee auf den Dächern liegt wie Schlagsahne auf der Friesentorte, ähnelt dieser Anblick einem Adventskalender. Im Sommer schützen bunte Markisen und Schirme die Auslagen der Lädchen, des französischen Cafés und des italienischen Restaurants vor der prallen Sonne.

An diesem zauberhaften Ort kaufen wir duftende Blumen, knackfrisches Baguette, aromatisches Obst und Gemüse, trinken köstlichen Kaffee, plaudern mit dem Fischverkäufer über den *catch of the day* und probieren am Käsestand neue Köstlichkeiten.

Verliebte treffen sich zu einem Rendezvous auf der Bank. Menschen, die sich spinnefeind sind und einander nicht begegnen wollen, verstecken sich hinter der Tageszeitung oder einem aufgespannten Regenschirm.

Wie kann ich *ihm* nach all dem, was geschehen ist, überhaupt noch begegnen?, frage ich mich, während ich grüblerisch in den tiefblauen Himmel schaue. Wie soll ich mich jemandem gegenüber verhalten, der alles verraten hat, was mir lieb und teuer ist?

Der mir so wehgetan hat, dass ich kaum noch atmen kann.

Bevor ich jedoch eine Entscheidung treffe, die weitreichende Konsequenzen hat, lasse ich die vergangenen Wochen Revue passieren wie einen Film, von dem ich nicht weiß, ob er ein Happy End haben wird, auch wenn ich es mir so sehr wünsche …

»Soll ich deinen armen, kranken Chef mit einem meiner Wundertees heilen?« Die Augen meiner Großmutter Henrikje funkeln abenteuerlustig, als wir nach Geschäftsschluss gemeinsam alles ins Innere ihres Lädchens am Marktplatz räumen, was auf dem Kopfsteinpflaster steht: den Postkartenaufsteller, ein Regal voller Plüschtiere, den Ständer mit Keramikbechern sowie einen geflochtenen Korb, in dem Regenschirme, Windräder mit Flügeln aus buntem Sperrholz und Fackeln stecken.

»Nette Idee«, sage ich schmunzelnd. »Aber lass mal lieber erst die Ärzte ihren Job machen und Thorstens gebrochenes Bein behandeln. Danach kannst du den Genesungsprozess immer noch mit Räucherritualen und Aromasalben unterstützen.«

»Schade, ich hätte so gern mal wieder ein bisschen mit meinem Kräuterwissen geglänzt und mit weißer Magie experimentiert«, erwidert Henrikje enttäuscht. »Aber was soll's, vielleicht versuche ich stattdessen lieber, Thorstens Krankheitsvertretung in der Touristeninformation wegzuzaubern. Ich bin nämlich der Ansicht, du könntest die Zeit, in der Thorsten ausfällt, auch ohne zusätzliche Hilfe bewältigen, so gut, wie du deinen Job machst, Lina Lieblingsenkelin Hansen.«

»Danke für das Kompliment, Henrikje Lieblingsoma Hansen«, erwidere ich gerührt. »Darf ich dich daran erinnern, dass du nur die eine hast?! So, jetzt aber Schluss mit dem Job-Thema. Lass uns lieber mit den anderen was Nettes trinken und ein bisschen über den heutigen Tag plaudern. Habe ich dir eigentlich schon mal gesagt, wie sehr ich es liebe, wenn wir uns alle treffen?«

»Nur ungefähr zweitausendeinhundertneunzig Mal, seit du wieder aus Hamburg zurück bist«, entgegnet Henrikje augenzwinkernd. »Also beinahe täglich seit sechs Jahren.«

»Wie gut, dass du so super rechnen kannst«, erwidere ich schmunzelnd und erspähe durch die Fensterscheibe die ersten Ladenbesitzer, die sich an einem der beiden hohen Bistrotische versammeln. Die Tische sind, je nach Saison, mit Vasen voll duftender Blumen oder blühender Zweige dekoriert und stammen allesamt aus Violettas *Blumenladen am Markt*. Wer nicht stehen möchte, setzt sich auf die aus Eisen gedrechselte Bank vor dem Lädchen mit den farbenfrohen Kissen, selbst genäht von Henrikje.

»Eis oder Kaffee?«, fragt Amelie Bernard, als Henrikje und ich alles weggeräumt haben. Die Französin arbeitet in dem Café zwei Häuser neben dem Lädchen und sorgt bei den Treffen am Markt üblicherweise für unser leibliches Wohl. »Oder 'ättest du lieber selbst gemachte Limonade?« Ich schüttle den Kopf und bitte um Schokoeis, denn heute brauche ich es süß und cremig.

»Freust du dich auf deinen neuen Chef?«, fragt der soeben eingetroffene Ahmet Coskun aus Ankara, Besitzer des Lotto-Kiosks. Der Kiosk ist im Erdgeschoss des übernächsten Hauses untergebracht, links vom Lädchen. Dort kaufen die Bewohner Lüttebys Mode- und Wohnzeitschriften, Rätselhefte und die Lokalzeitung *Unser kleiner Marktplatz*.

Und schon biegt noch jemand um die Ecke, sichtlich abgehetzt. »Wie ich hörte, bekommst du einen neuen Vorgesetzten. Was ist denn mit Thorsten? Geht er etwa endlich in Rente?«, fragt Sinje schwer atmend. »Und wieso erfahre ich das nicht direkt von dir, sondern nur, weil die Möwen es von den Dächern kreischen? Sorry übrigens, dass ich so schnaufe, aber ich habe es nur mit Müh und Not geschafft, mich von der Besprechung mit dem Vikar loszueisen, und bin gerannt. Puh, ich muss unbedingt wieder trainieren, damit ich ins Brautkleid passe. Was für eine elende Schinderei.«

Für gewöhnlich ist Sinje – neben Henrikje – eine der Ersten, denen ich Neuigkeiten anvertraue, doch heute war in der Touristeninformation ungewöhnlich viel zu tun.

»Ich hatte leider noch keine Zeit, mich bei dir zu melden«,

erwidere ich. »Thorsten ist für eine Weile krankgeschrieben, aber keine Sorge, es ist zum Glück nichts Schlimmes. Er ist sicher bald wieder zurück im Büro.«

Ich bekomme sofort wieder Gänsehaut, wenn ich an die Nachricht denke, die mir am Sonntag einen ganz schönen Schrecken eingejagt hat. »Moin, Lina«, tönte es mit gepresster Stimme, die ganz nach Thorstens Frau Irmel klang, durchs Handy. »Thorsten is' vom Baum gefallen und wird jetzt im Krankenhaus zusammengeflickt. Kann 'ne Weile dauern, bis er wieder fit ist. Am Mittwoch kommt jemand aus der Stadt, der ihn vertritt, soll ich dir bestellen.«

Ich wollte wissen, ob er lieber Erdbeerkuchen möchte oder Zimtschnecken, wenn ich ihm einen Krankenbesuch abstatte.

Und natürlich, was da genau passiert war.

Doch die Leitung war tot, ehe ich Fragen stellen konnte.

Für eine wie Irmel waren das schon ziemlich viele Worte.

»Wer hat dir denn die Neuigkeit aus unserem Büro gesteckt, Ahmet?«, frage ich, stets erstaunt über die Geschwindigkeit, in der sich alles in Lütteby verbreitet. Begriffe wie »Lauffeuer« und »Windeseile« sind geradezu lahm gegen unsere »Stille Kleinstadt-Post«.

Ahmet schmunzelt. »Ich weiß es, weil ein gewisser Jonas Carstensen eine Ferienwohnung bei meinem Schwager gemietet hat. Er wird für die Dauer der Zeit hier wohnen, in der er Thorsten im Bereich Touristeninformation und Stadtmarketing vertritt, wie er sagte, als Cem ihn nach dem Grund für seinen Aufenthalt gefragt hat«, erklärt der Kioskbesitzer.

»Wo hat er denn vorher gearbeitet?«, fragt Sinje zu mir gewandt. Auch sie will immer alles ganz genau wissen. Vor allem, wenn es um die Schäfchen in ihrer Gemeinde geht.

Ich erwidere: »Jonas Carstensen war bis zum Wintersemester letzten Jahres an der Hochschule in Luzern als Dozent für den

Fachbereich Business Administration Tourism tätig, viel mehr weiß ich leider auch nicht.«

Ahmet ist offenbar genauso begierig, möglichst viel über *den Neuen* zu erfahren, wie Violetta Enzmann aus dem Blumenladen, Apotheker Kai Bredow und Michaela Pohl aus dem *Modestübchen*. Die Luft vibriert förmlich vor Spannung, weil in Lütteby nur selten etwas wirklich Aufregendes geschieht. Einzige Ausnahme: die durchtriebenen Ränkespiele des Bürgermeisters, Liebschaften, Geburten und Trennungen. Und natürlich das Auftauchen von Neuankömmlingen, über die jeder hier am liebsten alles sofort und bis ins kleinste Detail wissen möchte, weshalb auch ich natürlich sofort gegoogelt habe.

Laut Bewertungen im Netz durch Studenten scheint mein künftiger Vorgesetzter äußerst kompetent zu sein, aber auch ein tougher, strenger Lehrer.

Insbesondere jemand namens *Cinderella* lässt kein gutes Haar an ihm und ätzt, man könne nichts von Carstensen lernen, weil er inkompetent, selbstverliebt und arrogant sei.

Doch sollte man anonymen Bewertungen Glauben schenken? Wohl besser nicht.

»Was will so einer denn bei uns? Ist es hier für ihn nicht ein bisschen zu … provinziell …?«, fragt Kai.

Unser Apotheker hat mal wieder vergessen, den weißen Kittel auszuziehen, der über seinem wohlgerundeten Bauch spannt. Kais Gesicht ist ebenfalls rund, und er hat fast immer eine rote Nase. Hoffentlich misst er regelmäßig seinen Blutdruck.

»Schaffst du die zwei bis drei Wochen in der Touristeninformation denn nicht zusammen mit Rantje?«

Das habe ich mich allerdings auch schon gefragt, denn es ist ziemlich viel Aufwand, jemanden einzuarbeiten, der nicht mit den Besonderheiten dieses Ortes vertraut ist. Und es gibt meinerseits auch ein kleines Hindernis. »Das ginge nur, wenn ich Henrikje in dieser Zeit nicht im Laden helfen würde«, erwidere ich, und Kai wiegt den Kopf hin und her – seine spezielle Art zu zeigen, dass er darüber nachdenkt, was der andere gerade gesagt hat.

»Ich würde dir natürlich freigeben, Liebes«, mischt sich meine Großmutter ins Gespräch, »aber dann müsstest du sechs Tage die Woche die Urlauber betreuen und parallel den Trachtentanzwettbewerb organisieren, wie mir gerade eben eingefallen ist. Das ist zwar machbar, aber auch ganz schön viel Arbeit, also ist es vielleicht doch ganz gut, wenn ihr Ersatz für Thorsten bekommt. Außerdem schadet ein bisschen frischer Wind im Gäste-Service ja auch nicht, oder? Wie heißt es doch so schön? Neue Besen kehren gut – oder zumindest anders. Wer weiß, was man da so alles lernen kann.«

»Diesen Satz würde ich niemals einfach so unterschreiben, es sei denn, ich habe besagten Besen zuvor getestet«, gebe ich zurück. Seltsam zu wissen, dass ab Mittwoch ein Fremder im Büro auftauchen und mir vermutlich Vorschriften machen wird. Aber das lässt sich jetzt nicht mehr ändern, also zerbreche ich mir vorher besser nicht den Kopf. Es kommt ohnehin, wie es kommen soll.

»Ist er womöglich arbeitslos, hat eine Familie zu ernähren und muss nun nehmen, was er kriegen kann?«, mutmaßt Michaela aus dem *Modestübchen*, das neben dem gängigen Sortiment auch große Größen führt. Wenn man ein Kleid oder eine Hose bei ihr kauft, kommt man nicht nur mit einer Einkaufstüte nach Hause, sondern mit einem Haufen an Informationen, die man vielleicht gar nicht haben wollte.

»Sieht er gut aus?«, fragt Violetta, nestelt an der Deko herum und hat ihre Frage im selben Moment schon wieder vergessen, weil sie mit den Blumen beschäftigt ist. »Kann es sein, dass du die Stängel gestern nicht angeschnitten hast?«, fragt sie und wirft Henrikje einen vorwurfsvollen Blick zu. »An warmen Tagen verwelken die Blumen schnell, wenn du ihnen keine Aufmerksamkeit und Liebe schenkst.«

Violettas Tadel steht in völligem Kontrast zum lieblichen Trällern der Vögel in den hohen Kastanien und dem sanften Plätschern des Wassers im Brunnen, umgeben von einem Rundbeet und Holzbänken. Violettas zehnjährige Tochter Mathilda macht große Kulleraugen, es passiert schließlich nicht häufig, dass Erwachsene in ihrer Gegenwart »Schimpfe« bekommen.

»Tut mir leid, ich hab's vergessen«, murmelt Henrikje schuldbewusst und trinkt das Glas Ingwerlimonade aus.

Mathilda grinst und zeigt dabei eine Zahnreihe mit einer Lücke. Offenbar hatte sie gerade Besuch von der Zahnfee. »In letzter Zeit passiert mir das leider öfter, weil mein Kopf so voll ist. Aber schön, dass du so ein Händchen für Blüten hast, Vio. Ich finde, dass der Marktplatz seit der Aussaat von Wildblumensamen in den Beeten um den Brunnen sehr gewonnen hat. Diese Mischung aus Kornblumen, Klatschmohn und Zwergstorchschnabel ist wirklich wundervoll. Wobei das Wort ›Zwergstorchschnabel‹ ein ziemlicher Zungenbrecher ist.«

Mathilda nimmt Henrikjes Hand und fragt besorgt: »Hast du Kopfweh? Das ist doof, das hab ich auch manchmal.«

»Keine Sorge, Matti, bei Henrikje ist alles in Ordnung«, entgegnet Violetta ungerührt. Zu ihr gewandt, sagt sie: »Lenk nicht ab, denn ich falle nicht mehr auf deine taktischen Manöver herein. Gib den Blumen einfach jeden Morgen frisches Wasser, bevor du den Laden öffnest, und schneide die Stängel an, dann hast du das aus dem Kopf. Oder möchtest du die Deko lieber drüben in Grotersum kaufen und ein Vermögen dafür ausgeben?«

»Möchtest du die Kräuter für deine speziellen Teemischungen lieber selbst im Wald pflücken?«, pflaumt Henrikje zurück.

Mathilda hält sich beide Ohren zu und verzieht gequält ihr süßes Gesichtchen.

»Schluss jetzt, ihr beiden, ihr macht Matti Angst. Wenn man euch so reden hört, könnte man meinen, ihr mögt einander nicht«, mischt Sinje sich in die Zankerei zwischen Henrikje und der Mitte vierzigjährigen Floristin. »Dabei liebt ihr euch doch heiß und innig. Sollte ich mich allerdings irren, und das ist nicht mehr der Fall, kommt gern zu mir ins Pastorat, dann nehme ich euch beide mal gehörig ins Gebet. Ich dulde in meiner Gemeinde keine Missstimmung.«

»Alles gut, wir flachsen nur«, sagt Violetta und streichelt ihrer Tochter beruhigend über die schwedischblonden Korkenzieherlocken. Für eine Frau ist sie äußerst groß und hat ebenso große Füße, was es nicht leicht für sie macht, nach dem Tod von Mattis Vater einen Mann zu finden, dem sie nicht auf den Kopf spucken kann. »Also, Lina, zurück zu deinem neuen Chef: Wie sieht er aus? Ähnelt er irgendeinem Schauspieler?«

Diese Frage bringt mich ins Schleudern. Es ist mir vollkommen egal, wem dieser Mann womöglich ähnlich sieht, denn er ist bald mein Vorgesetzter.

»Eine Mischung aus Alexander Skarsgard und Gabriel Macht aus der Serie *Suits*«, sage ich nach einer Weile des Grübelns, weil ich weiß, dass Violetta sonst nicht lockerlässt. »Am besten googelst du ihn selbst.«

»Meghan Markle finde ich sooooooo toll«, schwärmt Mathilda. »Sie ist wunderschön und eine echte Prinzessin. Ich möchte auch mal eine Prinzessin werden oder Anwältin, wie in der Serie, oder eine Meerjungfrau.«

»Der Typ klingt super, hoffentlich ist er Single«, erwidert Violetta vergnügt, nachdem sie ihr Handy mit der Blumenhülle gezückt hat. Doch dann runzelt sie die Stirn. »Aber wieso kennst du die Serie *Suits*, Matti? Schaust du heimlich Netflix? Darüber reden wir aber nachher noch, mein Fräulein. Ich fass es nicht.«

Amelie, bislang sehr still, schaut ebenfalls auf Violettas Display, Kai rollt mit den Augen, Ahmet träumt mal wieder vor sich hin. Auch Sinje wirft einen kurzen Blick aufs Handy. »Nischt schlescht«, sagt Amelie schließlich und schnalzt mit der Zunge.

»Glaubst du, er ist über eins neunzig?«, fragt Violetta hoffnungsvoll. »Oder womöglich noch größer? Ich finde, er sieht aus wie ein Basketballer. Ich hätte so gern mal wieder ein Date, aber hier in Lütteby laufen ja keine anständigen Männer mehr frei herum.«

»Ach du je, wenn man euch so reden hört, könnte man meinen, ihr seid alle mannstoll«, sagt Henrikje seufzend. »Es gibt doch weitaus Wichtigeres im Leben, findet ihr nicht?«

»Das stimmt, und zwar Freundinnen-Plaudereien am Meer«, sagt Sinje und hakt sich bei mir ein. »Wollen wir nachher an den Strand, Lina? Ich habe heute keine Termine mehr, und Gunnar spielt mit seinen Kumpels Fußball.«

Mittlerweile ist es Zeit fürs Essen und Zeit, sich daheim mit den Liebsten darüber zu unterhalten, was einem gerade auf der Seele lastet oder am Herzen liegt. Die Markisen sind eingerollt, die Sonnenschirme zugeklappt, die Außendekoration in die Läden geräumt, das *Geschlossen*-Schild an die Tür gehängt. Nach und nach wird es still und leer auf dem kleinen Marktplatz, von dem die Straßen strahlenförmig abgehen.

»Sehr gern«, stimme ich begeistert zu, denn ich liebe die Abendstimmung am Meer. Der Tag klingt allmählich aus, es ist wunderbar ruhig, und es liegt eine ganz besondere Atmosphäre in der Luft. Beinahe wie ein Digestif nach einem besonders köstlichen Essen.

»Fein, dann packe ich uns was zum Picknicken ein«, sagt Sinje. »Wir treffen uns in zwanzig Minuten am Brunnen.«

VOM *Glück* EINER GLÜCKLICHEN *Kindheit*

*Um ein Kind großzuziehen,
braucht es ein ganzes Dorf –
oder eine zauberhafte
Kleinstadt wie Lütteby*

- 1 -

»Habt einen schönen Abend, ihr zwei, und ganz viel Spaß«, sagt Henrikje, nachdem wir gemeinsam ins Haus gegangen sind.

Sie selbst bewohnt das Erdgeschoss und den ersten Stock über dem Lädchen, ich den zweiten, direkt unter dem Giebeldach des hellblau getünchten Häuschens aus dem Jahre achtzehnhundertfünfzig.

»Solltest du noch wach sein, wenn ich heimkomme, könnten wir zusammen einen Schlummertee trinken«, schlage ich vor, während wir beide auf dem Treppenabsatz stehen, wo es nach jahrhundertealten Geschichten, Kräutern und warmem Holz duftet.

»Lass nur, das machen wir ein andermal«, winkt Henrikje ab. »Bleibt lieber so lange draußen, wie ihr könnt, und genießt die laue Frühsommernacht. Wer weiß, ob es die nächsten Tage auch so schön bleibt. Also, Liebes, ich sag dann schon mal Tschüss, bis morgen. Amüsier dich.«

Mit diesen Worten verschwindet sie in ihrer urgemütlichen Wohnung, die schwere Tür aus Eichenholz fällt ins Schloss.

Auf dem Weg nach oben knarzen und ächzen die Stufen unter mir.

Ich liebe dieses Geräusch, denn es erinnert mich daran, wie Oma sich von jeher auf kleinen Füßen, jedoch energischen Schrittes durch das alte Haus bewegt. Henrikje ist auch mit vierundsiebzig Jahren bewundernswert fit und agil, ein Vorbild für mich, seit ich denken kann. Und alles, was mir an Familie geblieben ist …

Nachdem ich die Tür zu meiner Wohnung geöffnet habe, halte ich einen Moment inne.

Früher waren die fünfzig Quadratmeter der Dachboden, und so, wie Dachböden meist sind: vollgerümpelt, ein bisschen muffig, im Sommer brütend heiß, doch auch geheimnisvoll und magisch. Als Kind habe ich kaum etwas mehr geliebt, als mit Sinje und anderen Freundinnen inmitten antiken Trödels, Spiegeln, Bildern und allerlei Krimskrams Verstecken zu spielen oder mich zu verkleiden.

In Henrikjes alter Schiffstruhe befanden sich Kostüme und sogar ein Ballkleid, nämlich das meiner Mutter. Natürlich alles viel zu groß, doch das war mir egal, es zählte allein der Spaß an der Kostümierung – auch wenn das Ballkleid mich stets schmerzlich an den Verlust meiner Mutter erinnert.

Wehmütig versunken in Gedanken an frühere Zeiten sage ich: »Hallo Mama«, und nehme ein Foto zur Hand, das auf der selbst gefertigten Wandleiste aus Treibholz im Flur steht.

Das Bild zeigt meine Mutter Florence, die einen französischen Vornamen hat, weil ihr Vater (in den Henrikje sich damals verliebt hatte) Franzose war. Die gerahmte Aufnahme ist eine der wenigen, die von uns beiden existieren. Ich bin darauf etwa eine Woche alt, immer noch ein wenig zerknautscht, aber zufrieden lächelnd. Diese Freude verließ mich jedoch einige Wochen später, als meine Mutter mir nichts, dir nichts spurlos verschwand und bis heute nicht wieder aufgetaucht ist. Es gibt Zeiten, in denen ich es immer noch nicht fassen kann, und dann wiederum solche, in denen dieses Gefühl des Verlassenseins so selbstverständlich für mich ist wie meine Tasse Guten-Morgen-Tee.

Als ich alt genug war, um Fragen zu stellen und zu realisieren, dass ich – im Gegensatz zu meinen Freundinnen – nicht in einer klassischen Mutter-Vater-Kind-Familie aufwuchs, war es mir zunächst schier unmöglich zu verstehen, wieso meine Situation völlig anders war als in meiner nahen Umgebung. Wenn Freundinnen sich darüber beklagten, dass ihre Mütter viel zu besorgt um sie waren, ihre Väter womöglich zu streng und ihre Geschwister nervig, beneidete ich sie glühend um diese »Probleme«. Wie gern wäre ich Seite an Seite mit meinem Vater durch den Gespensterwald von Lütteby gestreift oder hätte meiner Mutter von meinen Erlebnissen, Ängsten und Träumen erzählt. Von den Schwierigkeiten in Mathematik, dem ersten Streit mit Sinje und der Schwärmerei für einen Jungen.

Ich rechne es Henrikje hoch an, dass sie mich so liebevoll und behutsam durch diese Zeit geleitet und mir immer das Gefühl gegeben hat, dennoch nichts an Geborgenheit, Rückhalt und Unterstützung missen zu müssen.

Irgendwann habe ich eine Art Scheinfrieden mit mir geschlossen, der bis heute darin besteht, die Dinge so zu akzeptieren, wie sie sind, und dennoch auf meine Art Kontakt zu meiner Mutter zu halten. »Ich hatte heute einen guten, ereignisreichen Tag«, erzähle ich Florence, so wie ich es beinahe immer mache, um in Verbindung mit ihr zu bleiben, auch wenn ich nur mit ihrem Foto spreche. Es ist schließlich schwierig, die gefühlsmäßige Bindung an jemanden lebendig zu halten, den man nicht kennt und von dem man zuweilen glaubt, er hätte niemals wirklich existiert.

Da ist die Sache mit meinem Vater fast schon ein bisschen einfacher. Keiner weiß, wer er war, und ich bin mit dem Gefühl aufgewachsen, dass es ihn nie gegeben hat. Ich habe es schon seit Langem aufgegeben, Henrikje weitere Fragen zu stellen, denn ich bekomme ohnehin keine Antwort – weil sie selbst zu ihrem großen Kummer keine hat. Aber vielleicht ist das auch ganz gut so. Wer weiß schon, was ich erfahren würde, das ich besser gar nicht wissen sollte. »Ich bekomme wegen Thorstens Unfall vorübergehend einen neuen Chef, und alle sind schon ganz aufgeregt deshalb, ich natürlich auch. Aber ich lasse mich überraschen und fahre gleich mit Sinje ans Meer, habe also leider keine Zeit, lange zu plaudern. Bis später.« Ich küsse meine Fingerspitze und drücke den Finger auf Mamas Wange. Wo auch immer sie ist, ich hoffe, sie kann diesen Tochterkuss spüren.

Dann gehe ich in die winzige Küche mit den schweren Dachbalken, die ich gemeinsam mit Sinje weiß lasiert habe, trinke ein Glas Wasser und schaue aus dem Fenster auf den Marktplatz, voller Vorfreude auf die Verabredung am Meer.

Dieses Meer schwappt natürlich nicht bei Flut über die Treppenstufen unseres Giebelhäuschens, und man kann auch nicht von hier mit dem Kutter zum Krabbenfischen rausfahren. Aber es ist tatsächlich nur eine zehnminütige Autofahrt, fünf Minuten mit dem Fahrrad quer über die Felder, zwanzig Minuten Fußweg mit einem schwer beladenen Bollerwagen oder eine Dreiviertelstunde entfernt, wenn man verliebt in Richtung Deich schlendert und sich bei der Überquerung des Koogs andauernd küsst.

Doch jetzt bloß nicht über die leidigen Themen Liebe und Einsamkeit nachdenken, sondern ab ins Schlafzimmer zum Umziehen. »Ich habe schon lange niemanden mehr geküsst«, murmle ich, während ich in eine Jeans, ein T-Shirt und einen Hoodie schlüpfe. Das Kleid von heute Morgen landet inmitten meiner zahllosen Kissen auf dem Bett. »Und ich weiß wahrscheinlich auch gar nicht mehr, wie das geht.« Den letzten Teil des Satzes sage ich zu dem Bild, das der ovale Spiegel meines antiken Schminktisches zeigt, der meiner Mutter gehört hat und bis vor Kurzem ein Geheimnis in sich barg, wie ich neulich zu meiner großen Überraschung festgestellt habe.

Oje, ich muss mir diese Selbstgespräche dringend abgewöhnen, dazu bin ich mit fünfunddreißig eindeutig zu jung.

Offensichtlich wohne ich schon viel zu lange hier oben unterm Dach von Henrikjes Haus, nicht gerade passend für eine Frau meines Alters. Doch es war praktisch, nach der Rückkehr aus Hamburg und dem Abbruch meiner Laufbahn als Grundschullehrerin wieder hier einzuziehen, nachdem Henrikje sich entschieden hatte, den Dachboden zu einer Wohnung umbauen zu lassen. Außerdem glaube ich, dass es ihr guttut, nicht mehr allein leben zu müssen. Schließlich hat sie mich nach Mamas Verschwinden großgezogen, und wir bilden seitdem eine innige Einheit – nicht nur in der gemeinsamen Trauer über die Abwesenheit von Florence.

Versonnen nehme ich die Aufzeichnungen meiner Mutter zur Hand, die in einer Art Geheimfach des Schminktisches versteckt waren, und überfliege sie zum wiederholten Male, als sei in ihnen eine versteckte Botschaft enthalten, die entdeckt und entschlüsselt werden will. *Ich wäre dann jetzt bereit, abgeholt zu werden und ans Meer zu fahren,* steht dort in großer, schwungvoller Handschrift, die leicht nach rechts geneigt ist. Grafologen sprechen Menschen, die so schreiben, Großzügigkeit, Kontaktfreude und Impulsivität zu. Hat das plötzliche Verschwinden von Florence mit dieser Impulsivität zu tun? Wann immer ich mir Fragen dieser Art stelle, keimt auch Wut in mir auf: Wenn es eine ganz bewusste Entscheidung war, mich zu verlassen, ist es das Schlimmste, was eine Mutter ihrem Kind antun kann, und damit schier unvorstellbar.

Vielleicht ist ihr aber auch etwas Schreckliches zugestoßen, und ich klammere mich umsonst an die Hoffnung, sie könnte eines Tages wieder auftauchen und mich in ihre Arme schließen? Werde ich jemals die Antwort auf meine zahllosen, quälenden Fragen bekommen?

Ich glaube nicht mehr recht daran …

- 2 -

»Da bist du ja«, sagt Sinje fröhlich, als ich mit fünfminütiger Verspätung am Brunnen ankomme. »Kann's losgehen?«

Das Wetter ist frühsommerlich warm, und die Luft duftet nach Flieder, als wir mit den Rädern in Richtung Meer fahren. Kurze Zeit später haben wir unser Ziel – einen der beiden entgegengesetzt liegenden Sandstrandabschnitte von Lütteby – erreicht.

»Also, was weißt du wirklich über diesen Jonas Carstensen? Du hast ihn doch bestimmt schon mehrfach gegoogelt, seit du erfahren hast, dass er Thorsten vertritt«, sagt Sinje, während wir in trauter Eintracht das Essen, Kissen, eine Decke und Windlichter am Rande des Wassersaums drapieren.

Kaum jemand kennt mich so gut und lange wie Sinje Ella Meyer und umgekehrt. Unsere Bettchen standen nach der Geburt nebeneinander im hiesigen Kreiskrankenhaus, und seitdem sind nur wenige Tage vergangen, an denen wir uns nicht gesehen haben, bis auf unsere Studienzeiten. Sie ist einer der einfühlsamsten Menschen, die ich kenne, und in Momenten von Kummer und Trauer eine zuverlässige Stütze. Doch sie braust leider schnell auf und kann dann ganz schön viel Wirbel verursachen. In solchen Momenten nenne ich sie Brausella. Wahrscheinlich hat sie als Kind zu viel Brausepulver genascht, anders kann ich mir dieses überschäumende Temperament nicht erklären.

»Carstensen ist, wie du vorhin auf Violettas Handy gesehen hast, groß, schlank und hat dunkelblonde Haare. Außerdem Mund, Nase und Ohren«, erwidere ich auf Sinjes Frage.

Schluss mit den unwichtigen Äußerlichkeiten.

Mich interessiert viel mehr das spontane Gefühl, das ich habe, wenn jemand den Raum betritt. Ob er durchtrainiert ist, schlank oder rundlich, sagt doch nur wenig über seinen Charakter aus. Henrikje meint, ich reagiere auf die Aura der Menschen, ich nenne das eher Intuition.

»Ihm fehlen aber demnach Augen im Kopf, das ist ja doof«, sagt Sinje und verzieht den ohnehin schon unfassbar großen Mund zu einem breiten Lächeln. Ihre strohblonden Haare trägt sie heute zu einem Pferdeschwanz, die Augen blitzen hellblau aus dem ebenmäßigen Gesicht. Sie wäre geradezu ekelhaft perfekt, hätte sie nicht leicht abstehende Ohren und ein kleines Muttermal auf der rechten Wange, welches sie überschminkt.

»Augen, wieso Augen?«, frage ich verwirrt. Einen Moment lang stehe ich auf dem Schlauch, doch dann fällt der Groschen, und wir prusten beide wie auf Kommando los.

Sinje zückt ihr Handy, offensichtlich googelt sie Carstensen, um ihn sich noch genauer anzuschauen. »Ich würde sagen, er ist echt heiß und mit siebenunddreißig im besten Alter«, sagt sie schließlich, steckt das Smartphone wieder in die Tasche und lässt dann den Korken des Proseccos knallen. »Ich wünschte, ich könnte von Gunnar sagen, dass er immer noch so gut aussieht wie bei unserem Abiball.«

Sinjes Freund ist, wie schon Generationen seiner Familie zuvor, in Lütteby für alles zuständig, was im weitesten Sinne mit Wasser zu tun hat, und Mitglied bei der freiwilligen Feuerwehr. Er liebt es, »Wasser marsch!« zu rufen. Allerdings sagt er noch lieber: »Bier marsch!«, was Sinje manchmal nervt.

»Wir verändern uns doch alle im Lauf der Zeit und sehen beide nicht mehr aus wie vor siebzehn Jahren. Zum Glück, denn wir hatten damals megapeinliche Frisuren, und das Outfit würde heute jedem Designer Tränen in die Augen treiben«, sage ich, um Sinje zu trösten, aber auch, um Gunnar in Schutz zu nehmen. Dann fasse ich mir in die wirren Haare. »Meinst du, es liegt an der damaligen Blondfärbung, dass die Dinger da oben strohig geworden sind, egal, wie häufig ich Kurspülungen benutze?«

»Gesund war das auf alle Fälle nicht«, stimmt Sinje mir zu und mustert mich. »Ich finde, dass dir der natürliche, warme Rotton viel, viel besser steht. Deine Sommersprossen vermehren sich zurzeit rasant, vor allem auf der Nase und deinem Dekolleté, aber ich finde das toll. Du erinnerst mich immer mehr an eine irische Elfe.«

»An eine pummelige, irische Elfe«, knurre ich unwirsch, beiße aber trotzdem genüsslich in das Panino mit Tomate, Mozzarella und frischem Basilikum. Dabei läuft mir ein wenig von Sinjes selbst gemachtem Pesto am Kinn herunter.

Gut, dass wir Servietten dabeihaben.

»Das Wort ›pummelig‹ habe ich überhört, denn das ist totaler Quatsch, aber das weißt du ja selbst«, erwidert Sinje und tippt sich an die Stirn. »Wenn hier eine von uns ein paar Pfunde leichter werden sollte, dann ich. Bis zur ersten Anprobe des Brautkleids muss ich mindestens drei Kilo abspecken, andernfalls bin ich gezwungen, das Outfit bei Michaela zu kaufen oder es maßschneidern zu lassen.«

»Du hast definitiv einen an der Waffel«, protestiere ich, denn Sinje ist genau richtig, so wie sie ist. »Erzähl lieber, wie es mit dem Spendensammeln für das neue Glockenspiel läuft.«

Seit Beginn des Jahres ertönt kein Geläut mehr in unserer kleinen Stadt, weil die Glocken derart verstimmt waren, dass es in den Ohren wehtat. Der Transport zur Gießerei erwies sich als schwieriges Unterfangen, und als sich zu allem Überfluss auch noch herausstellte, dass zwei Glocken kaputt waren, war Sinje am Ende mit ihren Nerven.

Also habe ich Anfang März kurzerhand den *Frühlingszauber* ins Leben gerufen und anlässlich dieses Stadtfests um Spenden für die Reparatur gebeten.

»Es fehlen noch etwa fünfzehntausend Euro, aber die kriegen wir auch noch zusammen. Spätestens bis Ende des Jahres, wenn die Leute in vorweihnachtlicher Spendenstimmung sind«, sagt Sinje und seufzt tief. »Zumindest hoffe ich das. Denn was ist eine Kirche ohne Glockengeläut? Ich bin schon gespannt, was unser neuer Tourismusminister dazu sagt, beziehungsweise ob ihm das überhaupt auffällt. Mal schauen, ob er mir einen Antrittsbesuch im Pastorat abstattet.«

»Tourismusminister«, giggle ich, bereits leicht angeheitert. Es gibt Tage, da genügt ein winziges Schlückchen, und ich bin nicht mehr ich selbst. »Das lass mal lieber nicht Thorsten hören, der wäre tödlich beleidigt, dass du dem Neuen jetzt schon mehr Macht und Kompetenz einräumst als ihm. Und was macht die Suche nach dem gemeinsamen Zuhause mit Gunnar?«

»Irgendwie ist da gerade der Wurm drin«, erwidert Sinje seufzend und bohrt ihre nackten Zehen in den schneeweißen, pudrigen Sand. Wenige Meter von uns entfernt rollen Wellen sanft auf den Strand und spülen Muscheln, Algen und kleine Steinchen an den Ufersaum. Über uns ziehen Wasservögel ihre Kreise, nicht lange, dann wird eine der Möwen versuchen, sich etwas von unserem Picknick zu stibitzen. »Gunnar wünscht sich kategorisch einen Neubau, und ich liebäugle nach wie vor mit der alten Villa oben am Wald«, sagt Sinje mit Blick aufs Meer, das sie ebenso sehr liebt wie ich. »Wenn man da ein bisschen Liebe und Arbeit reinsteckt, könnte das ein echtes Schmuckstück werden. Und würde nebenbei ein tolles, neues Pastorat abgeben. Das bisherige muss dringend saniert werden, wie ich dir schon mindestens fünfhunderttausendmal erzählt habe.«

»Du hängst also immer noch an diesem Haus«, sage ich kopfschüttelnd. Wir sind nicht nur beste Freundinnen, sondern träumen und fantasieren beide gern. Vor allem in sternklaren Nächten, wenn wir am Wasser sitzen und alles möglich zu sein scheint. Doch dann kommt ein neuer Tag, und die Fantastereien des Vorabends erlöschen leider meist schneller als eine Sternschnuppe im August.

»Es steht jetzt seit fast zehn Jahren leer, und das aus gutem Grund. Willst du dir das wirklich antun? Gunnar und du habt doch schon genug Arbeit am Hals. Dazu kommen noch die Hochzeitsvorbereitungen, die auch nicht ohne sind. Zudem kostet das Ganze ein Vermögen. Genießt doch lieber eure ohnehin schon spärliche Freizeit, und freut euch darüber, dass ihr einander habt.«

Obwohl sich angesichts von Sinjes Plänen mein Herz gerade zusammenrollt wie ein Igel bei Gefahr, setze ich tapfer das »Ich-bin-Single-und-das-ist-auch-gut-so«-Gesicht auf. Manche Wünsche gehen eben nicht in Erfüllung, egal, wie sehr man sich etwas wünscht, das weiß jeder. Besser, man freundet sich mit dem Gedanken an, sonst ist man den Rest seines Lebens kreuzunglücklich. Und das wäre doch wirklich jammerschade.

»Oje, du guckst so komisch. Denkst du gerade an Olaf?«, fragt Sinje mitfühlend, und ich nicke stumm. »Ach, menno, ich wünschte, ich könnte dir die Erinnerung an ihn endlich austreiben. Wie lange ist es her, seit er dich kurz vor der Hochzeit hat sitzen lassen, weil er unbedingt in Hamburg bleiben und seine Freiheit haben wollte? Fünf Jahre? Die Zeit verfliegt so schnell, dass ich sie aus dem Blick verliere.«

»Sechs«, erwidere ich, beinahe tonlos.

Für gewöhnlich bevorzuge ich es, weder an Olaf zu denken noch über ihn zu sprechen, und auch keine Fotos von ihm anzuschauen – mit einer einzigen Ausnahme: Einmal im Jahr krame ich unser Fotoalbum heraus, und zwar an dem Tag, an dem wir im Schobüller Kirchlein am Meer geheiratet hätten. Dann heule ich wie ein Schlosshund, Henrikje kocht Kakao mit einer Extraportion Schlagsahne, und Sinje sagt Dinge wie: »Der Idiot«, »Hast echt was Besseres verdient« oder »Mach doch Online-Dating«.

»Sechs«, wiederholt Sinje, als könne sie es nicht fassen. »Unglaublich, wie die Jahre dahinrasen.«

»Das kannst du laut sagen«, stimme ich seufzend zu. »Sechs Jahre, die ich in Sachen Lebensplanung in den Sand gesetzt habe. Kein Partner, kein großes Haus voll lachender Kinder und auch keine nennenswerte Karriere. Ich bin fünfunddreißig, mir läuft allmählich die Zeit davon, wenn sich nicht bald etwas ändert.«

»Sei nicht traurig«, sagt Sinje und drückt meine Hand. »Ich weiß, dass du manchmal das Gefühl hast, seit deiner Rückkehr nach Lütteby in einer Sackgasse zu stecken. Aber das stimmt nicht. Du hast einen Beruf, für den du brennst, Henrikje, mich und all die Menschen, die dich seit deiner Kindheit lieben und für dich da sind. Außerdem wirst du Patentante, sobald ich schwanger bin beziehungsweise mich endlich entschließen kann, schwanger werden zu wollen. Ich bin felsenfest davon überzeugt, dass sich deine Träume erfüllen. Du musst nur ein bisschen Geduld haben.«

Geduld gehört leider so gar nicht zu meinen Stärken, und das weiß Sinje auch. Trotzdem ist es süß von ihr, mir immer wieder Mut zuzusprechen, auch wenn sich diese Art von Gesprächen meist im Kreis drehen.

»Übrigens hat Gunnar seinen ursprünglichen Trauzeugen gefeuert und sich jetzt für jemand anderen entschieden«, sagt Sinje unvermittelt und lässt meine Hand los. »Sagt dir der Name Bengt etwas? Er stammt aus Norderende und geht manchmal mit

Gunnar angeln.« Bengt? Ich krame in meinem Gedächtnis, doch irgendwie klingelt da nichts.

»Bengt ist ein echt netter Kerl, sieht sympathisch aus, kann gut zuhören und fantastisch kochen. Außerdem hat er ein schönes Reetdachhaus am Rande des Koogs mit einem riesigen Garten und ist …«

»… lass mich raten, Single, nicht wahr?«

Sinje lacht auf, denn sie liebt es, die Kupplerin zu spielen. Ein weiterer Spruch aus Sinjes Trost-Repertoire lautet daher folgerichtig: »Andere Mütter haben auch schöne Söhne.« Letzteres stimmt natürlich, doch das Problem bei einer winzigen Stadt wie Lütteby ist, dass sie eben sehr klein ist und nicht so viele Menschen dort wohnen. Man kennt sich, bisweilen zu gut. Und es kommen nur ganz selten neue Menschen dazu.

Außer wenn bei Hochzeiten der eine Trauzeuge gegen den anderen ausgetauscht wird – oder wenn sie einen neuen Job in Lütteby antreten.

Nachdem ich wieder daheim bin, beschließe ich spontan, statt zu lesen noch eine Folge einer Serie zu schauen, damit ich später gut schlafen kann. Auch wenn die meisten streamen, besitze ich immer noch eine beachtliche Sammlung toller Filme und Serien auf DVD. »Könnte ich tatsächlich mal wieder schauen«, murmle ich, nachdem ich bei der Suche auf die Staffeln der Serie *Suits* gestoßen bin. Schon nach dem Vorspann bin ich wieder verliebt in die Helden einer Anwaltskanzlei in Manhattan, allen voran in die Figur des Harvey Specter. Trotz aller Coolness und Arroganz hat der Anwalt etwas Verschmitztes, Jungenhaftes an sich und so viel Charme, dass es beinahe beängstigend ist. Ich ziehe mir die Kuscheldecke bis tief unters Kinn und versinke schon bald in der Liebesgeschichte zwischen Harvey und seiner Top-Sekretärin namens Donna. Bis zum Happy End in der letzten Staffel haben sie so manche Hürde zu bewältigen, doch dem Zuschauer ist trotz allen Bangens von der ersten Sekunde an klar: Das mit den beiden ist für immer. Es gibt Paare, die sind füreinander bestimmt. Für den Rest ihres Lebens. Und genau das wünsche ich mir für mich selbst.

Mai 1634

»Ihr seid zart wie eine Weidengerte«, sagte die Amme, die das junge Mädchen seit deren Geburt betreute und über alles liebte. »Ihr solltet ein wenig mehr essen, damit der Winterwind Euch nicht umpustet und Ihr krank werdet.« Ineke stemmte die Hände in ihre molligen Hüften, auf dem rundlichen Gesicht standen bekümmerte Sorgenfalten.

»Ach was, mir kann nichts und niemand so schnell etwas anhaben«, erwiderte Algea und gab Amme Ineke lachend einen Kuss auf die Wange. Dann drehte und wendete sie sich, sodass das Kleid sich aufbauschte und ihre Hände den Samt berührten. Der Vater, Kommandeur eines Handelsschiffes, hatte ihr von der letzten Fahrt über das weite, stürmische Meer neuen Stoff mitgebracht, den die Mutter, des Nähens kundig, in ein wunderschönes Kleid verwandelt hatte. Es war dunkelblau und mit kleinen silbernen Sternen besetzt, die im Kerzenlicht so stark funkelten, dass Algea ihren neuen Schatz am liebsten jeden Abend getragen hätte.

»Wollt Ihr etwa so mit mir auf den Marktplatz gehen?«, fragte die Amme und betrachtete ihren Schützling eingehend, so wie jeden Tag seit der Geburt Algeas vor beinahe sechzehn Jahren.

»Wieso nicht?«, fragte Algea mit diesem Blitzen in den hellblauen Augen, das sehr anziehend war, aber gleichzeitig auch ihren starken und widerspenstigen Charakter unterstrich. »Oder hast du Angst, dass ich mich schmutzig mache, wenn du mit den Bauern um den Preis für die Kartoffeln, Mehl und Eier feilschst wie eine Köchin?«

»Es wäre nicht das erste Mal, dass Ihr mir ausbüxt und ich Euch an einem Ort wiederfinde, wo Ihr Euch Flecken auf Euer Gewand geholt

habt«, *erwiderte die Amme und reichte Algea eine schlichte Kittelschürze. »Das Kleid könnt Ihr beim Abendessen zu Ehren Eures Vaters tragen, der schon bald wieder in See stechen wird. Doch jetzt zieht Euch bitte um, und dann gehen wir auf den Marktplatz.«*
Nachdem sich die Tür hinter der Amme geschlossen hatte, blickte Algea aus dem Fenster ihres Schlafgemaches und verlor sich für eine Weile im Anblick der Nordsee zu Füßen der waldigen Anhöhe, auf der die Kapitänsvilla thronte. »Du Schöne«, murmelte sie, öffnete das Fenster und atmete die frische Seeluft ein, während ihre Augen das Spiel der Wellen verfolgten und den Flug der Seeschwalben und Möwen, die dicht an ihrem Fenster vorbeizogen. »Ich möchte nirgends anders sein als an deinen Gestaden und hier in Lütteby.«
Nachdem sie das Fenster wieder geschlossen hatte, legte sie die nachtblaue Robe ab und schlüpfte in den einfachen Kittel, der keinen Rückschluss darüber zuließ, dass sie aus gutem Hause stammte. Doch das war ihr nur recht, denn sie verabscheute Standesdünkel und Engstirnigkeit aller Art.
Daher mangelte es ihr auch an Verständnis für die Unstimmigkeiten, die seit jeher zwischen Lütteby und dem nahe gelegenen Ort Grotersum herrschten. In ihren Augen und auch in denen Gottes waren alle Menschen gleich und würden es immer bleiben …

Glücklich machende
Orientierungshilfe

Links Wasser.
Rechts Wasser.
Dazwischen: trockener Humor

- 3 -

»Haben Sie 'nen Vogel?«

Verwirrt schaue ich von meinem Computer auf und blicke in Augen in der Farbe von Waldmeister. Götterspeise habe ich schon als Kind geliebt und liebe sie immer noch über alles. Der Mann mit diesen wunderschönen grünen Augen ist einer von den *Andere-Mütter-haben-auch-schöne-Söhne*-Männern. Meint er etwa Abraxas, den weißen Raben, der zu Thorsten Näler gehört wie die Wellen zum Meer und gern bei uns im Büro ist? Abraxas schlägt mit den Flügeln und kräht empört *Kraraa*. Ich will gerade so etwas sagen wie »Unverschämtheit« oder »Der will doch nur spielen«, doch ich kann nicht. Wie gesagt: Es tauchen äußerst selten gut aussehende Männer meines Alters in unserem kleinen Städtchen auf, das kann einen schon mal durcheinanderbringen.

»Bitte entschuldigen Sie, das war nicht so unverschämt gemeint, wie es wahrscheinlich klang. Ich wollte nur fragen, was dieser Vogel hier macht«, erwidert der Mann im schicken Anzug. »Der gehört auf einen Baum oder aufs Feld, aber ganz bestimmt nicht in ein Büro. Ich bin Jonas Carstensen und ab heute Ihr Vorgesetzter. Sie sind Lina Hansen, nicht wahr?«

Mehr als ein »Ja« bringe ich nicht zustande.

Dieser Mann sieht in natura um Längen besser aus als im Internet und tatsächlich ein bisschen wie der Schauspieler, der Harvey Specter in *Suits* spielt.

»Ist das dort der Schreibtisch von Thorsten Näler?«

»Genau«, antworte ich und versuche, den etwas chaotischen und unaufgeräumten Tisch schräg gegenüber mit den Augen eines Mannes zu betrachten, der augenscheinlich Geld hat, denn sein Anzug stammt garantiert nicht von der Stange, und die Notebook-Tasche unterm Arm war sicher auch kein Schnäppchen. Tja, Thorsten hat's nicht so mit Aufräumen und Ablage. Trotzdem gehört er zu den Menschen, die man fragen kann: »Hast du irgendwo Informationen über das erste Kürbisfest vor zweiundzwanzig Jahren?«, und flugs liegen auch schon alle Unterlagen vor einem. Sie sind zwar mit einer Staubschicht bedeckt und übersät von Kaffee- und Fettflecken, aber trotzdem lesbar.

»Herr Näler ist leider nicht mehr dazu gekommen aufzuräumen, bevor er vom Baum gefallen ist«, nehme ich meinen Chef in Schutz, weil er selbst es gerade nicht kann. »Normalerweise sieht es hier ganz anders aus.«

Über das markante, leicht gebräunte Gesicht von Jonas Carstensen huscht etwas, was man als *Lächeln* bezeichnen könnte. »So ein Baumsturz kommt ja auch meist überraschend«, erwidert er, und da kann ich ihm nur beipflichten. »Wie ist das denn überhaupt passiert? Wieso klettert ein über Siebzigjähriger auf einen Apfelbaum?«

Tja, wieso steigt ein Hundertjähriger aus dem Fenster und verschwindet?, frage ich mich in Gedanken an den Titel des Romans, den wir in rauen Mengen in Henrikjes Lädchen verkaufen.

Zum Glück weiß ich mittlerweile mehr über den Sturz, also sage ich, was Thorsten zu dieser netten, mutigen Aktion verleitet hat. »Der Lenkdrachen des Nachbarsmädchens hatte sich im Baum verheddert, und Thorsten wollte ihn befreien. Am Sonntag war nämlich perfektes Wetter, um Drachen steigen zu lassen«, erkläre ich und ergänze im Geiste: *oder um in der Sonne ein gutes Buch zu lesen.* In meinem Fall *Sturmhöhe* von Emily Brontë.

»Oder um zu surfen oder zu kiten«, sagt Jonas Carstensen, den ich mir gar nicht in legeren Sachen vorstellen kann.

Ob er muskulöse Arme hat, kann ich auch nicht beurteilen, aber dass er schlank und groß ist, schon. Seine Augen sind mit einem Mal eine kleine Spur dunkler, wie frisches Tannengrün. Jetzt weiß ich, wieso die Menschen zurzeit kaum etwas mehr lieben als *Waldbaden*. Die Farbe Grün steht in der Farbpsychologie für Natur, Harmonie und Natürlichkeit. Für Henrikje symbolisiert sie Hoffnung, Neuanfang und Leben, weshalb wir die Wände ihres Schlafzimmers neulich grün gestrichen haben. Jonas Carstensen öffnet die Tasche, nimmt sein Notebook heraus und legt es direkt vor die Tastatur, die durch ein dickes Kabel mit dem noch dickeren Computer verbunden ist. Thorsten arbeitet, seit ich in der Touristeninformation ein und aus gehe, an einem PC mit dem Durchmesser eines Röhrenfernsehers. Ich selbst benutze einen Laptop, der ebenfalls nicht ganz neu ist. Bei uns wird gespart, wo es nur geht, leider auch an meinem Gehalt.

»Also, Frau Hansen«, sagt Carstensen. »Wie bereits gesagt, vertrete ich Herrn Näler in den kommenden Wochen. Bis vor Kurzem war ich in Luzern als Dozent an der Hochschule tätig, doch jetzt möchte ich mich beruflich neu orientieren. Natürlich weiß ich die wichtigsten Dinge über diese Art ... Prov... äh, Tourismus, aber natürlich nicht alles. Fürs Erste interessiert mich vor allem, wann das wöchentliche Meeting stattfindet und wer außer uns beiden daran teilnimmt.«

Sein Tonfall weckt in mir augenblicklich den Wunsch zu rebellieren. Was für ein Schnösel! Unsere kleine Stadt ist weder Sylt noch Dubai oder Bora Bora, aber dafür ursprünglich, charmant und kein Freizeitpark für Superreiche. Wenn jemand etwas gegen meine Heimatstadt sagt, werde ich fuchsteufelswild, denn ich liebe Lütteby, und das wird auch immer so bleiben.

»Momentan sind wir hier die Einzigen«, erkläre ich, darum bemüht, trotz meiner Verärgerung professionell und selbstbewusst aufzutreten. »Wollen wir erst mal Kaffee trinken und dann alles Weitere besprechen?«, schlage ich – nicht ganz uneigennützig – vor. Koffein wirkt bei mir nämlich wie bei anderen Menschen Baldrian. Ich trinke oft Kaffee, wenn ich nicht schlafen kann oder mich maßlos aufrege.

»Gern«, erwidert Carstensen. »Ich nehme ihn mit einem Schuss Milch. Hafermilch aus der Barista-Edition wäre klasse, aber Soja- oder Mandelmilch sind notfalls auch okay.«

Ohne auf mein empörtes »Ich bin nicht Ihre Sekretärin« zu reagieren, konzentriert er sich auf sein Notebook. Natürlich habe ich das mit der Sekretärin nicht laut gesagt. Aber gedacht habe ich es schon. Dass das mit dem Kaffeekochen keine reine Frauensache ist, klären wir ein anderes Mal. Denn ich muss ihm erst mal schonend beibringen, dass wir den Job hier weitgehend zu zweit stemmen. Und nur frische Milch von Bauer Sanders' Kühen im Kühlschrank haben.

Fünf Minuten später stelle ich einen vollen Becher mit der Aufschrift *Sturm ist erst, wenn die Schafe keine Locken mehr haben* auf den Schreibtisch meines neuen Chefs.

Dabei steigt mir der Duft seines Aftershaves in die Nase. Männer-Parfüms duften meist aufdringlich nach *Ich bin hier die Nummer eins, und das soll ruhig jeder wissen!*. Doch dieses hier ist anders. Männlich und zart zugleich, absolut umwerfend. Ich muss mich arg dagegen wehren, mich nicht von diesem verführerischen Duft in den Bann ziehen zu lassen, denn ich reagiere sehr stark auf die Anziehungskraft von Gerüchen, die ich mag, und dieser Mann duftet einfach großartig. Jonas Carstensen murmelt: »Danke«, und starrt dabei gebannt auf eine Excel-Tabelle mit den Gästezahlen der vergangenen fünf Jahre, wenn ich das richtig sehe. Wieso hat er so schnell eine Zugriffsberechtigung dafür bekommen? Er ist doch nur als Aushilfe da?! Doch ich denke nicht allzu lange über diese Frage nach, dazu finde ich den Einblick in die Daten einfach zu spannend. Diese Statistik interessiert mich brennend, genau wie die touristische Zukunft Lüttebys. Ich warte schon lange darauf, dass Thorsten endlich in Rente geht, damit ich hier das Ruder übernehmen kann. Auf meiner Schreibtischunterlage klebt ein Spruch, den ich sorgfältig laminiert habe, falls ich mal wieder mit Getränken kleckere. »*Ich bin keine Prinzessin. Ich muss auch nicht gerettet werden. Ich bin eine Königin und kriege den Mist schon hin.*« Nicht, dass unsere Arbeit hier Mist wäre, ganz bestimmt nicht. Aber die Region braucht dringend frischen touristischen Wind unter den Flügeln, denn bei uns herrscht diesbezüglich gerade ziemliche Flaute – und zudem ein großer Konkurrenzkampf zwischen den verschiedenen Orten in Nähe der See. Oder andersherum gesagt: Die Konkurrenz schläft nicht, Lütteby leider schon ein wenig.

»Die Zahlen der Übernachtungsgäste und Tagestouristen sind stark rückläufig«, sagt Carstensen nach einer Weile und blickt mich fragend an. Aus der Nähe sehen seine Augen noch schöner aus. Sie haben dunkle Einsprengsel, die das ursprüngliche Grün hervorheben. Wie Pistazieneis mit Streuseln von Vollmilchschokolade. »Haben Sie eine Erklärung für diese negative Entwicklung?«

»Das liegt zum einen an der Konkurrenz der umliegenden Seebäder, zum anderen aber auch daran, dass unser Budget zu klein ist, um notwendige Investitionen zu tätigen, die wiederum neue Urlauber anlocken würden. Wir haben hier nur bei schönem Wetter volles Haus und wenn in der Umgebung keine andere Unterkunft mehr zu kriegen ist, denn Lütteby liegt nun mal nicht direkt am Meer, sondern nur in der Nähe. Das ist, wenn Sie so wollen, ein Henne-Ei-Problem.«

»Alles klar«, sagt Carstensen und wiegt den Kopf hin und her. Sonnenlicht fällt auf sein Gesicht, und nun wird ein zarter Bartschatten sichtbar, eine Spur weniger hell als seine dunkelblonden, akkurat geschnittenen Haare. »Damit ich das richtig verstehe: Das Team besteht aus Thorsten Näler, Ihnen, einer Volontärin namens Rantje Schulz und einigen freien Mitarbeitern, die bei besonderen Events aushelfen, oder?«

»Das ist richtig«, stimme ich zu, schiebe aber ein »Im Prinzip« hinterher. »Rantje ist ein wenig … eigenwillig.«

Carstensen schaut weiter auf das Notebook und runzelt die Stirn. »Meinen Sie mit eigenwillig, dass Frau Schulz enorm hohe Fehlzeiten hat?«, fragt er in strengem Tonfall.

»Um nicht zu sagen, dass sie fast zwei Drittel der bisherigen Zeit abwesend war, und das meist ohne Krankschreibung. So etwas werde ich auf keinen Fall dulden.«

Rantje möchte Eventfachfrau werden und macht deshalb ein Volo bei uns. Doch tief in ihrem Herzen träumt sie von einer Karriere als Sängerin. Deshalb tingelt sie mit ihrer Band von Dorffesten über Hochzeiten zu Festivals. Da wird's dann meistens spät, und nun ja … Thorsten mag Rantje, außerdem ist er mit ihren Großeltern befreundet. Deshalb drückt er immer wieder mal ein Auge zu, und dann bleibt das meiste an mir hängen, doch das ist in Ordnung, denn ich liebe meinen Job.

»Ich rufe Rantje an und sage ihr, dass sie gebraucht wird. Übernächsten Sonntag ist der große Trachtentanzwettbewerb, eines der wichtigsten Events in Lütteby. Könnten Sie in Vertretung für Thorsten die Betreuung der Musiker der Kapelle übernehmen? Die sind leider ein bisschen altmodisch und haben es lieber mit Herren zu tun.«

Der Gesichtsausdruck meines neuen Chefs schwankt zwischen Bestürzung und Ungläubigkeit. »Sorry, aber das gehört ganz bestimmt nicht zu meinen Aufgaben«, sagt er in einem Ton, der selbst Eiswürfel schockfrosten würde. »Sorgen Sie einfach dafür, dass Frau Schulz ihren Job macht und das Trachtenfest ein Erfolg wird.«

Oha, ich muss Rantje dringend sagen, dass im Büro ab heute eine ziemlich steife Brise weht.

»Und noch etwas«, fährt Carstensen fort, »wir sollten dringend am Social-Media-Auftritt von Lütteby arbeiten. Facebook verliert immer mehr an Popularität, wir brauchen schnellstmöglich einen Instagram-Account und Profile bei allen anderen relevanten Plattformen. Wer betreut bislang die Facebook-Seite? Der letzte Post trägt das Datum 1. Januar.«

»Äh, ich.«

»Gab's seit dem Jahreswechsel nichts über Lütteby zu berichten?«, fragt Carstensen. »Gab's keinen ...«, Blick auf den Computer, »... Frühlingszauber, kein Ostern, keine Krokusblüte, die man werbewirksam in Szene hätte setzen können? Mal ganz abgesehen davon, dass man mehrfach die Woche posten sollte, um die virale Sichtbarkeit zu erhöhen. Sagt Ihnen der Begriff Algorithmus etwas? Digitale Metadaten? Hashtags?«

Ich bin kurz davor, etwas Ironisches zu entgegnen wie »Algobittewas?«. Doch stattdessen begnüge ich mich mit einem simplen »Klar« und trinke den Kaffee in einem Zug leer.

»Na, dann ist's ja gut«, sagt Carstensen. Dann fällt sein Blick auf Abraxas, der gerade Kurs auf seinen Schreibtisch nimmt, vermutlich, um sich zu vergewissern, dass es wirklich nicht Thorsten ist, der auf dem Platz seines geliebten Herrchens sitzt. »Und schaffen Sie bitte diesen Vogel hier raus, der gehört nicht hierher.«

Nun scheint's nicht nur mir zu reichen, sondern auch Abraxas. Er fliegt durch die geöffnete Tür ins Freie. Ich würde am liebsten hinterher, denn eins ist klar: Jonas Carstensen ist zwar attraktiv, hat traumschöne Augen und duftet gut, aber das war's auch schon. Außerdem redet er echt viel, wenn er in Fahrt ist, und Social Media scheint ein Thema zu sein, das ihm sehr am Herzen liegt, denn er doziert jetzt ohne Punkt und Komma.

Ich bekomme prompt Kopfschmerzen, denn mir schwirrt der Schädel von Begriffen wie Tumblr, Pinterest, TikTok und Snapchat. Und wenn er in Bezug auf Aufgabenverteilung *wir* sagt, meint er ganz klar *mich*. Einen wie ihn halte ich auf Dauer nicht aus. Auf gar keinen Fall!

- 4 -

Jetzt bloß ab nach Hause und mich beruhigen, bevor ich nachher zum Arbeiten ins Lädchen gehe und dort womöglich schlechte Laune verbreite.

Vor der Eingangstür stoße ich beinahe mit Anka zusammen.

»Moin, Lina, na, wie geht's dir?«, fragt die Tante von Violetta aus dem Blumenladen und beste Freundin von Henrikje. »Ich hab gehört, du hast einen neuen Chef. Alles gut mit dem?«

Anka ist meine Ersatz-Oma, denn sie hat immer auf mich aufgepasst, wenn Henrikje es nicht konnte. Sie und ihr Mann Helmut hatten die Bäckerei, die es leider seit zehn Jahren nicht mehr gibt, weil in heutigen Zeiten kaum einer mehr so früh aufstehen und backen möchte und das Ehepaar ohne Nachfolger in den wohlverdienten Ruhestand ging.

»Passt schon«, antworte ich, auch wenn das natürlich nicht stimmt. »Bei dir und Helmut auch alles gut?«

Anka nickt. »Na klar. Sag Henrikje bitte, ich schaue später vorbei, weil ich noch Wolle brauche, denn ich muss jetzt dringend zum Kiosk, ja? Und kommt doch mal wieder zum Abendessen vorbei, wir haben uns schon so lange nicht mehr zu viert gesehen.«

Ich erwidere: »Das ist eine schöne Idee, das sollten wir unbedingt machen.« Nachdem wir uns mit dem üblichen »Bis bald« verabschiedet haben, gehe ich ins Haus. Auf dem Weg nach oben zu meiner Wohnung kocht mein Zusammenstoß mit Jonas Carstensen wieder in mir hoch. Sein forscher und reichlich überheblicher Auftritt sitzt mir immer noch in den Knochen, und ich finde die Aussicht darauf, künftig mit jemandem zusammenzuarbeiten, der unser Städtchen als provinziell empfindet und etwas gegen Abraxas hat, alles andere als erheiternd. Ich ärgere mich plötzlich dermaßen über Carstensen, dass mich noch nicht einmal der Anblick des Tulpenstraußes auf dem Wohnzimmertisch tröstet, obwohl ich Blumen über alles liebe.

Ich greife also, wie so oft, wenn mich etwas aufwühlt, nach dem Heft mit der Aufschrift *Da hinten wird's schon wieder hell – norddeutsche Glücksrezepte*, um mich zu beruhigen. Mit diesem Mut machenden Titel hat Florence jene Aufzeichnungen versehen, die ich vor einigen Wochen zufällig entdeckt habe, und ich bin glücklich, dieses Andenken in Händen halten zu können.

Ich gebe zu, dass ich zunächst gehofft hatte, darin einen Hinweis darauf zu finden, dass sie diese Sammlung für mich erstellt hat, doch das war offenbar nicht der Fall. Nach anfänglicher Enttäuschung packte mich jedoch die Neugier zu erfahren, was Florence beschäftigt und was sie notiert hat, und ich war begeistert. Der Schnellhefter, der in einem Geheimfach unter der Platte ihres Schminktisches versteckt war, ist übrigens nur deshalb aufgetaucht, weil Thorsten das antike Möbelstück netterweise für mich aufgearbeitet hat. Neulich habe ich damit begonnen, diese Textsammlung um weitere Rezepte, Gedichte, Spruchweisheiten und vieles mehr zu ergänzen, das trübe Gedanken verscheucht, typisch für unsere Region ist und einfach gute Laune macht. Mir gefällt die Idee einer nordisch frischen Anleitung zum Glücklichsein so gut, dass ich nach dem unerwarteten Fund begonnen habe, mein Augenmerk auf alles zu richten, was dazu passen könnte: kleine Anekdoten aus dem friesischen Alltag, Sprüche à la »Im Norden zählt man keine Schäfchen, sondern Möwen« oder »Schietwetter fängt bei Windstärke zwölf an«, und allein dafür bin ich meiner Mutter schon dankbar.

Wir Schleswig-Holsteiner und Nordfriesen haben das Zeug zum Glücklichsein und rangieren nicht grundlos Jahr für Jahr auf den vorderen Plätzen der Liste der zufriedensten Deutschen. Das liegt sicher hauptsächlich an unserer Mentalität, aber auch an der luxuriösen Nähe zum Meer, dem weiten Himmel über dem Land und einer gewissen Bodenständigkeit.

Was ich später mit diesem Sammelsurium machen möchte, weiß ich noch nicht, aber es bereitet mir große Freude, mich damit zu beschäftigen, gerade an grauen Regentagen, denn *Regen ist flüssige Sonne*, wie wir hier zu sagen pflegen.

Nervige Chefs sind Menschen, sind Vorgesetzte mit Ecken und Kanten und damit hip, denn edgy ist das neue Nett, murmle ich und versuche mir mit dieser veränderten Sicht auf meinen neuen Vorgesetzten die Situation schönzureden, bevor ich meinen heutigen Dienst bei Henrikje antrete.

»Wo hast du die Schwimmflügel versteckt?«, frage ich sie wenig später, den Auftrag von Jonas Carstensen, mich mehr um Social-Media-Posts zu kümmern, im Nacken.

Damit die Einwohner unserer kleinen Stadt Regenschirme, Sonnenmilch und Flip-Flops nicht im Internet bestellen müssen oder auf der *grünen Wiese* beim Discounter shoppen, bekommen Kauflustige fast alles, was das Herz begehrt, in *Henrikjes Lädchen* im Erdgeschoss unseres Hauses. Vom Badeanzug über Gummistiefel bis hin zu Büchern, Süßigkeiten und Postkarten gibt es hier eine Vielfalt an Waren, man muss sie nur in den vielen Regalen, Vitrinen und Schränken finden. Nicht immer ganz einfach.

»Schwimmflügel?«, fragt Henrikje, deren leicht schiefe Nase mal wieder in einem Buch steckt. Sie blickt erst auf, nachdem sie den Absatz zu Ende gelesen hat, so wie sie es immer tut, seit ich sie kenne. Bücher sind unser Elixier, ein Leben ohne Bücher ist für uns beide unvorstellbar. »Ist es nicht noch ein bisschen früh dafür? Das Wasser hat doch nur siebzehn Grad.«

»Was sich aber zum Wochenende ändern wird, die Lufttemperatur klettert nämlich schon morgen auf fünfundzwanzig«, erwidere ich und ziehe eine Schublade des Vitrinenschranks nach der anderen heraus. Oder sagen wir besser: Ich versuche es. Das Kirschbaumholz mit seiner rotbraunen Färbung ist zwar wunderschön, hat aber die Eigenschaft, rissig zu werden und sich stark zu verziehen, wenn es feucht wird. Und leider ist es im Lädchen etwas feucht, denn das Haus wurde auf moorigem Untergrund errichtet und sackt daher Jahr für Jahr weiter in sich zusammen. Henrikje sagt dazu: »Das ist das Alter, da schrumpft nun mal alles.« Deshalb nehmen wir dieses schiefe Schrumpfen gelassen, genau wie die Launen des Wetters.

Ich suche und suche, werde aber nicht fündig. After-Sun-Lotion, Salbe gegen Insektenstiche, Boßelkugeln, Federbälle und Badekappen sind im Sommer zwar praktisch, ersetzen aber keine Schwimmflügel, also suche ich weiter. Und zack, habe ich die unterste Schublade in der Hand, allerdings in drei Teilen.

Dieser Tag ist nicht mein Freund.

»Wieso bist du nur immer so ungeduldig? Du weißt doch, in der Ruhe liegt die Kraft, gerade wenn man etwas sucht, was man vertüdelt hat. Jetzt müssen wir die Schublade leimen.« Henrikje schiebt sich eine Haarsträhne hinters Ohr, wo sich graue Locken kringeln, die früher mal kastanienrot waren, wie man auf Fotos aus Großmutters Kindertagen sehen kann.

»Weißt du denn, wo der Leim ist?«, frage ich, innerlich seufzend. Wetten, dass der sich genau dort versteckt, wo die Schwimmflügel sind?

Henrikje nimmt die Lesebrille ab und schiebt sie sich in die immer noch vollen, glänzenden Haare. Ihre Augen blitzen in dem schönsten Grün, das die Welt je gesehen hat. (Außer denen von Jonas Carstensen.) Die leicht gekrümmte Nase, die Augenfarbe und das enorme Kräuterwissen haben ihr in Lütteby schon früh den Namen *Hexe* eingebracht. Manche benutzen ihn liebevoll als Kosenamen, andere wiederum meinen das gar nicht nett. Außerdem sind nicht alle Menschen offen für den Gedanken, dass es mehr Dinge zwischen Himmel und Erde gibt, als wir erfassen können. Wenn jemand einen besonderen Zugang zu *diesen Dingen* hat, kann das im schlimmsten Fall Angst machen. Und aus Angst wird leider oft Wut, wie ich gelernt habe.

»Hattest du einen schlechten Tag?«, fragt Henrikje, anstatt die Frage nach dem Leim zu beantworten. »Du hast diese hektischen roten Flecken im Gesicht, die du immer bekommst, wenn du dich ärgerst. Wie wär's mit einem Schlückchen Scharbockskrauttee? Der hat viel Vitamin C und beruhigt die Nerven.«

»Den solltest du mal lieber meinem neuen Chef einflößen«, zische ich. »Der ist nämlich nervig, hyperaktiv und zudem der Ansicht, dass unsere Touristeninformation provinziell ist, einen Instagram-Account benötigt, auf Twitter präsent sein muss und auch auf Pinterest und Tumblr. Ich brauche dringend die Schwimmflügel, weil ich in den Posts demonstrieren soll, wie kinderfreundlich Lütteby ist.«

»Und was ist so verkehrt daran?«, fragt Henrikje, was mich noch wütender macht. »Das klingt doch ganz vernünftig. Wie ist er denn überhaupt so, dein Jonas Carstensen?«

Mein Jonas Carstensen?! Im Leben nicht! »Nun ...«, tja, was sage ich denn jetzt?

Das Verrückte ist, dass ich die Diskussion wegen der Social-Media-Präsenz dauerhaft mit Thorsten geführt und immer gegen ihn verloren habe. Sein Argument war, dass Lütteby diesen Internet-Firlefanz nicht nötig hat und ohne viel charmanter und ursprünglicher wirkt. Meines, dass wir ohne diese Art PR schneller weg vom Fenster sind, als die Urlauber *unzeitgemäß* sagen können.

»Gib's zu, er gefällt dir trotzdem, ich seh's dir an der Nasenspitze an«, sagt Henrikje mit amüsiertem Lächeln. »Das ist aber auch ein schöner Mann.«

»Woher willst du das denn wissen?«

»Google Bildersuche macht's möglich«, lautet ihre lapidare Antwort. »Ich muss doch darüber informiert sein, wen meine Enkelin so mir nichts, dir nichts als Chef bekommt. Außerdem habt ihr euch beim gestrigen Treffen so viel über sein Aussehen unterhalten, dass ich gar nicht anders konnte, als abends einen Blick auf die Fotos im Internet zu werfen.«

Darauf sage ich erst mal gar nichts, denn ich muss unbedingt die Schwimmflügel, das aufblasbare Einhorn und die Luftmatratze in Form einer halben Wassermelone finden und fotografieren. Das Glöckchen an der Tür bimmelt sanft, während ich weitersuche, wir haben Kundschaft.

»Moin, Mareike, was kann ich für dich tun?«, fragt Henrikje, während ich kopfüber in der tiefen Truhe hänge. »Was macht das Training der Trachtentanzgruppe?«

Mareike Ingwersen ist der blutjunge und traumhaft schöne Shootingstar der Trachtentanzgruppe unserer kleinen Stadt. Wir hoffen alle, dass sie unseren Verein zum wohlverdienten Sieg führen wird. In den beiden vergangenen Jahren sind wir immer Zweite geworden. Der zweite Platz ist zwar ehrenhaft, aber eben nur der zweite. Wenn man gewinnt, wird man zu den nationalen Meisterschaften und eventuell sogar später zu den internationalen eingeladen. Bislang ist es leider nur bei diesem Traum geblieben.

Mareike fährt sich durch das seidig blonde, glänzende Haar und sagt: »Danke, es läuft so weit ganz gut, außer dass ich seit einiger Zeit ziemlich schlapp bin und nachts nicht schlafen kann. Haben Sie etwas, was mir helfen könnte? Zu Kai möchte ich nicht gehen, denn dann spricht sich herum, dass ich so kurz vor dem Wettbewerb in der Apotheke war. Und Sie wissen ja selbst, wie schnell die Leute reden ...«

O ja, das wissen wir, deshalb nicken Henrikje und ich verständnisvoll. Man geht morgens wegen Magenschmerzen in die Apotheke und ist am Abend laut Klatsch und Tratsch schwanger.

»Machst du dir denn wegen irgendetwas Sorgen, oder leidest du auch sonst an Schlafstörungen?«, fragt Henrikje und betrachtet Mareike liebevoll.

»Eigentlich nicht«, erwidert diese zögerlich, doch ich sehe den Schatten, der blitzschnell über ihr schönes Gesicht huscht. »Aber mittlerweile zieht das eine leider das andere nach sich. Je unausgeschlafener ich bin, desto schlechter verläuft das Training. Das muss schleunigst aufhören, denn wir wollen uns doch diesmal unbedingt den Titel holen.«

Ich gehe wieder auf Tauchstation, es ist die Aufgabe meiner Großmutter, eine Lösung für Mareikes Dilemma zu finden. Oder Sinjes, schließlich ist sie als Pastorin für Sorgen und Nöte dieser Art zuständig.

»Sprechen Sie vom Titelgewinn des Trachtentanzwettbewerbs?«

Ich tauche erneut aus den Untiefen der Truhe auf und stoße dabei unsanft mit dem Kopf gegen das Regal über mir. Prompt fallen alle für Kunden bestellten Bücher herunter und verteilen sich über den schiefen, wurmstichigen Dielenboden.

»Herr Carstensen, was machen Sie denn hier?«, frage ich, halb beschämt und halb empört. Das hier ist mein privates Terrain, da hat er absolut nichts verloren.

»Ich wollte mir den Laden ansehen, genau wie alle anderen am Marktplatz«, erwidert er, schaut dabei allerdings Mareike an, nicht mich.

»Ja, es geht um den Wettbewerb«, erwidert diese strahlend.

Der Schatten von eben hat sich in nichts aufgelöst, ihre blassfahlen Wangen schimmern nun in der Farbe von reifen Sommeräpfeln. »Wir sind alle sehr aufgeregt und würden gern am Wettbewerb in Bayern teilnehmen. Ich bin Mareike.«

»Und ich Jonas Carstensen, ab sofort zuständig für den Bereich Tourismus und Stadtmarketing«, erwidert er und gibt Mareike die Hand. »Ich muss Ihnen sicher nicht sagen, wie wichtig es für Lütteby wäre, den Titel zu gewinnen, das bringt nämlich positive Schlagzeilen und ist eine großartige Werbung für die Ursprünglichkeit dieses Ortes. Wie hoch schätzen Sie die Chance ein, dass das funktioniert?«

Üb doch noch ein bisschen mehr Druck auf Mareike aus, dann kann sie nachts sicher besser schlafen, denke ich grummelnd und sammle die Bücher auf. Erstaunlicherweise bekomme ich dabei Hilfe von Carstensen, dem es eines der Bücher anscheinend ganz besonders angetan hat, denn er hält es, neben mir kniend, fest in der Hand. Bevor er es freigibt, nestelt er allerdings plötzlich in meinen Haaren herum.

»Wollten Sie die Spinne mit nach Hause nehmen, oder soll ich sie lieber nach draußen befördern?«, fragt er augenzwinkernd. Für den Bruchteil einer Sekunde verfangen sich unsere Blicke, und es kribbelt in meinem Bauch. Carstensen ist so nahe bei mir, dass ich seinen warmen Atem spüren kann, der köstlich nach Honig und Karamell duftet.

»Geben Sie mir bitte das Buch, denn es wurde extra für eine Kundin bestellt«, sage ich und rapple mich wieder auf. Dass ich panische Angst vor Spinnen habe und ihm daher dankbar für sein Eingreifen bin, muss er ja nicht unbedingt wissen.

Carstensen öffnet die Tür, setzt die Spinne aus und kehrt dann ins Lädchen zurück.

Auf dem Cover des Romans in seiner Hand prangt das Konterfei einer Frau in einem knallroten Kleid mit ultratiefem

Ausschnitt und schwarzer Augenbinde. »Sinje Meyer, ist das nicht die hiesige Pastorin?«, fragt er mit Blick auf den Einleger mit dem Namen der Kundin, während Mareike ebenfalls einen neugierigen Blick auf den Buchumschlag wirft. »Interessante Lektüre für jemanden, der sich um die Moral und das seelische Wohlergehen einer Gemeinde kümmern sollte«, sagt er und reicht mir den Roman.

In diesem Moment verfluche ich Sinjes fragwürdigen Geschmack in Bezug auf Unterhaltungsliteratur. Was das betrifft, kann es ihr nicht sexy und aufregend genug sein.

»Das ist gar nicht für Sinje«, schwindle ich und hole ein anderes Buch hervor, das ich vom Boden aufgehoben habe. »Gespräche mit Gott« von Neale Donald Walsch. »Da hat jemand dummerweise die Bestellzettel vertauscht.«

»Ich sollte wirklich öfter meine Brille aufsetzen«, eilt Henrikje mir zu Hilfe. Dann wendet sie sich an Mareike. »Wie wäre es mit Scharbockskrauttee?«, und bald schon sind beide in ein Gespräch verwickelt, wobei Mareike immer wieder in Richtung Jonas Carstensen schielt.

Irgendwie kann ich es ihr nicht verdenken, denn Mareike ist Single und hat sicher schon länger keinen attraktiven Mann mehr gedatet. Wenn dem so gewesen wäre, wüsste man das in Lütteby. Genau wie jeder hier weiß, dass Sinje gern erotische Schmachtfetzen liest.

Vom Glück des Tüdelns –
einem Wort mit vielen Bedeutungen

Hat man etwas »vertüdelt«, ist man ein bisschen schusselig und muss lange suchen, um das Gewünschte zu finden.
»Bist du so nett, hier was anzutüdeln?« ist die freundliche Bitte, bei etwas zu helfen, das irgendwo befestigt werden muss, idealerweise etwas besonders Schönes.
»Tüdel nicht so rum«, sagen Menschen, die es eilig haben und nicht wissen, dass die schönste Form von Tüdeln ist: Immer ran ans Hindernis und später glücklich darüber sein, dass man sich getraut hat.
Erfolgserlebnisse tun gut und stärken.
Wenn man den Wald vor lauter Bäumen nicht sieht, ist es definitiv Zeit, ans Meer zu fahren, einen Baum zu umarmen oder wenigstens ein Fischbrötchen zu essen!

- 5 -

Am Nachmittag eines weiteren nervenaufreibenden Tages mit Carstensen schnappe ich mir Sinjes Roman und einen großen Korb voller *Zaubermittelchen,* wie Aromaöle, Beruhigungstees, Entspannungs- und Meditations-CDs, die Henrikje für die seelsorgerische Arbeit meiner Freundin zusammengestellt hat.

Sinje hatte heute Proben mit dem Kirchenchor und müsste gerade damit fertig geworden sein.

Auf dem Marktplatz ist Stadtführerin Greta gerade dabei, Urlaubern von der Entstehung unserer kleinen Stadt zu erzählen. »Seit der Sturmflutkatastrophe sind die Bewohner von Grotersum eifersüchtig auf die Bürger Lüttebys«, höre ich Greta sagen. »Man neidet uns die Tatsache, dass das Apostelkirchlein von den zerstörerischen Fluten verschont und zudem keinem einzigen Einwohner auch nur ein Härchen gekrümmt wurde. Angesichts der zerstörerischen Gewalt, mit der die verheerende Sturmflut, auch genannt zweite Grote Mandränke, 1634 über die nordfriesische Küste hereingebrochen ist, auch wirklich ein Wunder. Sagen und Mythen spielen in unserer Gegend eine große Rolle und so auch die Legende um das Liebespaar Algea und Fokke, die leider ein tragisches Ende ...«

Ich höre nicht mehr weiter zu, obgleich ich alle Geschichten rund um Lütteby äußerst spannend finde, denn ich muss weiter. Schnellen Schrittes biege ich in die Straße neben dem Kiosk ein und werfe einen Blick auf das verschmutzte Hinweisschild. Darauf steht eigentlich *Kirche, Pastorat, Friedhof* und *Wald.* Doch mittlerweile kann man nur noch einzelne, verwitterte Buchstaben erkennen.

Ich gehe an kleinen Vorgärten vorbei, grüße hie und da andere Passanten und erreiche nach einem Fußweg von fünf Minuten das Pastorat, das neben der Kirche liegt. Voller Vorfreude auf unser Freundinnentreffen öffne ich das Gatter zum Garten, das dringend gefettet werden müsste. (Um es mit Sinjes Worten zu sagen: »Die Pforte wartet auf die letzte Ölung.«) Für gewöhnlich kümmert sich ein freundlicher älterer Herr namens Fiete Ingwersen darum, dass in und um die Gärten der Pastorin und des Bürgermeisters alles chic und adrett ist. Er schneidet die Hecken ebenso peinlich genau, wie er den Rasen mäht und die Fenster putzt. Leider konnte ich Fiete noch nicht davon überzeugen, sich auch mal an Henrikjes Fenstern auszutoben. Irgendetwas hat Fiete gegen sie, ich weiß allerdings nicht, was.

»Wie schön das aussieht, und wie himmlisch es duftet«, sage ich schwärmerisch, als mir das würzige Aroma von Lavendel und Rosen in die Nase steigt. Die Natur ist auch in diesem Jahr wieder früher dran als üblich.

Wenn das mit dem Klimawandel so weitergeht, haben wir im Winter Frühling, im Frühling Sommer und so weiter und so fort.

»Führst du wieder Selbstgespräche?«, fragt Sinje, die mich durch das geöffnete Fenster des Reetdachhäuschens beobachtet. Sie lehnt, die Ellenbogen aufgestützt, an ihrem Lieblingsplatz, von dem aus sie nicht nur den Garten im Blick hat, sondern auch die Straße. Wenn Sinje auf ihrem Beobachtungsposten Hunger oder Durst bekommt, ist es kein Problem, beides zu stillen, denn das Fenster gehört zu ihrer urgemütlichen Wohnküche.

»Leg dir ein Kissen unter die Ellenbogen, sonst werden sie noch rissig oder kriegen Schwielen«, kontere ich.

»Magst du was trinken, oder wollen wir gleich auf den Marktplatz gehen?«, fragt Sinje.

Die dunkelblau lackierten Fensterläden sind links und rechts mit Haken an der weiß getünchten Mauer befestigt, damit sie bei Sturm nicht klappern wie ein Storch, und ähneln einem Bilderrahmen. Allerdings blättert der Lack an einigen Stellen ab, im Keller des Hauses ist es feucht, die Heizung fällt immer wieder aus, und der Fußboden hat mittlerweile Ritzen von einer Größe, in der man problemlos aufgerollte Yogamatten unterbringen könnte. Das Pastorat müsste dringend generalüberholt werden. Doch dafür hat die Gemeinde gerade kein Geld beziehungsweise will es nicht investieren, sehr zu Sinjes Verdruss.

»Lass uns lieber gleich los, heute ist doch Garten- und Blumenmarkt«, entgegne ich. »Wir sind schon spät dran.«

»Ach, stimmt«, erwidert Sinje. »Wie konnte ich das nur vergessen.«

Keine zwei Sekunden später nimmt sie mir den Korb ab und drückt mir einen Zehneuroschein in die Hand. Das Geld kommt in mein Portemonnaie und der Korb ins Haus. Dann schließt sie die Tür. Der Erotikroman verschwindet erst nach eingehender Betrachtung im riesigen Briefkasten, einer Spezialanfertigung von Fiete und Sinjes Aufbewahrungsplatz für alles, was sie gerade nicht wegräumen oder mitnehmen will. Es ist schon vorgekommen, dass sie Äpfel darin vergessen hat, die später zu faulen begannen und eine missliche Alliance mit ihrer Post eingingen.

Das betraf vor allem einen handgeschriebenen Brief, dessen Absender nicht ermittelt werden konnte, weil die mit Tinte verfasste Aufschrift sich in gegorenem Apfelsaft so weit aufgelöst hatte, dass sie nicht mehr zu entziffern war.

Seitdem denkt Sinje wieder regelmäßig daran, den Kasten zu leeren. Das Ärgerliche bei der Sache mit dem Brief war, dass es sich dabei nicht um ein x-beliebiges Anschreiben handelte, sondern um einen Liebesbrief. Sehr poetisch und sehr schwärmerisch, also die Art Brief, die man sich in träumerischen

Momenten wünscht, aber nur selten bekommt – oder womöglich nie. Die Initiale *L.* am Ende des Briefs brachte uns bei der Recherche nach dem geheimnisvollen Unbekannten aber leider nicht weiter.

Seit diesem Tag, der nun über ein Jahr zurückliegt, betrachten wir die Besucher des sonntäglichen Gottesdienstes und alle Menschen, mit denen Sinje sonst noch Kontakt hat, mit ganz anderen Augen. Mit den Augen von Miss Marple und Phryne Fisher aus der australischen Krimiserie *Miss Fishers mysteriöse Mordfälle*, die Sinje und ich zurzeit so gern schauen. *Könnte er das sein? Oder der? Oder doch die?* Doch ich fürchte, wir werden dieses Rätsel niemals lösen, es sei denn, der Absender schreibt ein weiteres Mal.

Wir spazieren zurück zum Marktplatz, auf dem es einmal im Monat donnerstags besonders hoch hergeht: Dann verkaufen Gärtner aus der Region alles, was das Herz höherschlagen lässt. Weil das nur einmal monatlich passiert und Violetta ausschließlich Blumen und kleine Topfpflanzen im Angebot hat, torpediert der Gartenmarkt zum Glück nicht ihr Geschäft. Auf diese Dinge achten wir nämlich in Lütteby.

Stauden mit klangvollen Namen wie Storchenschnabel, Mittagsblume, Waldphlox oder Gefleckte Gauklerblume finden ebenso reißenden Absatz wie Saatgut, Blumenzwiebeln oder Gartenwerkzeuge. Selbst kleine Gewächshäuschen, Knieschoner und Handschuhe gehen hier weg wie warme Semmeln. Der Verkauf beginnt um 12 Uhr mittags und endet offiziell um 17 Uhr. Danach werden einige Pflanzen reduziert in der Hoffnung, noch den ein oder anderen Schnäppchenjäger zum Kauf zu verführen. Überall duftet es betörend, die farbenfrohen Blumen sind ein Fest für alle Sinne.

»Ist dieser Garten-Scooter nicht niedlich?«, fragt Sinje und betrachtet verzückt ein grünes Wägelchen mit dicken Reifen und verstellbarem Sitz.

»Niedlich und absolut unnötig«, erwidere ich schmunzelnd. »Kauf dir lieber den Magnet-Button mit der Aufschrift *Gummistiefel sind meine Pumps*. Der ist günstiger, und du musst nichts weiter tun, als ihn an den Kühlschrank zu heften.«

Sinje boxt mich in die Seite. »Was soll das denn bitte heißen, Lina?«, empört sie sich. »Unterstellst du mir etwa, dass dieses Ding ungenutzt im Carport verschwindet, statt über den Rasen zu gurken und ihn zu kürzen?«

»Das ist kein automatischer Rasenmäher, sondern eine Unterstützung für alle, die Rückenprobleme haben und deshalb lieber im Sitzen gärtnern.«

»Dann wäre das doch ein ideales, supertolles Geschenk zu Fietes Geburtstag«, erwidert Sinje vergnügt. »Meinst du, ich kann mir die neunundsiebzig Euro von der Gemeindekasse zurückerstatten lassen?«

Ich ziehe sie sanft am tulpenförmigen Ärmel ihres roten Sommerkleids. »Ich meine, dass wir am Stand dahinten schauen sollten, welche Stauden gerade im Angebot sind. Henrikje hat heute keine Zeit, selbst zu kommen, weil sie damit beschäftigt ist, sich Heilmittelchen für Mareike zu überlegen.«

»Was ist denn mit Mareike?«, fragt Sinje.

»Sie hat Panik wegen des Tanzwettbewerbs«, erkläre ich mit gesenkter Stimme. »Vielleicht kannst du ja mal mit ihr sprechen und sie ein wenig beruhigen. Zurzeit lastet nicht nur der Erwartungsdruck Lüttebys auf ihr, sondern auch noch der von Jonas Carstensen. Er will eine große Sache daraus machen, sollte die Trachtentanzgruppe gewinnen und eine Runde weiterkommen. Übrigens war er ziemlich befremdet von deinem Buchgeschmack, als er den Roman bei einem Besuch im Lädchen zufällig in die Finger bekommen hat. Zum Glück konnten wir ihm glaubhaft machen, dass sie die Bestellzettel verwechselt hat.«

Sinje bleibt abrupt stehen, was dazu führt, dass eine Mutter mit ihrem etwa vierjährigen Sohn in sie hineinrennt. »Was ist das denn für ein Unsinn?«, sagt sie mit vor Wut funkelnden Augen. Oh, oh, Sturmtief Brausella ist im Anflug. »Der Mann setzt die arme Mareike unter Druck und mokiert sich darüber, dass ich es beim Lesen gern ein bisschen heiß und sexy mag? Ich bin evangelische Pastorin und darf so viele erotische Fantasien haben, wie ich will. Lieb, dass du versucht hast, meinen ehrenwerten Ruf zu bewahren, aber das ist nicht nötig.«

»Moin, Lina, moin, Sinje«, erwidert Piepenbrink. »Soll's noch was sein, oder wollt ihr hier nur euren Klönschnack abhalten?« Meine Augen überfliegen die bunte Blütenpracht, hier hat man die Qual der Wahl. »Wie wär's mit der Schafgarbe Summerwine?«, schlägt der Gärtner vor. »Die Farbe ist ein Traum und der Name auch.«

Tatsächlich leuchten die Stauden in einem derart intensiven Rot, wie ich es bei Schafgarben noch nie gesehen habe. Gemixt mit Gelb könnte das in Henrikjes Gärtchen toll aussehen. Ich lasse mir insgesamt zehn Stauden geben, dann packt Piepenbrink seine Siebensachen zusammen, genau wie seine Kolleginnen und Kollegen.

»Meinst du, wir können Amelie überreden, heute mal was Spritziges zu kredenzen?«, fragt Sinje, die letztlich nichts gekauft hat, noch nicht mal das Magnetschild.

»Du meinst was Sprittiges?«, frage ich amüsiert. »Gute Idee. Ich könnte einen kleinen Schluck vertragen, um mich für den morgigen Tag zu wappnen. Carstensen hat ein Team-Meeting mit Rantje einberufen, ich hoffe und bete, dass sie heute Abend nicht wieder nach der Bandprobe versackt oder irgendeinen Auftritt hat, von dem ich nichts weiß.«

»Oh, mein Gott, ich habe dich ja noch gar nicht gefragt, wie es bislang mit deinem neuen Chef war. Ich bin eine echt miese beste Freundin«, sagt Sinje, ehrlich zerknirscht. »Wie ist er auf einer Skala von eins bis zehn?«

»Meinst du als Vorgesetzter oder als … Mann?«

»Beides«, erwidert Sinje.

Ich überlege einen Moment und erstelle im Geiste eine Pro-und-Kontra-Liste. »4,5«, sage ich schließlich. »Neun Punkte fürs Aussehen, dann wiederum Punktabzug im Bereich Teamplay und Nettigkeit, ausgeglichen durch einen Zusatzpunkt, weil er eine Spinne ausgesetzt hat, statt sie zu töten.«

»Also ein karriereorientierter, attraktiver Spinnenflüsterer«, fasst Sinje zusammen. »Ich kann es kaum erwarten, ihn kennenzulernen. Weiß er von unseren abendlichen Treffen beim Lädchen?«

»Natürlich nicht«, knurre ich unwirsch. »So weit kommt's noch.«

»'allo, ihr Lieben, wie geht es eusch 'eute?« Die fünfundzwanzigjährige Amelie erwartet uns bereits.

Ihre Stimme klingt *un petit peu* nach Paris, süßen Macarons und Café au Lait. Sie lebt zwar schon seit fünf Jahren in Lütteby, ist aber immer noch Französin durch und durch. Das »h« geht ihr manchmal im Laufe des Tages verloren, doch keiner sucht mehr danach. Wir verstehen und lieben Amelie so, wie sie ist.

»Kannst du uns irgendetwas mixen, was *très français* ist und die Welt ein bisschen mehr wie *la vie en rose* erscheinen lässt?«, fragt Sinje. »Aber lass dir ruhig Zeit, denn Lina und ich müssen erst noch die Auslage ins Lädchen schaffen.«

»Ich hätte es heute auch gern ein wenig französisch«, stimmt Ahmet zu, einen Strauß roter Rosen vom Markt im Arm. »Lina, könntest du die bitte für mich in einen Eimer oder so stellen, damit sie frisch bleiben, bis ich nach Hause gehe? Danke.«

Amelie legt ihren Kopf schief und betrachtet uns aus Augen, die je nach Lichteinfall blau und dann beinahe fliederfarben wirken. Ihr zarter Schwanenhals ist so makellos weiß, als würde sie nie in die Sonne gehen. Die Wimpern sind von Natur aus schwarz wie die Nacht. »Wie wäre es mit Pastis auf Eis oder *Le Blanc Cass?*«

»*Le Blanc Cass?*«, wiederholt Henrikje, die gerade aus dem Lädchen gekommen ist. »Was ist das?«

»Weißwein mit einem Schuss Crème de Cassis«, erklärt Amelie.

»Also ein Kir royal. Klingt super«, sagt Kai, nun ebenfalls eingetroffen, und überreicht Amelie ein Köfferchen. »Hier, die neue Hausapotheke fürs Café. Ist alles drin, was du für den Notfall brauchst. Natürlich in der Hoffnung, dass der nie eintritt.«

Amelie nimmt den kleinen Koffer erfreut entgegen, ihr schwarzes Lockenköpfchen schimmert glänzend. »Also *Le Blanc cass* für alle?«, sagt sie. »Bin gleich wieder 'ier.«

Nachdem auch Violetta, Matti und Michaela da sind, erheben wir alle gemeinsam das Glas.

Ahmet sagt »Şerefe«, also Prost auf Türkisch, und schaut versonnen in Richtung des Flusses, über den zwei hölzerne Brücken führen. Habe ich eigentlich schon erwähnt, dass es nur bei uns hübsch und schnuckelig ist?

Die von Greta bei der Stadtführung erwähnte Kleinstadt Grotersum auf der anderen Seite des Flusses mit immerhin neunzehntausendfünfhundert Einwohnern ist ziemlich trostlos, und keiner von uns hält sich besonders gern dort auf. Es sei denn, man hat plötzlich Appetit auf Döner oder Asia-Food, muss sein Handy zur Reparatur geben, will ins Nagelstudio oder ist süchtig nach Spielautomaten und Billigramsch aus dem Warenhaus. Wir sind, streng genommen, ein Vorort von Grotersum und dürfen uns nur deshalb Kleinstadt nennen, weil wir nach der Eingemeindung im Jahre 1950 offiziell dazugehören, ob wir nun wollen oder nicht. Mit seinen unpersönlichen Neubausiedlungen,

Hochhäusern und schicken, aber seelenlosen Architektenhäusern am Fluss erinnert Grotersum an eine Mini-Version von *Gotham City* aus der Comic-Verfilmung *Batman,* besonders an dunklen Regentagen und im Winter. Auch das Rathaus befindet sich dort, seit es uns weggenommen wurde. In diesem Rathaus residiert und regiert seit vier Jahren der ehrenamtliche Bürgermeister Falk van Hove, aka *The Joker* (Batmans Intimfeind Nummer eins*)*, der sich nach Lütteby einen weiteren Nachbarort namens Norderende einverleiben möchte. Er glaubt, dies sei eine gute Strategie für seine Wiederwahl und würde unsere Region stärken. Dann könnten sich die drei Orte zusammen *Mittelstadt* nennen, was angeblich große soziale, wirtschaftliche und politische Bedeutung für das Umland und Vorteile für uns hätte: Schaffung neuer Arbeitsplätze, gemeinsame Logistik, neue Strukturen. Für mich und viele aus Lütteby klingt aber allein schon der Name unangenehm nach Mittelmaß, Gleichmacherei und … na ja, irgendwie unschön. Zudem nervt es gewaltig, dass van Hove unser Städtchen wie ein Unternehmen betrachtet, das demnächst an die Börse geht und gewinnhungrige Aktionäre anlocken soll. Wer fühlt sich denn schon gern wie eine Aktie, deren Wert ständig steigt und fällt? Darauf, dass das niemals passiert, einen *Le Blanc Cass!*

- 6 -

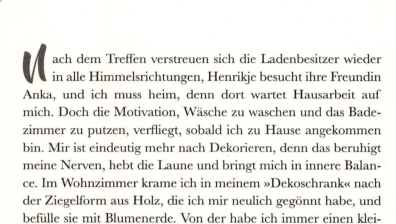

Nach dem Treffen verstreuen sich die Ladenbesitzer wieder in alle Himmelsrichtungen, Henrikje besucht ihre Freundin Anka, und ich muss heim, denn dort wartet Hausarbeit auf mich. Doch die Motivation, Wäsche zu waschen und das Badezimmer zu putzen, verfliegt, sobald ich zu Hause angekommen bin. Mir ist eindeutig mehr nach Dekorieren, denn das beruhigt meine Nerven, hebt die Laune und bringt mich in innere Balance. Im Wohnzimmer krame ich in meinem »Dekoschrank« nach der Ziegelform aus Holz, die ich mir neulich gegönnt habe, und befülle sie mit Blumenerde. Von der habe ich immer einen kleinen Sack auf Vorrat, falls mich spontan die Lust überkommt, etwas umzutopfen oder neu einzupflanzen.

Während ich das mache, überfällt mich mit einem Mal trotz der Freude, etwas Schönes zu erschaffen, ein Gefühl von Trübsinn und Einsamkeit. Seit ich wieder zurück in Lütteby bin, hat sich mein Freundeskreis verändert und leider deutlich reduziert. Viele haben geheiratet und sind schon länger Eltern eines oder sogar mehrerer Kinder. Diejenigen, die ihr Geld mit Landwirtschaft verdienen, sind Tag und Nacht im Einsatz für ihren Beruf, ich sehe sie, wenn überhaupt, nur noch auf den Festen in Lütteby. Mehr als ein kurzer Plausch bei zufälligen Begegnungen ist meist nicht drin, zu sehr ist jeder damit beschäftigt, den Alltag zu bewältigen. Zwei gute Freundinnen sind zudem weggezogen, der Kontakt zu ihnen hat sich leider nach und nach verloren.

In knapp einem Jahr wird auch Sinje verheiratet sein und mit Gunnar zusammenwohnen. Das bedeutet dann womöglich das *Aus* für fröhliche Abende bei ihr im Pastorat oder Städtetrips und gemeinsame Urlaube im Süden, es sei denn, Sinje bewahrt sich trotz der Ehe ihre Freiheiten. Ob Gunnar da so mitzieht, wage ich manchmal zu bezweifeln, denn so gern ich ihn auch mag, er hat gelegentlich kleine Macho-Allüren und sehr konkrete Vorstellungen davon, wie so eine Paarbeziehung auszusehen hat. Das führt in letzter Zeit immer häufiger zu Streit zwischen ihm und Sinje, die Gunnar regelmäßig daran erinnert, dass wir im einundzwanzigsten Jahrhundert leben.

Gedankenverloren topfe ich Dahlienzwiebeln ein und freue mich jetzt schon auf den Tag, an dem diese Blütenschönheiten ihre weißen und roséfarbenen Blütenköpfe herausstrecken und damit die Fensterbank meines Wohnzimmers in einen kleinen Garten verwandeln, bevor ich sie draußen einpflanze. In der Sammlung meiner Mutter spielen Blumen und Pflanzen keine besonders große Rolle, was ich gern ändern möchte, schließlich sind sie echte Glücklichmacher und verdienen einen Platz im Buch.

Nachdem ich die Erdklümpchen, die versehentlich auf dem dunklen Dielenboden gelandet sind, weggesaugt habe, klopfe ich die Sofakissen auf und falte die cremefarbene Kuscheldecke mit den Pompons zusammen, die ich meist um mich schlinge, wenn ich an meinem Lieblingsleseplatz sitze und in Romanwelten versinke. Diese Decke hat etwas Tröstliches, Wärmendes und ist ein Segen in Momenten, in denen ich mich danach sehne, im Arm gehalten und gestreichelt zu werden. So ungern ich es mir auch eingestehe: Es ist nicht immer einfach, Single zu sein. Tief im Inneren sehne ich mich nach der wahren Liebe, wie ich sie bei Anka und Helmut erlebe, bei anderen Paaren in Lütteby oder in romantischen Filmen und Serien.

Heute scheint leider ein Tag zu sein, an dem ich Streicheleinheiten bitter nötig habe, und sei es nur in Form eines Buches, das die Seele einhüllt wie eine solche Kuscheldecke, wenn sonst keiner da ist, der mich in den Arm nimmt. Also beschließe ich, Hausarbeit einfach Hausarbeit sein zu lassen und es mir stattdessen mit dem Roman *Was man von hier aus sehen kann* von Mariana Leky im ausladenden Lesesessel gemütlich zu machen. Natürlich mit einer Tasse Friesentee und Kluntjes und einem Stück der Friesentorte, die Henrikje vorgestern gebacken hat. Dass eigentlich Zeit fürs Abendessen ist, interessiert zum Glück gerade niemanden, das ist wiederum ein Vorteil des Alleinlebens.

Olaf fand es immer etwas befremdlich, dass ich zu den – aus seiner Sicht – unpassendsten Momenten die *falschen Sachen* gegessen habe. Das hat mich aber nicht davon abgehalten, morgens von einem besonders köstlichen Essen zu naschen, das vom Vortag übrig geblieben war, oder mitten in der Nacht Chips zu verputzen, wenn mir gerade der Sinn danach stand.

Was Florence wohl gern gegessen und getrunken hat?, frage ich mich, während mir der aromatische Duft des Friesentees in die Nase steigt. Ich weiß leider so wenig über meine Mutter, obgleich Henrikje sich stets bemüht hat, mir alles zu erzählen. Doch irgendwann sind diese Gespräche weniger geworden und schließlich nahezu verstummt. Ich möchte sie nicht immer schmerzlich daran erinnern, dass sie ihre Tochter verloren hat, und Henrikje will wahrscheinlich auch keine Wunden bei mir aufreißen.

Obwohl der Tee und vor allem die sahnige Friesentorte mit Pflaumenmus einfach göttlich schmecken, hilft die Köstlichkeit diesmal nicht gegen Trübsinn. Tränen sammeln sich hinter meinen Augenlidern, und obwohl ich versuche, tapfer gegen das Weinen anzukämpfen, verliere ich. Aus den einzelnen Tränen wird ein wahres Meer, das ich mithilfe der Serviette versuche zu trocknen. Was ist heute nur los mit mir? So traurig war ich schon lange nicht mehr. Vielleicht sollte ich eine Runde spazieren gehen, anstatt hier Trübsal zu blasen. Lesen kann ich später immer noch.

Ich öffne das Fenster, um frische Luft ins Wohnzimmer zu lassen und zu prüfen, wie windig es draußen ist. Immerhin tut man gut daran, in unseren Gefilden sicherheitshalber ein Tuch oder einen Pulli mehr mitzunehmen, denn das Wetter ändert sich meist schnell. Doch gerade als ich das Fenster wieder schließen will, nimmt ein weißer Vogel Kurs auf das Oberlicht. Im ersten Moment denke ich, das sei eine Möwe, doch dann ...

»Moin, Abraxas, na, das ist ja eine Überraschung«, rufe ich aus. »Was machst du denn hier?«

Ehe ich michs versehe, landet Thorstens Vogel auf dem Fensterbrett, schaut sich ein wenig um und hüpft dann hinunter auf den Dielenboden.

»Woher weißt du, dass ich hier oben wohne, oder ist es Zufall, dass du da bist?«, frage ich und beobachte amüsiert, wie der Rabe neugierig im Zimmer umherspaziert. Dabei machen seine Krallen ein lustiges Kratzgeräusch auf dem Fußboden. »Wenn du willst, zeige ich dir auch die Küche und das Schlafzimmer«, biete ich ihm an und gehe vorweg.

Abraxas lässt sich nicht zweimal bitten und folgt mir. Allerdings fasziniert ihn die Küche weitaus mehr als der Ort, an dem ich meine Nächte verbringe, was bestimmt daran liegt, dass ich ein Schälchen mit Wasser fülle und ein zweites mit einer Kernmischung für Salate. Ich weiß, dass er liebend gern Pinien- und Kürbiskerne schnabuliert und ein Faible für Walnüsse hat.

Nachdem Abraxas sich das weiße Bäuchlein vollgefuttert hat, zieht es ihn wieder ins Wohnzimmer. Als wäre dies sein angestammter Platz, flattert er auf meinen Lesesessel und macht es sich dort gemütlich. Ich kann nicht anders, ich MUSS das fotografieren. Thorsten wird sich amüsieren, wenn ich ihm die Bilder zeige, so viel steht fest. Um den Raben nicht zu stören, setze ich mich gegenüber auf die Couch, die ich mir zum Einzug gegönnt habe. Sie ist mit hellem Leinenstoff bezogen und sieht aus, als stammte sie aus einem englischen Cottage.

»So, und nun?«, frage ich ein wenig ratlos. »Was hast du für diesen Abend geplant?« Während ich noch überlege, ob ich damit klarkäme, wenn das hübsche Tierchen bei mir übernachten wollte, spüre ich Abraxas' Blick so intensiv auf mir, dass es beinahe unheimlich ist.

In Lütteby geht das Gerücht, dass Abraxas ein untrügliches Gespür für die emotionale Verfassung der Einwohner hat und denjenigen, die Trost brauchen, einen Besuch abstattet. Bislang habe ich das als bloßen Zufall abgetan, doch nun bin ich mir plötzlich nicht mehr so sicher. Im Blick des weißen Raben liegt mit einem Mal so viel ... ich wage es kaum, das zu denken, weil es absurd ist ... Güte, Liebe und Weisheit, dass ich Gänsehaut bekomme. Eine Nanosekunde lang glaube ich, das Gesicht meiner Mutter in seinem Gesichtchen zu sehen, doch einen Wimpernschlag später ist diese Vision verschwunden. »In der Seele, in ihrer Mitte, steht ein Vogel auf einem Bein. Der Seelenvogel. Und er fühlt alles, was wir fühlen«, heißt es in dem großartigen Kinderbuch von Michal Snunit, und nun bin ich geneigt, diesem Gedankenspiel zuzustimmen. Das Verrückte ist, dass mit einem Mal all die Traurigkeit, das Gefühl der Trostlosigkeit und des Verlorenseins von mir abfallen und sich wohlige Wärme in mir ausbreitet. Inmitten meines dunklen Stimmungstiefs wird es wieder heller, und das liegt allein an diesem ganz besonderen Tier.

»Jetzt weiß ich, wieso Thorsten so an dir hängt«, flüstere ich, ergriffen von dem Wunder, das gerade geschieht.

Abraxas macht *Kraraaa*, schüttelt sich ein bisschen und flattert dann zum Fenster. Dort trippelt er eine Weile auf und ab und dreht sich immer wieder zu mir um, als wolle er sich vergewissern, dass es mir auch wirklich gut geht.

Ich nicke ihm bestätigend zu und flüstere: »Danke.«

Als der Rabe verschwunden ist, schaue ich noch eine ganze Weile von oben auf den leeren Marktplatz und weiß mit einem Mal: Ich brauche mich nicht einsam zu fühlen, egal, was passiert. Dieser Ort ist meine Heimat und wird es immer sein, egal, was auch geschieht. Denn auch ein Ort kann Familie sein. Vor allem ein so schöner, bezaubernder wie Lütteby.

April 1634

»Aber ich kenne ihn doch gar nicht. Wieso sollte ich ihn dann heiraten?« Algea funkelte ihren Vater zornig an, nachdem dieser ihr eröffnet hatte, dass es an der Zeit sei, sich nach einem passenden Ehemann für sie umzuschauen. Als Kandidaten hatten sich die Eltern einen jungen Mann aus Norderende ausgesucht, der ebenfalls von edler Herkunft war, einen guten Leumund hatte und zwei Jahre älter war als Algea.

»Deshalb werden wir bald eine Zusammenkunft arrangieren, Liebes«, versuchte die Mutter ihre aufbrausende Tochter zu besänftigen. »Ich dachte an einen Spaziergang am Meer mit einem anschließenden Imbiss bei uns in der Villa. Keine Sorge, du wirst nicht allein sein, Ineke und ich begleiten euch beide selbstverständlich in gebührendem Abstand. Beim Essen werden auch die Eltern von Taako anwesend sein.«

»Wenn die Eltern dabei sind, ist doch alles schon entschieden«, erwiderte Algea und schob trotzig das Kinn vor. »Wieso interessiert ihr euch nicht für das, was ich will?« Tränen der Wut sammelten sich in ihren Augenwinkeln. Es war nicht das erste Mal, dass sie sich dafür verfluchte, nicht als Junge in diese Welt geboren worden zu sein. Als Mädchen und Frau hatte man so gut wie keine Rechte – und vor allem keine Freiheiten.

»Wir wollen doch nur das Beste für dich«, meldete sich nun der Vater zu Wort. *»Ich schlage vor, wir essen jetzt weiter und beenden das Thema. Dieses Treffen ist vereinbart, ob du es nun willst oder nicht. Also gewöhn dich besser an den Gedanken.«* Algea schickte ihrer Mutter einen Hilfe suchenden Blick, doch diese schlug nur die Augen nieder. So gut die Ehe der Ketelsens war, so genau wusste jeder in diesem Hause, wann er sich dem Willen des stolzen Kapitäns zu fügen hatte.

»Zähle ich denn gar nicht?«, fragte Algea später, als Amme Ineke ihr das hüftlange Haar so hingebungsvoll bürstete, bis es seidig glänzte. *»Ich möchte aus Liebe heiraten und nicht, weil es so vorherbestimmt ist. Man könnte meinen, ich sei eine Königin, die in Ränkespiele am Hof verwickelt wird. Aber ich bin nur die Tochter von Kommandeur Aarge Ketelsen und keine Monarchin.«* Ineke zog es vor, nicht zu antworten, daher ging Algea schließlich ins Bett, ohne irgendeine Form von Unterstützung erfahren zu haben. Nachdem sie sich eine Weile schlaflos in den Daunen hin und her geworfen hatte, stand sie auf und öffnete das Fenster, obwohl die Nachtluft sehr kühl war. Doch Algea hatte das Gefühl, ersticken zu müssen, wenn sie nicht selbst über ihr Leben entscheiden und frei atmen konnte. Der Mond schimmerte am Nachthimmel, die Nordsee brauste tosend an den Strand. Mit einem Mal kam ein großer, weißer Vogel auf sie zugeflogen und setzte sich, ehe Algea das Fenster schließen konnte, auf den Sims. Algea wich erschrocken zurück, denn der Sage nach waren die Raben und schwarzen Krähen Vorboten drohenden Unheils. Doch dieser Vogel war weiß, obgleich er doch zur Familie der Rabenvögel gehörte. *»Bist du gekommen, um mir zu sagen, dass ich mich gegen das vorherbestimmte Schicksal wehren und kämpfen muss?«*, fragte sie. Der Rabe stieß ein Kraraaa aus und entschwand wieder flügelschlagend in die Nacht.

Vom *Glück* der unterschiedlichen *Windrichtungen*

*Gegenwind formt den Charakter.
Rückenwind gibt Auftrieb.
Wir können den Wind nicht ändern,
aber die Segel anders setzen.*

- 7 -

Als ich am Freitagmorgen ins Büro komme, lehnt Rantje an meinem Schreibtisch, in der einen Hand eine Zigarette, in der anderen einen Becher rabenschwarzen Kaffee. »Wie isser denn so, der Neue? Deiner Nachricht auf meiner Mailbox nach zu urteilen, könnte ich Stress wegen meiner Fehlzeiten bekommen, oder?«

»Guten Morgen erst mal«, erwidere ich, leicht amüsiert.

Auf Rantjes Schultern sitzt Abraxas. Heute sehe ich den Vogel mit anderen Augen und fühle mich ihm noch mehr verbunden als zuvor. Er ist nicht nur das Maskottchen von Lütteby, sondern auch von Rantjes Band »The Raven«, benannt nach einem Song von »The Alan Parsons Project«, basierend auf einer Geschichte von Gruselaltmeister Edgar Allan Poe. Ich fächle den störenden Qualm weg und streichle Abraxas, der mir nach seinem Besuch noch mehr ans Herz gewachsen ist als ohnehin schon. Sein Gefieder fühlt sich weich wie Samt an, er genießt meine zärtliche Berührung ganz offensichtlich und schmiegt das Köpfchen in meine Handfläche wie eine verschmuste Katze.

»Jonas Carstensen ist vor allem streng und zielorientiert«, antworte ich in der Hoffnung, dass meine Beschreibung neutral und sachlich klingt. »Du solltest künftig deine Arbeitszeiten einhalten, es sei denn, du bist wirklich krank, sonst gibt's mit Sicherheit Ärger. Er hat das Team-Meeting zu Amelie verlegt, Punkt 9 Uhr sollen wir drüben sein. Bis dahin rate ich dir,

Abraxas hier wegzuschaffen, der ist ihm nämlich ein Dorn im Auge.«

»Aber es regnet in Strömen, und Abraxas hasst Regen, wie du weißt. Außerdem habe ich sein Regencape daheim vergessen«, protestiert Rantje und drückt die nicht fertig gerauchte Zigarette in einem winzigen Taschen-Aschenbecher aus, den sie stets bei sich trägt. Der ist länglich, sieht aus wie ein Feuerzeug und kann mit einem Karabinerhaken an der Gürtelschlaufe der schwarzen Zimmermannshose aus Cord befestigt werden, zurzeit Rantjes Lieblingsoutfit, egal, wie warm es ist. Ihre lila-schwarz gefärbten Haare trägt sie verborgen unter einem schwarzen Schlapphut aus Samt, den linken Nasenflügel ziert ein silberner Stecker mit dem Motiv eines Raben. Bei Regen hüllt sie sich in eine schwarze Pelerine, die aus einem Kostümfundus in Husum stammt. An stürmisch verregneten Tagen ähnelt die Silhouette der Rad fahrenden Rantje von Weitem dem geisterhaften Schimmelreiter Hauke Haien aus der Novelle von Theodor Storm. Heute ist wieder so ein Schimmelreiter-Tag.

Bedauerlicherweise hat sich das schöne Wetter von einem Tiefausläufer in die Knie zwingen lassen, der seit einer guten Stunde ziemlich viel Regen über unserer kleinen Stadt verschüttet. Die pastellfarbenen Treppengiebelhäuser spiegeln sich in den Pfützen, kleine Kinder planschen mit ihren Gummistiefelfüßen darin herum, dass es nur so spritzt.

Wir sind tatsächlich vor Jonas Carstensen im *Café am Marktplatz*, wie es in Schnörkelschrift auf dem Emaille-Schild über dem Eingang steht. Darunter geht's mit den Worten *Chez Amelie, Boulangerie viennoise* weiter.

»Ich hoffe, Amelie hat heute frische Brioches«, sagt Rantje, kaum dass wir durch die historische Tür mit den Blumenornamenten hindurchgegangen sind. »Oder Pain au chocolat oder Croissants aux amandes ...«

Rantje isst für ihr Leben gern, ist aber dürr wie eine Salzstange. Mit neunzehn verstoffwechselt man Zucker, Fett und Kohlehydrate eben deutlich besser als mit Mitte dreißig.

»Bonjour«, grüßt Amelie lächelnd und wischt sich die mehlbestäubten Hände an einer Küchenschürze ab, auf der eine Vielzahl Eiffeltürme im Miniformat abgebildet sind. »Isch 'abe für eusch da'inten gedeckt, da ist es schön ru'ig.«

Da'inten ist ein Separee, wie man es aus alten Filmen kennt. Dort würde ich gern mal mit meinem Liebsten einen romantischen Abend verbringen, allerdings habe ich keinen Liebsten, und Amelie schließt das Café um 18 Uhr.

Aber so ist das Leben, es spielt nach seinen eigenen Regeln.

Wir folgen Amelie und gehen dabei am gläsernen Verkaufstresen vorbei, in dem verführerisch aussehende Macarons, luftige Eclairs, Karamellbonbons, rosafarbene Guimauves, also französische Marshmallows, und viele andere Köstlichkeiten auf Schleckermäuler warten. Natürlich gibt es bei Amelie auch Tartes, Eis und Sorbets, alles hausgemacht.

Es ertönt der zarte Klingelton mit der Melodie von »Le Tourbillon De La Vie« aus dem Film *Jules et Jim* von François Truffaut, die Eingangstür öffnet sich.

»Bin schon da«, ruft Jonas Carstensen, und im Nu schnellen die Köpfe der Besucher, die gerade ins Gespräch oder die Lektüre der Tageszeitung vertieft waren, neugierig nach oben.

Einige der Cafébesucher stammen aus Lütteby, andere machen Urlaub in der Region, wiederum andere sind aus Grotersum gekommen, um hier *Café au Lait* zu trinken oder einfach nur, um mit Amelie zu flirten.

Heute ist Carstensen legerer gekleidet als am Vortag, er trägt eine Jeans und ein blütenweißes Hemd mit gestärktem Kragen. Die Jeans stehen ihm gut, das muss ich leider zugeben. Wieso ist der nur so verdammt attraktiv, aber nicht nett?

Doch vielleicht wäre das ja auch zu schön, um wahr zu sein, und außerdem ist es mir egal. Ich bin schließlich nicht auf der Suche nach jemandem.

»Hallo, Frau Schulz, guten Morgen, Frau Hansen.«

Dass man bei uns salopp *Moin* sagt, hat sich entweder noch nicht bis zu ihm herumgesprochen, oder er ignoriert das hiesige Ritual ganz bewusst. Rantje begrüßt ihn, und ich kann am kurzen Aufflackern ihrer Augen sehen, dass er ihr gefällt. Wir setzen uns an den Vierertisch, auf dem eine schneeweiße Tischdecke liegt, in der Mitte steht eine blaue Vase, gefüllt mit zarten Gräsern und Blumen aus Violettas Laden.

»Hübsch hier«, sagt Carstensen anerkennend. »Aber ziemlich feminin, nicht wahr?«

»Wie Sie sicher beim Hereinkommen gesehen haben, hält das jedoch keinen der männlichen Besucher davon ab, hier zu frühstücken, die Kaffeepause zu verbringen oder mittags einen Salat und Quiche zu essen«, kontere ich, weil mich seine Bemerkung stört. Cafés werden meist von Frauen frequentiert, sollten also in erster Linie deren Geschmack entsprechen, finde ich. Männer treffen sich eher in der Kneipe oder *after work* in einer Bar. Wobei man sagen muss, dass es in Lütteby gar keine Bar gibt. In Grotersum allerdings schon.

Dort gibt es auch ein Schwimmbad mit Thermalbereich. Wir haben das Meer, im Winter allerdings eindeutig zu kalt, um darin zu schwimmen, es sei denn, man stellt sich der Herausforderung einer Mutprobe anlässlich des traditionellen Neujahrsbadens in der eiskalten Nordsee.

Carstensen studiert, ohne auf meine Anmerkung einzugehen, mit gerunzelter Stirn die Speise- und Getränkekarte. »Das ist ja wirklich alles sehr französisch«, sagt er und klappt die Karte wieder zu. »Wo kauft man hier eigentlich Brot?«

»Beim *Bäcker zur Alten Linde,* drüben in Grotersum«, antwortet

Rantje, offenbar entschlossen, einen guten ersten Eindruck zu machen. »Oder in den Supermärkten auf der grünen Wiese.«

»Wieso überlässt Madame Bernard den Umsatz der Konkurrenz?«, fragt Carstensen, nicht ganz zu Unrecht.

Es ist leider mit ziemlich viel Lauferei verbunden, wenn man kräftiges Schwarzbrot, Brötchen aus Dinkelmehl oder Ähnliches haben möchte. Unter einem Fußmarsch von mindestens zehn Minuten in Richtung der über hundertjährigen Linde am anderen Ufer des Flusses ist es nicht getan. Entweder man bevorratet sich alternativ beim Großeinkauf im Supermarkt mit Aufbackbrötchen und abgepacktem Brot, oder man entschließt sich, selbst zu backen.

»Es ist ein unausgesprochenes Gesetz, dass wir in dieser kleinen Stadt versuchen, eher mit Charme und Originalität zu punkten als mit Angeboten, die man überall bekommt«, erkläre ich im Brustton der Überzeugung. »Deshalb ist zum Beispiel unser Italiener am Marktplatz auch nicht irgendein x-beliebiger Italiener.«

»Soll heißen?« Carstensen mustert mich mit einer Mischung aus Interesse, Skepsis und einer gewissen Amüsiertheit, wenn ich seinen Gesichtsausdruck richtig deute. Diese Amüsiertheit wirkt, als käme da der wahre, deutlich lockerere Jonas Carstensen zum Vorschein, aber vielleicht bilde ich mir das ja auch nur ein.

»Federico Lorusso stammt von der Halbinsel Salento und kocht apulische Spezialitäten«, erklärt Rantje und beißt genüsslich in die dampfende Brioche, die einen verführerischen Duft verströmt und soeben von Amelie serviert wurde, weil sie Rantjes Wünsche kennt. Das Gebäckteilchen aus Hefe duftet nach Wärme, Sommer in Frankreich, Familienfrühstück und gemütlichem Beisammensein.

»Ist diese Region nicht bekannt für die Cucina Povera, also

einfache Küche?«, fragt Carstensen, und ich bin tatsächlich ein bisschen beeindruckt, obwohl ich das nach unserem ungünstigen Start eigentlich nicht sein möchte.

Aber trotzdem: Die meisten Menschen wissen noch nicht einmal, wo Apulien liegt, und dieser Mann kennt sogar die Bezeichnungen der dortigen Speisen?

»Das stimmt«, sagt Rantje und vergisst mal wieder, dass man nicht mit vollem Mund sprechen sollte. Ihre tiefrot bemalten Lippen sind voller Brioche-Krümel, aber wunderschön und äußerst sinnlich. »Und genau das ist ja das Tolle. Bei *Dal Trullo* gibt es überwiegend frisches Gemüse und Fisch. Fleisch nur sehr selten, was ich als Vegetarierin natürlich super finde.«

»Was ist mit Pasta?«, fragt Carstensen und tippt etwas in sein Smartphone. »Und Pizza?«

»Pizza gibt's drüben in Grotersum oder in der Tiefkühltheke im Supermarkt«, mische ich mich ins Gespräch, damit Rantje zu Ende kauen kann, ohne dass sich die Krümel quer über dem Tisch verteilen. »Natürlich hat Federico auch Pasta. Zum Beispiel Orecchiette alle cime di rapa, Cavatelli oder Troccoli, die Antwort Apuliens auf Spaghetti. Alle äußerst lecker und hausgemacht von seiner Frau Chiara.«

Was ich verschweige, ist, dass ich es schon ziemlich klasse fände, wenn Federico endlich Pizza backen würde. Doch er hat seine eigenen Ansichten, und die akzeptieren wir.

»Verstehe«, sagt Carstensen und seufzt leise.

»'aben Sie gewä'lt?«, fragt Amelie und strahlt, sodass das Separee plötzlich wirkt, als seien alle Lichter auf einer Theaterbühne auf einmal angeknipst worden.

Mein Chef bestellt einen Café noir und ein Croissant naturel. Ich einen Café au Lait und Pain au chocolat. Dann darf ich zwar für den Rest des Tages nichts mehr essen, doch das ist mir der Genuss wert.

»Gibt es hier überhaupt typisch Norddeutsches, das Urlauber und Tagestouristen anlockt, weil sie nun mal nahe der Nordsee Tee mit Kluntjes, Friesentorte, Fischbrötchen, Labskaus und Rührei mit Krabben erwarten?«, fragt Carstensen.

Rantje und ich wechseln betretene Blicke.

»Zweimal in der Woche an den Ständen des Bauern- und Fischmarkts, der dienstags und samstags stattfindet, oder beim Imbiss von Familie Dorsch am Hafen«, sagt Rantje schließlich. »Außerdem gibt es in Grotersum die Filiale einer bekannten Sylter Fischkette sowie einen Foodtruck mit dem ganzen norddeutschen Schnickschnack. Hier verhungert keiner, das können Sie mir glauben. Außerdem gehen die Leute aus Lütteby nicht ständig auswärts essen, sondern kochen gern selbst.«

»Im Übrigen wählen wir das Sortiment der Waren und gastronomische Angebote nicht ausschließlich danach aus, was Urlaubern gefällt«, erkläre ich. »Wir wohnen schließlich hier und freuen uns über ein wenig französisches Flair und italienische Küche abseits des Mainstreams.«

»Diese Stadt lebt doch aber überwiegend von Einnahmen aus dem Tourismus«, hält Jonas Carstensen – leider zu Recht – dagegen. »Wovon bestreiten die Einwohner denn sonst ihre Ausgaben? Landwirtschaft und Fischfang dürften doch wohl eine eher geringe Rolle beim Einkommenserwerb spielen, nicht wahr? Und wo wir gerade dabei sind: Gibt es schon Pläne für den Laden neben dem Geschäft Ihrer Großmutter Henrikje, Frau Hansen? Wie ich hörte, wirft der Antiquitätenladen zum Ende des Monats mangels Kunden das Handtuch.«

Ja, leider, seufze ich innerlich. Die Möglichkeit, hübschen Trödel und andere Besonderheiten günstig im Internet zu erstehen, hat der alten Stine geschäftlich betrachtet das Genick gebrochen. Ich bin froh, dass die Geschäftsaufgabe wenigstens nicht ihre Existenz bedroht, denn sie verkauft das denkmalgeschützte Haus und zieht zu ihrem Sohn und dessen Familie nach Hamburg.

»Soweit ich weiß, noch nicht«, erwidere ich.

Doch selbst wenn ich es wüsste, würde ich ihm nicht verraten, wer demnächst neben Henrikje ein Geschäft eröffnen wird. Der Mann ist hier schließlich für den Bereich Tourismus und Marketing zuständig, aber nicht für Stadtplanung.

»Interessant«, sagt Carstensen, und ein triumphierendes Lächeln huscht über sein Gesicht. »Na, das bietet doch hervorragende Möglichkeiten«, murmelt er und tippt wieder etwas in das Smartphone. »Übrigens werde ich noch eine Weile hier arbeiten, denn Herr Näler hat sich nicht nur das linke Bein gebrochen, sondern auch die Hüfte und muss nach seinem Krankenhausaufenthalt in die Reha. Also, Frau Hansen und Frau Schulz: Wir sind ab sofort ein Team, das dafür sorgen wird, dass Lütteby aus seinem touristischen Dornröschenschlaf erwacht. So, wie die Dinge zurzeit liegen, kann es nicht weitergehen. Wir sollten uns ein Beispiel an anderen Orten in der Nähe nehmen, die wirtschaftlich besser aufgestellt sind. Ich treffe mich heute noch mit Bürgermeister Falk van Hove zu einem kleinen Gedankenaustausch.«

Ich verschlucke mich beinahe an meinem Café au Lait. Thorsten und Falk van Hove sind seit jeher Todfeinde, so wie es leider einige Familien aus Lütteby und Grotersum sind. Das läuft bei uns ein bisschen wie bei den Montagues und Capulets aus *Romeo und Julia*. Und manchmal leider genauso dramatisch, weil wir uns nicht die Butter vom Brot oder, im konkreten Fall der Übernahmepläne van Hoves, die alten Häuser vom Markt nehmen lassen wollen, damit er sie abreißen und stattdessen Neubauten mit teuren Eigentumswohnungen errichten kann. Doch davon weiß Carstensen vermutlich nichts. Wie sollte er auch?

»Sie beide erstellen bis Montagnachmittag ein Konzept mit Vorschlägen dazu, was Sie hier verändern würden, und wir besprechen das Ganze dann abends«, ordnet er an, als hätten wir dazu gar nichts zu sagen außer »Ja«. Und »Amen«.

»Aber heute ist Freitag, und ich trete am Wochenende zweimal mit meiner Band auf«, protestiert Rantje, und auch ich hätte das ein oder andere vor, nämlich endlich bügeln und die Wohnung putzen. Oder die Vasen, deren Farbe ich nicht mehr mag, mit farbigem Lack besprühen, damit sie sommerfrisch aussehen. Außerdem ist Samstag mein freier Tag.

Doch das alles interessiert unseren Chef nicht. »Was auch immer Sie beide geplant haben, stellen Sie es zurück. Diesen Müßiggang werde ich auf keinen Fall dulden, gewöhnen Sie sich besser daran, dass wir ab sofort gemeinsam ein Ziel verfolgen. Und das lautet, diese kleine, hübsche Stadt zum neuen touristischen Traumziel zu machen. Also lassen Sie uns schnell wieder zurück ins Büro gehen, damit wir pünktlich für die Urlauber öffnen.«

Immer noch sauer über die Art und Weise, wie Carstensen uns verdonnert hat, eine Vorschlagsliste zu erstellen, nutze ich die spätere Mittagspause, um frische Luft zu schnappen und mich ein wenig zu sortieren. Ich will versuchen, ruhig zu bleiben und mich nicht allzu sehr darüber zu ärgern, dass Carstensen das Zepter im Büro derart energisch und zielorientiert übernimmt, ohne Rücksicht darauf, dass Rantje und ich einen anderen Umgang gewohnt sind und wir in Lütteby üblicherweise ein wenig bedächtiger an die Dinge herangehen.

Um einen freien Kopf zu bekommen, spaziere ich über die Brücke in Richtung Grotersum, biege aber schnell ab, um mich nicht vom Anblick der hässlichen Neubauten verdrießen zu lassen. Doch die liegen alsbald hinter mir, und ich erfreue mich am

Flüstern des Windes, der durch die Silberpappeln am Wegesrand rauscht, und am Regen, der an meinem Schirm herabperlt und mir das gute Gefühl gibt, dass die Natur endlich wieder zu trinken bekommt. In den vergangenen Jahren war das Wetter häufig nicht »typisch norddeutsch«, mancher August war so heiß, als lebten wir in Apulien, eine Herausforderung für die Landwirtschaft, aber auch für Mensch und Tier.

Die Dinge müssen im Gleichgewicht sein, sonst geht es niemandem gut, das gilt sowohl für die Natur als auch für das zwischenmenschliche Miteinander, denke ich und lasse den Blick über das Flüsschen Lillebek schweifen. An Starkregentagen ist ihr Wasserpegel so hoch, dass sie droht, sich über den Marktplatz zu ergießen, doch wir Norddeutschen sind den Umgang mit Hochwasser und Sturmfluten gewohnt, also wissen wir den Marktplatz zu schützen.

Mich beschäftigt immer noch das ehrgeizige Ziel von Jonas Carstensen, und ich bin zwiegespalten: Auf der einen Seite hat er völlig recht, Lütteby braucht dringend mehr Einnahmen, und die lassen sich nun mal am ehesten durch florierenden Tourismus erzielen. Doch dieser Schritt muss behutsam und gut durchdacht erfolgen und zu unserem kleinen Städtchen passen, das die Stammgäste vor allem dafür lieben, dass es in unsicheren Zeiten zumindest hier noch so etwas wie Beständigkeit und Verlässlichkeit gibt.

»Moin, Lina«, grüßt Familie Braaren, offenbar auf dem Weg zum Einkaufen. Inna hüpft an der Hand ihrer Mama fröhlich quiekend in den Pfützen herum, ihre beiden kleinen Brüder sitzen unter einer schützenden Plane in einem Bollerwagen, gezogen vom Papa, der sich lachend mit seinen beiden Söhnen unterhält.

Ein leiser Stich durchfährt mich, wie fast immer, wenn ich Familien sehe, die glücklich miteinander sind und wissen, dass sie zusammengehören. Familien, bei denen es keine Fragen, keine Ungereimtheiten, keine Geheimnisse gibt.

Ob ich diese Art von Glück jemals werde erleben dürfen?

Ich wünsche mir das so sehr und hoffe, dass mir dieses Glück einmal zuteilwird.

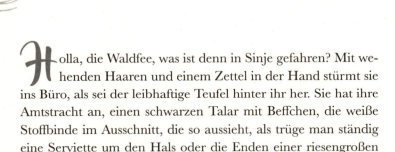

- 8 -

Holla, die Waldfee, was ist denn in Sinje gefahren? Mit wehenden Haaren und einem Zettel in der Hand stürmt sie ins Büro, als sei der leibhaftige Teufel hinter ihr her. Sie hat ihre Amtstracht an, einen schwarzen Talar mit Beffchen, die weiße Stoffbinde im Ausschnitt, die so aussieht, als trüge man ständig eine Serviette um den Hals oder die Enden einer riesengroßen Schleife.

»Alles gut bei dir? Ist irgendwas passiert?«, frage ich, weil Sinje einen etwas durchgeknallten Eindruck macht. »Oder hast du schon Feierabend und noch keine Lust, dich umzuziehen?«

Es ist kurz nach 17 Uhr, Rantje und ich sitzen nach dem *Meeting* und meinem Spaziergang in der Mittagspause immer noch in der Touristeninformation und arbeiten beide fieberhaft an den Vorschlägen, die am Montag vorliegen müssen. Carstensen ist unterwegs, er stattet unter anderem Federico und Chiara von *Dal Trullo* einen Besuch ab, genau wie Violetta, Michaela, Ahmet und Kai – und später Bürgermeister van Hove.

»So ähnlich. Hast du mal einen Moment Zeit, Lina?«, fragt Sinje, schnappt sich meinen halb vollen Teebecher und trinkt ihn leer.

»Moin, Sinje, länger nicht gesehen«, sagt Rantje, blickt kurz auf, vertieft sich dann aber wieder in die Internetrecherche. Ihre Finger fliegen flink über die Tastatur, Abraxas sitzt direkt vor ihr auf dem Schreibtisch, das weiße Köpfchen schief gelegt, als würde er sie genau beobachten.

»Könnt ihr ein Geheimnis für euch behalten?«, wispert Sinje und schaut sich hektisch im Gästeservice um, als ob die Urlauber sich in den Ecken verstecken und heimlich unseren Gesprächen lauschen würden. Doch das Büro schließt um 17 Uhr, wir sind also unter uns.

»Nun mach's nicht so spannend, was ist los?«, frage ich und schiele neugierig auf den Zettel. Ich kann nur die Buchstaben ZVG entziffern, das große Ganze wird von Sinjes Hand verdeckt. Ist das etwa ein neuer Brief ihres geheimnisvollen Verehrers?

»Die Villa am Waldrand wird zwangsversteigert«, stößt Sinje atemlos hervor. »Das ist die Chance, auf die ich seit Ewigkeiten gewartet habe.«

»Woher weißt du das?«, frage ich, leicht beunruhigt.

»Vom Aushang am Rathaus. Ich musste vorhin etwas in Grotersum erledigen und habe dies hier zufällig entdeckt«, erwidert Sinje und zeigt den Zettel.

Statt eines poetisch-schwärmerischen Briefs ist lediglich ein Foto der Villa zu sehen, darüber steht in dicken Lettern: Zwangsversteigerung. Durchgeführt vom Amtsgericht Grotersum.

»Hast du den Zettel geklaut?«, fragt Rantje, offenbar doch neugierig, mit amüsiertem Lächeln.

Sinje nickt, und mir sinkt das Herz in die Hose.

»Geil«, sagt Rantje und lässt eine pinkfarbene Kaugummiblase platzen. »Du bist echt die abgefahrenste Pastorin, die es gibt. Dir ist aber auch nichts heilig.«

»Das ist alles nur zum Wohl der Gemeinde«, verteidigt Sinje ihren Diebstahl. »Wir brauchen definitiv ein neues, größeres Pastorat. Außerdem möchte ich einen Teil des an die Villa angrenzenden Waldes zu einem Ruheforst umwandeln lassen, wie ihr wisst.«

Die Idee eines Ortes für Waldbestattungen gefällt Jonas Carstensen bestimmt. Sie ist hip und trendy, sogar nachhaltig. Allerdings nicht sonderlich *instagrammable*, wie ich finde. Doch wer weiß, wie er das sieht? Vielleicht veranstaltet Lütteby irgendwann organisiertes Waldbaden für Touristen, Umarmung von Bäumen inklusive, verbunden mit einer Meditation zu dem Mantra »Unter allen Wipfeln ist Ruh – verbinde dich mit deiner inneren Unsterblichkeit«. So oder so ähnlich, das Konzept ist sicher noch ausbaufähig. Sollte ich es vielleicht auf meine Vorschlagsliste setzen? Henrikje könnte die Führungen übernehmen, wenn Sinje keine Zeit dazu hat.

»Hörst du mir noch zu?«

Oh, oh, Sinje klingt sauer, während ich gegen einen Anflug von Albernheit ankämpfe.

»Ich habe dich gerade gefragt, ob wir heute Abend gemeinsam zur Villa gehen, Fotos machen und uns ein bisschen dort umschauen. Wenn ich beziehungsweise die Gemeinde Geld investiere, muss ich wissen, in welchem Zustand das Haus ist.«

Ich und abends nach Einbruch der Dunkelheit in die *Spukvilla?!* Niemals!

»Wenn Lina Schiss inne Büx hat, kommen Abraxas und ich mit. Nicht wahr, mein Hübscher?«, Rantje krault den Raben liebevoll. »Man merkt, wie sehr er Thorsten vermisst. Irmel ist kein Ersatz, denn sie kann Abraxas nicht leiden, ich glaube, sie ist eifersüchtig auf ihn«, sagt sie und gibt dem Vogel einen Kuss auf den Schnabel.

»Aber wie kommen wir da rein? Wir haben doch gar keinen Schlüssel«, sage ich, nicht bereit zuzugeben, dass ich ganz schön Muffensausen habe. Wie alle Kinder Lüttebys musste auch ich die obligatorische Mutprobe absolvieren, einmal bei Dunkelheit auf den Friedhof zu gehen und der damaligen Besitzerin der Villa einen Besuch abzustatten. Ich habe beides nicht in allerbester Erinnerung.

»Das lass mal meine Sorge sein«, erwidert Sinje, geheimnisvoll lächelnd.

»Und wieso machst du das nicht gemeinsam mit Gunnar? Schließlich wollt ihr dort nach der Hochzeit wohnen.« Ein letzter, kläglicher Versuch, mir die gruselige Geschichte vom Hals zu schaffen. Hoffentlich klappt's!

»Steht Gunnar nicht auf Neubauten? So mit Glas, Stahl, Beton und Bullaugen?«, fragt Rantje. »Und hat er nicht neulich erst den Makler von Grotersum um ein Exposé für einen dieser hässlichen Penthouse-Klötze am Fluss gebeten?«

Ich will gar nicht wissen, wieso Rantje weiß, dass Gunnar mit einem aus *Gotham City* Kontakt hatte, wahrscheinlich geht der Klatsch wieder auf das Konto von Michaela aus dem *Modestübchen*.

»Gunnar hat meist keine Ahnung davon, was gut für ihn ist«, erwidert Sinje, den Zettel fest an die Brust gepresst. »Umso besser, dass ich es weiß. Aber er hat heute Abend keine Zeit.«

»Wenn das so ist, komme ich natürlich mit. Wo steckt Gunnar denn schon wieder?«

»Übung der freiwilligen Feuerwehr«, erwidert Sinje knapp. »Holst du mich um neun ab? Ich habe vorher noch ein Traugespräch, also kann ich leider nicht eher.«

Und zu Rantje gewandt: »Seid noch schön fleißig, ihr beiden.« Ich sage: »Bis später«, nicke Sinje zu und überfliege die ersten Absätze der Rohfassung meiner bisherigen Aufzeichnungen. Dann tippe ich drauflos: *Es ist wichtig, die Wünsche und Bedürfnisse von Urlaubern mit denen der Einwohner in Einklang zu bringen. Vorhandene Ressourcen sollten so genutzt werden, dass soziale, ökologische und wirtschaftliche Interessen befriedigt werden, ohne ...*

Dummerweise komme ich nicht weiter, denn Mutproben-Bilder meiner Kindheit überlagern die Schlagworte, aus denen ich mein Konzeptpapier zusammenstellen will. Verdammt! Als sei es gestern gewesen, erinnere ich mich mit Schaudern an das Bild des Mädchens im Obergeschoss der

Villa, das in jener Nacht vor fünfundzwanzig Jahren am schwach erleuchteten Fenster stand und auf mich hinabblickte. Sie hielt einen antiken Ständer mit brennenden Kerzen in der Hand und trug ein weißes Nachthemd. Ihre Lippen formten das Wort *Hilfe,* dann öffnete sich das Fenster wie durch Zauberhand, ein Käuzchen flatterte heraus und entschwand flügelschlagend in der dunklen Nacht. Die Kerze erlosch, das Mädchen war verschwunden …

Ich sehe mich noch immer dort stehen, am Fuß der Villa, schweißgebadet und zitternd wie Espenlaub. Gerade mal zehn Jahre alt, ungefähr sechs Jahre jünger als das Mädchen, das am Fenster tieftraurige Blicke in die Nacht schickte.

Kurz nach meinem Klingeln öffnete sich knarzend die Eingangstür der Villa, heraus humpelte die alte Eevke, ebenfalls eine Kerze in der Hand. »Wat willste?«, knurrte sie unfreundlich, mit einer Stimme wie ein ungeöltes Scharnier.

Ihre spinnwebfeinen, schlohweißen Haare standen wirr nach allen Seiten ab, die neunzigjährige Haut schimmerte durchsichtig wie Pergament. Eevke Ketelsen, vor der nicht nur die kleinen Kinder Lüttebys Angst hatten.

»Süßigkeiten«, stammelte ich mit bibbernder Stimme, beobachtet von den Mitschülern, die sich hinter der hohen Hecke versteckten, die das Grundstück der Villa vom Friedhof abgrenzte. Die Naschereien sollten als Beweis dafür dienen, dass ich auch wirklich den Mut aufgebracht und bei Eevke geläutet hatte.

»Hab ich nich'«, lautete die schroffe Antwort der alten Ketelsen. »Allns unnützer, ungesunder Kram.«

Oje, was sollte ich jetzt tun? Ohne »Beweis« hatte ich die Mutprobe nicht bestanden und würde am nächsten Tag in der Schule gehänselt oder getriezt werden, vor allem von Hannes Petersen, der schon damals eine große Klappe und ein bisschen auch das Sagen bei uns hatte. Einer Familie, die erfolgreich in Immobilien machte, gebührten nun mal Respekt und eine gewisse Machtposition. Also nahm ich all meinen Mut zusammen.

»Haben Sie nicht wenigstens ein kleines Stückchen Schokolade?«, flehte ich mit dünnem Stimmchen. »Ihre Urenkelin isst die doch bestimmt auch gern.«

»Urenkelin? Was denn für eine Urenkelin?« Eevkes Ungeöltes-Scharnier-Stimme glich nun einer rostigen Kettensäge. »Hier is' keiner außer mir und de old Katt.«

Wie zur Bestätigung ertönte ein Maunzen, die Katt, wie Katze auf Plattdeutsch heißt, strich um Eevkes streichholzdünne Beinchen. Ihre gelbgrünen Augen funkelten im Dunkeln wie die Augen des Teufels.

Also stimmte das Gerücht wohl: Das junge Mädchen im Dachgeschoss existierte nicht wirklich, sondern war eine Spukgestalt aus längst vergangenen Zeiten.

»Dann habe ich mich wohl geirrt«, stammelte ich, während mein Herz mit einer solchen Wucht in meiner Brust hin und her hüpfte, dass ich befürchtete, es könne herauskullern. »Na dann, auf Wiedersehen. Entschuldigen Sie bitte die Störung.« Ich machte kehrt und begann zu rennen. In diesem Moment war es mir egal, was Hannes und die anderen sagen würden. Nichts von dem, was die sich als Strafe ausdachten, konnte schlimmer sein als die alte Eevke. Wäre ich länger geblieben, hätte sie mich bestimmt in ihr Spukhaus gelockt und in einen Käfig gesperrt wie die Hexe aus dem Märchen *Hänsel und Gretel*.

»Hier, nimm«, flüsterte plötzlich eine Stimme in der Dunkelheit.

Ich blieb stehen, und eine Hand öffnete meine vor Angst verkrampfte Kinderfaust. Verwundert ertastete ich Stanniolpapier und hörte es knistern.

»Ich lasse nicht zu, dass diese Idioten dich fertigmachen.«

Erst jetzt erkannte ich, dass es Sinje war, die versuchte, mich zu beruhigen, mir Bonbons in die Hand drückte und dann so schnell verschwand, wie sie gekommen war.

»Na, wie war's?«, ertönte bald schon Hannes' Stimme. »Hast du die alte, hässliche Vettel bequatschen können?«

Im Schein des fahlen Mondlichts versuchte ich, meine rechte Hand zu öffnen, die sich anfühlte, als wollte sie sich dagegen wehren. Als bewahrte sie in ihrem Inneren ein Geheimnis, das auf gar keinen Fall preisgegeben werden durfte.

»Los, zeig schon«, zischte Hannes, ganz und gar nicht nett, und griff nach meiner Hand.

Er bog einen meiner steifen Finger nach dem anderen auseinander, bis die Folie der fünf Bonbons im Mondlicht schimmerte wie bunte Edelsteine.

»Respekt, du hast nicht gekniffen.« Hannes schnalzte anerkennend mit der Zunge.

Seine Kumpels verfolgten das Geschehen mit angehaltenem Atem, ich selbst war am Rand einer Ohnmacht und dankte im Geiste Sinje für ihre Hilfe. Sinje, meine beste Freundin und Retterin.

Das würde ich ihr nie vergessen.

VOM *Glück*
DES SPONTANEN
Entschlusses

(gilt nicht nur fürs Trinken ;-))
Nich lang schnacken – Kopp in Nacken

- 9 -

Punkt 9 Uhr abends stehe ich vor dem Gatter von Sinjes Garten. Die Erinnerung an ihre Hilfe in jener gespenstischen Nacht motiviert mich zu unserem illegalen Ausflug. Wenn Sinje die alte Villa wirklich so wichtig ist, unterstütze ich sie natürlich in ihrem Vorhaben, dort mit Gunnar glücklich zu werden bis ans Ende ihrer Tage.

»Diese Traugespräche sind der Knaller«, sagt Sinje anstelle einer Begrüßung, als sie an die Pforte kommt. Im Schimmer der Straßenlaterne sehe ich, dass sie den Talar gegen ihre Jeans und einen dicken Pullover getauscht hat. »Immer dieses romantische, verklärte Gesäusel und das Gefummel, sobald ich mal eine Sekunde woanders hinschaue.«

»Ehrlich?«, frage ich, während belustigtes Glucksen in mir aufsteigt wie fein perlender Champagner. »Wie lange kennen die beiden Turteltauben sich? Drei Monate, drei Wochen, drei Tage?«

Dass der erste Rausch der Verliebtheit schneller nachlässt, als man »Wo ist eigentlich meine rosarote Brille?« fragen kann, ist bekannt. Ebenso wie die Tatsache, dass man sich gut überlegen sollte, wem man verspricht, in guten wie in schlechten Zeiten zusammenzubleiben. Denn manchmal ist es leider gerade der Ehepartner, der diese schlechten Zeiten verursacht. Henrikje war genau aus diesem Grund nie verheiratet. Und ich habe zurzeit ebenfalls nicht vor, etwas in dieser Richtung zu unternehmen, obwohl ich mir sehnlichst eine Familie wünsche.

Doch bevor ich meinen Kummer wegen der Trennung von Olaf nicht losgeworden bin, hat es keinen Sinn, über Derartiges nachzudenken. Dass ausgerechnet in diesem Moment das Bild von Jonas Carstensen in mir aufflackert wie die Lichter der Kerzen auf einer Geburtstagstorte, irritiert mich zutiefst, denn eigentlich bin ich ja genervt von ihm und auch ein bisschen sauer.

»Sie sind genau acht Jahre zusammen und seit Kurzem verlobt«, erwidert Sinje, hakt sich bei mir unter, und wir marschieren im Gleichschritt los in Richtung der Anhöhe, auf der der Wald thront. »Sie haben das verflixte siebte Jahr überstanden und sind nun frisch verliebt wie am ersten Tag. Anja will es so richtig krachen lassen, mit weißen Tauben, Konfettiregen, Schokoladenbrunnen, roten Rosen, die vom Segelflugzeug abgeworfen werden, und, und, und. Vielleicht hat Abraxas Lust, die Trauringe zu überbringen. Magst du ihn mal fragen?«

»Wir binden ihm ein Samtbeutelchen um den Hals, in dem die Ringe sind«, sage ich begeistert. »Oder wir befestigen etwas an seinem Rücken.« Ja, der Seelenvogel Abraxas wäre ein mehr als passender Bote, um Liebende für immer zu vereinen und der Verbindung Glück zu bringen.

Mit Fantastereien rund um die romantische Hochzeit von Anja und Jörn, die ich natürlich ebenfalls kenne, versuche ich mich von den Bildern zu lösen, die mein Kopfkino plötzlich produziert: Bilder von Jonas' Augen, seinem Lächeln und der Ernsthaftigkeit, mit der er auf sein Notebook schaut, wenn es um die Arbeit geht. Doch halt, stopp, was denke ich da bloß? Dieser Mann hat nichts in meinem Leben verloren und wird genauso schnell wieder verschwinden, wie er gekommen ist. Außerdem mag ich ihn nicht einmal besonders, oder etwa doch?

Nach einem kleinen Marsch sind wir bei der Spukvilla angelangt, und ich bin froh darüber, von dem äußerst verwirrenden

Gedankenkarussell rund um meinen neuen Vorgesetzten abgelenkt zu sein.

Genau wie in der Nacht der Mutprobe haben wir Vollmond, ein leichter Wind schiebt dunkle Wolkenschleier über den Himmel, es nieselt sanft auf den Boden herunter. Die Luft duftet nach Tannengrün, Moos und Herbst, obwohl der Mai ein Frühlingsmonat ist.

»Brrrrr, am Waldrand wird es doch immer ein bisschen klamm«, sagt Sinje, als die ersten Tannen, Buchen und Eiben schemenhaft ins Blickfeld kommen, und zieht fröstelnd die Schultern hoch. »Uuuuh, und auch noch Nebel. Wie unheimlich.«

Die Blätter der Bäume des Mischwalds, den wir Lüttebyer den Gespensterwald nennen, rascheln leise. Zweige, Zapfen, Schalen von Bucheckern, Eicheln und wer weiß was sonst noch knistern und knacken unter unseren Füßen. Sind wir hier am Ende gar nicht allein, sondern werden von jemandem verfolgt?

Der Wind verfängt sich immer mehr in den Baumwipfeln, von irgendwoher ertönt ein Klopfen wie das eines Spechts.

Aber stammt das Geräusch wirklich von einem Vogel?

Parallel zu unserem Weg verläuft die Friedhofshecke, und ich kann nicht leugnen, dass ich froh darüber bin, nicht allein unterwegs zu sein.

Direkt vor der Villa lösen sich die Schleierwolken auf, nach und nach schält sich der Mond aus ihrer Umklammerung. Sein mattes, weißgelbes Licht erhellt nun die Silhouette des Hauses mit dem Spitzgiebeldach, das zwangsversteigert werden muss, weil keiner darin wohnen will. Denn wer lebt schon gern mit einem Gespenst zusammen?

Sinje hält inne, dies ist, wie ich weiß, ein ganz besonderer, beinahe sakraler Moment für sie.

»Erinnerst du dich noch«, fragt sie und schließt träumerisch ihre Augen, um gemeinsam mit mir in die Vergangenheit zu reisen, »dass die Wahrsagerin mir prophezeit hat, dass ich an diesem Ort eine großartige Zukunft mit meiner großen Liebe mit dem Buchstaben *L* im Namen haben würde? Diese Zukunft beginnt jetzt, das fühle ich. Und ich kann es kaum erwarten, endlich hier zu wohnen.«

Sinje klingt gerade sehr pathetisch, und ich ringe mit mir. Soll ich sie mal wieder daran erinnern, dass der Name Gunnar Dorsch nirgendwo den Buchstaben *L* enthält, egal, wie man ihn dreht und wendet, der Absender des Briefes jedoch mit diesem Initial unterschrieben hat? Und dass eine Wahrsagerin auf dem Jahrmarkt ganz bestimmt keine verlässliche Instanz für Zukunftsprognosen ist? Aber ich lasse es, schließlich haben wir das Ganze schon Millionen Mal durchgekaut und Gunnar mehrfach gebeten, bei seinen Eltern nachzufragen, ob er nicht doch noch einen zweiten oder dritten Vornamen hat, von dem er nichts weiß. Oder ob er ursprünglich einen anderen Namen hätte bekommen sollen. Als seine Antwort jedes Mal »Nein, nein und nochmals nein« gelautet hatte, hatte die damals schwer verliebte Sinje beschlossen, der Prophezeiung einen Strich durch die Rechnung zu machen, indem sie Gunnar konsequent *Liebling* nannte. Nicht unbedingt zur Freude Gunnars, aber der der Bewohner Lüttebys.

Es dauerte nicht lange, bis er von allen *Liebling Dorsch* gerufen wurde, sodass er mir irgendwann leidtat.

»Ja, ich erinnere mich, als sei es gestern gewesen«, sage ich und drücke liebevoll Sinjes Arm. »Und ich weiß auch, dass an dieses Glück laut der Kartenlegerin zwei Bedingungen geknüpft waren, die du seitdem gern erfüllst. Zumindest die eine davon, an der zweiten arbeitest du ja bereits, wenn ich an deinen Plan mit dem Friedwald denke.«

»Ich werde nur dann glücklich, wenn ich dafür Sorge trage, dass die Seelen der Lebenden und der Toten Lüttebys und Grotersums dauerhaft Ruhe und Frieden finden«, wiederholt Sinje ergriffen die Worte der Wahrsagerin, die wir beide auswendig kennen.

Vor allem ich, denn ich habe sie damals notiert, kaum dass wir aus dem lilafarben gestrichenen Bauwagen mit den blinkenden Monden aus Spiegeln gekommen waren. Nicht, dass wir uns später etwas zusammenfantasierten, was gar nicht nötig gewesen wäre, wenn wir uns die Prophezeiung richtig gemerkt hätten. Ich war schon als Elfjährige fest davon überzeugt, dass es wichtig ist, immer einen Stift und Notizzettel dabeizuhaben, damit man jederzeit ein kleines Gedicht, einen Traum oder eine Idee aufschreiben kann, bevor Gedanken und Inspirationen in alle Himmelsrichtungen verwehen und nicht wieder eingefangen werden können. Vielleicht habe ich diesen Hang zu Notizen von Florence geerbt, wer weiß das schon.

Wahrsagungen habe ich seit jenem Tag Ende Oktober, kurz vor Allerheiligen, allerdings nicht mehr zu Papier gebracht, denn ich selbst habe mich nicht getraut, mir die Karten legen zu lassen. Ich war nämlich nie so mutig wie Sinje. Und nie so experimentierfreudig.

Die Zukunft macht, was sie will, besser man vertraut ihr und stemmt sich nicht gegen sie, sagt Henrikje, seit ich denken kann, und ich finde, sie hat recht. Heutzutage verbreiten Achtsamkeitsexperten ähnliche Thesen, doch die lauten: *Lebe im Hier und Jetzt* oder *Go with the flow.* Sinje predigt, ganz im Sinne der christlichen Religion: *Verlass dich auf den Herrn von ganzem Herzen, er wird dich auf den richtigen Weg führen,* auch bekannt unter dem Begriff *Gottvertrauen.*

»Stell dir mal vor, ich wäre Tierärztin, Krankenschwester, Archäologin oder Weltraumforscherin geworden und nicht Pastorin«, sagt Sinje mit leisem Lächeln in der Stimme. »Dann hätte ich den schönsten Beruf auf Erden verpasst, von Mitarbeiterin in der Touristeninformation natürlich abgesehen.«

»Du wärst auch in all den anderen Berufen mit Leib und Seele dabei und damit großartig gewesen«, erwidere ich, felsenfest davon überzeugt, dass Sinje alles schaffen kann, was sie will. »Natürlich hätten diese Berufe ebenfalls die Kriterien der Wahrsagerin erfüllt. Aber ich glaube, wir sind alle heilfroh, dass du letztlich Theologie studiert hast. So, und nun? Wir stehen schon seit einer gefühlten Ewigkeit vor dem Haus deiner Träume. Wollen wir rein?« Während ich das sage, schiele ich beklommen in Richtung des Fensters im Obergeschoss, an dem ich damals das Mädchen mit dem Kerzenständer gesehen hatte.

Doch dieses Fenster ist mittlerweile zugemauert, alle anderen Scheiben sind entweder blind oder zerbrochen. Efeu umrankt die Fassade, an einigen Stellen sind Ziegel herausgebrochen. Die einst so stolze, wunderschöne Kapitänsvilla gleicht einem verfallenen Spukschloss aus dem Märchen.

Sinje sagt: »Dann wollen wir mal«, und zieht die Kundenkarte des Friseurs aus der Tasche ihrer Jeans. »Ich bin gespannt, ob es so leicht ist, wie es in Filmen aussieht.«

Mit angehaltenem Atem schaue ich zu, wie Sinje sich an der Eingangstür der Villa zu schaffen macht. Sie schiebt die Plastikkarte durch den Türschlitz unterhalb der Klinke, mein Herz pocht. »Das Ganze funktioniert nur, wenn die Tür nicht mit dem Schlüssel abgeschlossen wurde«, erklärt sie im Ton eines Profieinbrechers. »Ich muss es schaffen, die Schlossfalle nach innen zu drücken, und dann …«

Tatsächlich: Wie durch Zauberhand öffnet sich knarzend die Tür, Sinje lächelt zufrieden und steckt die Karte wieder ein. »Voilà, treten Sie ein, dies ist mein künftiges Zuhause. Und natürlich das meiner bedürftigen Gemeindeschäfchen, wenn sie mich besuchen. Jetzt brauchen wir nur noch besseres Licht.«

Der Geruch von Feuchtigkeit und Moder, gepaart mit Staub, Holz und dem Duft vergangener Jahrhunderte, steigt mir in die

Nase. Sinje leuchtet mit der Taschenlampenfunktion ihres Handys den Weg, in Höhe ihres Kopfes hängt ein Spinnennetz.

Doch sie zeigt sich davon unbeeindruckt, während es mich vor Ekel schüttelt, und sucht die Wand nach einem Lichtschalter ab.

»Sollten wir nicht lieber aufpassen, dass keiner das brennende Licht in der Villa sieht?«, frage ich, immerhin steht das Haus auf einer Anhöhe, wir sollten also vorsichtig sein.

»Oops, du hast recht, wie so oft«, erwidert Sinje und schaltet sofort die Lampenfunktion aus.

In diesem Moment gehen wie auf ein geheimes Kommando alle Lichter an, und eine zornige Männerstimme erfüllt den Raum: »Verraten Sie mir, was das hier wird?«

Sinje und ich wenden reflexartig die Köpfe und fassen einander Halt suchend an der Hand.

»Ah, die Frau Pastorin und Henrikjes Enkelin«, sagt der Mann, den ich von der ersten Sekunde an nicht habe leiden können.

Es ist Falk van Hove, der sich unsere kleine Stadt immer weiter einverleiben will, als sei Lütteby ein köstliches Stück Kuchen, das man mit einem Happs verspeist, nur weil man gerade Appetit darauf hat.

»Und was machen Sie hier?«, fragt Sinje selbstbewusst.

Nur wer sie so gut kennt wie ich, weiß, dass sie mindestens genauso verstört ist wie ich. Das erkenne ich daran, dass ihre Stimme am Ende der Frage unnatürlich hoch wird.

»Ich besichtige das Haus, weil ich plane, es anlässlich der Zwangsversteigerung zu kaufen«, erwidert Falk und zeigt uns demonstrativ einen Schlüssel.

Habe ich eigentlich schon erwähnt, dass der Mann nicht nur Bürgermeister von Grotersum ist, sondern auch von Lütteby? Und seine geschäftstüchtige Familie seit Jahrhunderten alles bekommt, was sie sich in ihren machthungrigen Kopf gesetzt hat?

- 10 -

»Ich verhafte Sie wegen Einbruchs und Widerstands gegen die Staatsgewalt des ehrenwerten Herrn Bürgermeisters.« Handschellen klicken, ich werde in ein Polizeiauto gezwängt, die Hände auf dem Rücken – genau wie im Film. Jonas Carstensen beobachtet, etwas abseitsstehend, die Szenerie. Seine Lippen formen lautlos die Worte: »Keine Sorge, ich hole dich da raus.«

»Linchen, wach auf, du hast einen Albtraum.«

Von irgendwoher erklingt eine Stimme, die der von Henrikje ähnelt. Dann rüttelt jemand an meiner Schulter, und ich bemühe mich krampfhaft, die Augen zu öffnen. »Außerdem ist es schon kurz vor acht. Du musst doch heute arbeiten, nicht wahr? Als du nicht nach unten gekommen bist, dachte ich, ich schaue besser mal nach dir.«

»Kurz vor ... acht?! Morgens? Ach du Schreck, ich muss sofort los.« Mein Blick stellt sich nach und nach scharf. Tatsächlich bin ich nicht im Gefängnis, sondern in meinem Schlafzimmer. Und von Jonas Carstensen fehlt – zum Glück! – jede Spur.

»Magst du noch was frühstücken?«, fragt Henrikje.

»Dafür habe ich leider keine Zeit. Danke, dass du mich geweckt hast.« Ich schlage hastig die kuschelige Bettdecke beiseite, bloß raus aus den Federn und ab zur Arbeit, sonst bin ich später im Büro als mein Chef, der mich für diesen Samstag in die Touristeninformation beordert hat, obwohl Rantje auch Dienst hat. Doch es gibt einen Haufen zu tun, denn der Countdown für die Vorschlagsliste läuft, ich muss liegen gebliebene Mails beantworten und Wünsche von Urlaubern erfüllen.

Ein riesiger Berg Arbeit in Kombination mit dem gestrigen Erlebnis in der Spukvilla sind leider nicht der Stoff, aus dem süße Träume gewoben werden, daher meine schlaflose Nacht voller Sorgen. Wird unser Einbruch ein juristisches Nachspiel haben? Falk van Hove hatte gestern offengelassen, wie er mit dieser, O-Ton, *äußerst unschönen Situation* umgehen würde. Und wir wissen alle, dass er nicht lange fackelt, wenn ihm etwas nicht passt.

»Tschüss, ich flitze los und hole mir nachher was von Amelie. Bis heute Abend«, sage ich und stürme an Henrikje vorbei in Richtung Bad. Einen Spritzer Wasser ins Gesicht, rein in die Jeans und das Longshirt von gestern Abend, und ab geht die Post.

Heute findet auf dem Marktplatz der Bauern- und Fischmarkt statt, alle sind hellwach und furchtbar geschäftig. Satzfetzen wie »Ist der Kabeljau auch wirklich frisch?«, »Joa, kann man essen«, »Diese Frühkartoffeln sind wirklich ein Gedicht und passen ganz hervorragend zum Spargel« oder »Welcher Käse ist im Angebot?« mischen sich mit Düften, die meinen Appetit anregen. Abgehetzt und immer noch verwirrt von meinem Traum mit Jonas Carstensen öffne ich die Tür der Touristeninformation. Wie durch ein Wunder ist es genau eine Minute vor acht. Ich checke als Erstes die Buchungsanfragen derer, die spontan am Samstag kommen wollen, aber noch keine Unterkunft haben. Doch leider muss ich allen Interessenten eine Absage erteilen, schönes Wetter lockt nun mal viele an die See, und wer sich nicht rechtzeitig um eine Unterkunft kümmert, hat manchmal das Nachsehen.

»Moin, Frau Hansen, haben Sie gut geschlafen?«

Ein köstliches Aroma von Kaffee und frischem Gebäck umschmeichelt meine Nase. Verwirrt schaue ich auf und traue meinen Augen kaum: Vor mir steht mein Chef, in der Hand ein Tablett mit drei Bechern Kaffee und einem Teller voll Pain au chocolat. Mir läuft das Wasser im Munde zusammen, und ich freue mich über seine nette Geste, obwohl ich immer noch wütend wegen des Tonfalls bin, in dem er Rantje und mich gestern zur Erstellung der Vorschlagsliste und mich zum heutigen Zusatzdienst verdonnert hat. Zudem frage ich mich, wie er es geschafft hat, sich in meine Träume einzuschleichen.

»Danke der Nachfrage, so weit ganz gut«, erwidere ich. »Ist der Kaffee für mich?«

»Einer davon schon, genau wie das Schokocroissant. Der zweite ist für Frau Schulz, vorausgesetzt, sie kreuzt heute hier auf. Ist für das Trachtenfest kommende Woche alles startklar?«

Ich schnappe mir den nächststehenden Becher und eines der Croissants, fein säuberlich eingewickelt in eine Serviette mit kleinen Eiffeltürmen drauf. Mein Chef war also bei Amelie ...

Er hat mich mit dem ortsüblichen *Moin* begrüßt. Und er spendiert aus heiterem Himmel Leckereien. Ich überlege, was ich davon halten und dazu sagen soll außer natürlich »Danke« für das unerwartete Frühstück. »Mit dem Trachtentanzwettbewerb läuft es wie bei allen Festen in Lütteby: Jeder kennt die Termine, und die Lokalpresse berichtet natürlich liebend gern darüber. Ist mal was anderes, als zu schreiben, dass die Feuerwehr wieder eine Katze vom Baum geholt und die DLRG einen Kitesurfer aus dem Meer gefischt hat. Aber natürlich haben wir eine Anzeige im Veranstaltungsmagazin geschaltet, das überall ausliegt und auch bei uns erhältlich ist.«

Carstensen nickt zufrieden.

»Der Eintritt beträgt im Vorverkauf sieben Euro, an der Kasse neun«, fahre ich fort. »Wenn man sich ein ganzes Wochenende lang auf dem Marktplatz vergnügen und alle Show-Acts schauen möchte, kostet das Ticket zehn.«

»Welche Acts sind das denn, abgesehen vom Auftritt der Trachtentanzgruppe?« Carstensen trinkt den Becher in einem

Zug leer. Jetzt erst sehe ich dunkle Ringe unter seinen Augen. Er ist auch deutlich blasser als gestern.

»Der Männergesangsverein, die Theatergruppe des Seniorenstifts, abends einige Bands, unter anderem die von Rantje Schulz«, zähle ich auf. »Für gewöhnlich veranstaltet auch das *Modestübchen* eine Modenschau, aber es ist noch nicht ganz klar, ob wir diesmal genug Models auftreiben können.«

Um Carstensens Mundwinkel zuckt es verdächtig, das lässt ihn nahbar und jungenhaft aussehen. Doch leider fängt er sich schnell wieder. »Wieso ist es denn so schwer, jemanden für dieses Event zu finden?«

»Weil Michaela Pohl bereits fast alle Damen aus der Region über den Laufsteg geschickt hat. Sie kann sich keine professionellen Models leisten, sondern bezahlte bislang diejenigen, die Kleidung vorgeführt haben, mit Ware aus dem *Modestübchen*.«

»Aaaaaaha«, erwidert Carstensen. »Wie ich sehe, laufen die Dinge hier wirklich ein bisschen anders.«

»Aber der Café au Lait und das Croissant sind so köstlich, als wäre beides in Paris zubereitet worden, nicht wahr?«

Carstensen setzt sich an den Schreibtisch und klappt sein Notebook auf. Ohne mich anzusehen, sagt er: »Apropos Frankreich. Wissen Sie, wie es Madame Bernard aus Paris hierher verschlagen hat und wie lange sie das Café schon betreibt?« Er findet Amelie also interessant.

Und ganz sicher auch hübsch. Im Grunde kann ich ihm das auch nicht verdenken, aber …

Ein nicht näher definierbares Gefühl schleicht sich in mein Herz, und ich kann leider nicht leugnen, dass mich sein Interesse an der bildschönen Französin gewaltig stört.

Aber wieso?

»Amelie hat sich vor über fünf Jahren nach ihrer Ausbildung zur Konditorin in Lütteby verliebt und war zur richtigen Zeit am richtigen Ort, als die Pacht für das Café am Marktplatz ausgeschrieben wurde«, erzähle ich, nicht bereit, auch nur einen Deut mehr zu verraten. Dass Amelie gar nicht aus Paris kommt, sondern aus einem kleinen Ort auf einer Insel vor der französischen Atlantikküste, muss Carstensen selbst herausfinden.

Er murmelt: »Hm, ach so«, und muss urplötzlich derart herzhaft gähnen, dass ihm Tränen in die Augen schießen und er gar nicht so schnell die Hand vor den Mund nehmen kann. Dies ist der perfekte Moment, um zu checken, ob er einen Ehering trägt. (Nur für den Fall, dass er sich an Amelie heranmacht, obwohl er eine Ehefrau hat. Sonst interessiert mich sein Beziehungsstatus kein bisschen. Wieso sollte er auch?)

Doch da ist nichts, weder rechts noch links.

Ich schmunzle erleichtert in mich hinein, denn dieser unkontrollierte Gähnanfall lässt meinen Chef sympathisch und auch irgendwie jünger wirken. Deshalb beschließe ich spontan, ihn im Geiste nur noch *Jonas* zu nennen.

»Kurze Nacht gehabt?«, frage ich und bemühe mich, den winzigen und völlig unnötigen Anflug von Missgunst gegenüber Amelie zu unterdrücken. Ich mag sie, und das wird auch immer so bleiben.

»Kann man wohl sagen«, erwidert Jonas. »Ich war gestern spätabends mit Herrn van Hove etwas trinken, weil er mich mit einigen wichtigen Leuten aus der Gegend bekannt gemacht hat, die sich freitagabends in ihrer Stammkneipe auf ein Bier treffen.«

Ich frage mich, ob van Hove meinem Chef erzählt hat, dass Sinje und ich heimlich in die Villa eingedrungen sind und er uns in flagranti erwischt hat. »Ich muss schon sagen, dass einige Menschen in dieser Gegend ziemlich speziell sind«, fährt Jonas fort, während seine Augenlider sich immer weiter absenken. »Und ganz schön was vertragen.«

Weil Kaffee mich bekanntlich müde macht, halte ich ihm meinen halb vollen Becher hin. »Hier, trinken Sie, sonst stehen Sie den Tag nicht durch. Oder brauchen Sie Aspirin und Wasser? Die hiesigen Schnäpse können einen umhauen, wenn man die nicht gewohnt ist.«

»Aspirin klingt super«, erwidert Jonas stöhnend, umklammert den Kaffeebecher wie einen Rettungsring und massiert sich den Nacken. »Ich bin Ihnen auf ewig dankbar, wenn Sie mir helfen. Dieser Kater wird von Minute zu Minute schlimmer. Nie wieder rühre ich diese Digestifs an, die sind ja lebensgefährlich.«

Ich sage: »Bin gleich wieder da«, und verschwinde in unserer winzigen Mitarbeiterküche, wo wir auch eine Hausapotheke haben, zusammengestellt von Kai höchstpersönlich.

Flink arbeite ich mich durch das Sammelsurium an Arzneien. Was leider fehlt, ist ein Mittel gegen Kopfweh. Dann fülle ich eine Flasche Wasser in eine Karaffe um, schneide eine Bio-Zitrone in Scheiben, rupfe Stängel von dem Topf mit Minze auf der Fensterbank und gebe die frischen Zutaten zum Wasser. »Trinken Sie die am besten ganz aus«, sage ich und stelle zusätzlich zur Karaffe unser schönstes Glas auf den Schreibtisch. »Ich gehe mal eben zur Apotheke, denn wir haben kein Aspirin mehr.«

Auf dem Weg zu Kai sehe ich, dass der Aufsteller mit den Worten ZU VERKAUFEN vor dem Haus neben Henrikjes Lädchen verschwunden ist. Hat ihn jemand weggeräumt, oder ist das denkmalgeschützte Giebelhäuschen tatsächlich nicht mehr zu haben? Anscheinend bin ich nicht die Einzige, die sich wundert. »Das hat sich bestimmt der van Hove unter den Nagel gerissen«, sagt Fiete Ingwersen, der neben mir steht und eine Pfeife raucht, mit düsterer Stimme. »Mal schauen, was er jetzt damit vorhat.« Fiete stößt Rauch aus, der nach Vanille und Kachelofen duftet und in Form von Kringeln in den Sommerhimmel steigt. »Man munkelt, dass er im Erdgeschoss ein Restaurant mit

Außenplätzen eröffnen will. Da soll es dann Burger, Pizza, Asia-Zeugs und diese komischen Schalen aus Hawaii mit Gemüse-Gedöns geben. Wenn ich schon das Wort Chia höre. Die Leute sollten lieber Leinsamen von hier essen.«

Ein Restaurant?!, denke ich, hochgradig alarmiert. Das wäre eine riesige Konkurrenz für *Dal Trullo* und Amelies Café.

»Woher willst du das denn wissen?«, frage ich und berufe im Geiste bereits eine Notfallsitzung der Werbegemeinschaft *Unser kleiner Marktplatz* ein.

»Ich gärtnere bei van Hove, schon vergessen?«, sagt Fiete. »Da bekommt man so einiges mit, wenn man es darauf anlegt und sich schlau genug anstellt. Ich habe neulich extra die Hecken geschnitten, anstatt den Rasen zu mähen, als der werte Herr im Garten telefoniert hat. Wenn mich nicht alles täuscht, hatte der Bürgermeister einen Makler am Apparat, und mit dem hat er über seine Pläne gesprochen.«

Fiete ist zwar manchmal hilfreich als Informant, leider aber auch ein bisschen schwerhörig und tüdelig. Wenn tatsächlich von Kauf die Rede gewesen ist, kann das in Wahrheit genauso gut »Lauf«, »drauf« oder sogar »sauf« geheißen haben. Wobei es wahrscheinlich kein Vertun gibt, wenn jemand sagt: »Ich kaufe das Haus der alten Stine.«

Nach einigen historischen Bauten Lüttebys und der Villa oben am Waldrand ist nun also mutmaßlich das Haus neben Henrikjes Lädchen dran. Scheint, dass Falk van Hove sich nach wie vor nicht mit einem Stückchen Lütteby zufriedengibt, er will gleich den ganzen Kuchen. Und von dem gehört ihm jetzt schon fast ein Drittel, nicht zuletzt, weil er gemeinsame Sache mit *Immobilien-Petersen* macht. Der ist selbstverständlich bestens darüber informiert, wenn in Lütteby ein Haus verkauft werden soll, weil sich Erben nicht einigen können oder die ursprünglichen Besitzer wegziehen. Van Hove lässt seit Jahren die historischen Bauten nach dem Kauf aufwendig sanieren und veräußert sie nach Ablauf der Spekulationsfrist mit Gewinn. Das bedeutet zwar einen Vorteil für das Stadtbild Lüttebys, da die meisten Bewohner sich solche kostspieligen Sanierungsarbeiten nicht leisten können und somit die alte Bausubstanz und der Charme des historischen Ortskerns gewahrt bleiben. Doch können immer weniger Lüttebyer das nötige Geld aufbringen, dort Miete zu zahlen oder selbst eines der umgebauten Häuser zu kaufen. Dieser Luxus bleibt Reichen vorbehalten, die jedoch meist viel zu selten hier sind, um ihre traumschönen Häuser zu bewohnen, sodass es bei uns allmählich ähnlich viel Leerstand gibt wie auf Sylt oder Föhr.

Vom Glück, am Meer zu sein

*Heimat, Meer und Wellenrauschen.
Mehr braucht man nicht,
um glücklich zu sein.*

- 11 -

»Danke, Sie sind ein Schatz«, sagt Jonas, als ich ihm nach meiner Rückkehr ins Büro die Packung Aspirin gebe, und ich kann nicht leugnen, dass dieses Wort ein merkwürdiges Gefühl in mir auslöst. »Schatz« wurde ich zuletzt von Olaf genannt, und natürlich sehne ich mich nach der Geborgenheit, die mit diesem Kosenamen einhergeht.

»Moinsen«, ruft Rantje, die nun ebenfalls eingetroffen ist, fröhlich lächelnd in die Runde. »'tschuldigung, dass ich zu spät bin. Was dagegen, dass ich Abraxas wieder dabeihabe? Er ließ sich nicht abschütteln, egal, was ich auch versucht habe. Solange ich keinen Vogelsitter für ihn gefunden habe, muss ich ihn mit hierherbringen, es sei denn, Sie stellen mich für die Dauer von Thorstens Erkrankung frei, Herr Carstensen.«

Der weiße Rabe sitzt auf Rantjes Schulter und schaut fragend in die Runde. In diesem Moment beschleicht mich wieder das Gefühl, dass eine menschliche Seele in den Körper dieses schönen Tiers geschlüpft ist, so wie sich der germanische Gott Odin der Sage nach öfter in einen Raben verwandelt hat.

»Ist Abraxas eigentlich ein Rabe oder eine Krähe?«, fragt Jonas und betrachtet den Vogel aufmerksam, während er die Tablette kaut. »Ich kenne mich da nicht so aus. Von mir aus können Sie ihn weiter hierherbringen, mittlerweile habe ich mich an seine Anwesenheit gewöhnt, und die Touristen lieben ihn.«

»Abraxas ist ein Rabe«, erwidert Rantje, nimmt ihn vorsichtig von der Schulter und setzt ihn auf ihren Schreibtischstuhl.

»Krähen sind deutlich kleiner und im Schwarm unterwegs, aber beide gehören zur Familie der Rabenvögel. Sie sind äußerst intelligent und genießen in vielen Kulturen hohes Ansehen. In Lütteby gilt Abraxas mittlerweile als eine Art Maskottchen und Glücksbringer. Demnächst wird er sogar bei einer Hochzeit die Trauringe überbringen, nicht wahr, Lina?«

»Sie heiraten?« Jonas betrachtet mich, als sähe er mich zum ersten Mal, was mich ziemlich nervös macht. Und ihn offenbar auch, denn er beginnt zu hüsteln und fährt sich mit der Hand über die Stoppeln seines Barts, offenbar hatte er heute Morgen keine Zeit oder Lust, sich zu rasieren.

Bevor Rantje das Missverständnis mit der Hochzeit aufklärt oder ich zugebe, dass ich Single bin, entscheide ich mich für Schweigen und strategischen Rückzug in Richtung der Waschräume. Dort kann ich mich ein bisschen sammeln – und vielleicht auch etwas Mascara und Lipgloss auftragen.

Als ich wiederkomme, sind Jonas und Rantje in ein Gespräch über Musik vertieft. Rantje schwärmt von The Alan Parsons Project, Nick Cave, Leonard Cohen und Pink Floyd.

»Wie kommt es, dass Sie Musik hören, die schon so viele Jahre alt ist?«, fragt Jonas. »Die meisten um die zwanzig wissen doch noch nicht einmal, wer die Beatles sind. So wie ...«

»... in *Yesterday*«, sagen wir plötzlich synchron, und ich bin mehr als überrascht. Jonas kennt den Film, in dem die Welt nach einem mysteriösen Stromausfall weder die Beatles auf dem Schirm hat noch Harry Potter oder Coca-Cola, ebenfalls?! Rantjes Blick wandert von Jonas zu mir und dann wieder von mir zu Jonas. Ihre dunkelroten Lippen verziehen sich zu einem leicht spöttischen Lächeln, als wüsste sie etwas, wovon wir beide nichts wissen.

Jonas sieht mich eine ganze Weile intensiv an, bevor er sagt: »Ach, Sie kennen den Streifen von Regisseur Danny Boyle, Frau

Hansen? Ist der nicht genial?! Ich finde die Grundidee dazu äußerst originell und kreativ.« Sein Gesichtsausdruck ist beinahe bewundernd, oder bilde ich mir das nur ein? Manchmal neigt man dazu, etwas in die Gedanken des Gegenübers hineinzuinterpretieren, weil man sich im Grunde wünscht, dass der andere so über einen denkt, wie man es gerne hätte.

»Wo wir gerade beim Thema Kreativität sind. Finden Sie nicht, wir sollten uns alle langsam mal an die Arbeit machen?«, fragt Rantje mit leicht provokativem Unterton in der Stimme.

»Sie haben recht«, stimmt Jonas zu und wendet den Blick von mir ab. »Also los.«

In diesem Moment öffnet sich die Tür, und herein strömt ein Pulk von Touristen. Entweder ist gar nichts bei uns los, oder es kommen alle auf einmal.

»Haben Sie noch ein Zimmer für heute Nacht frei?«, fragt eine ältere Dame hoffnungsvoll.

»Wo bekommt man Tickets für die Grachtenfahrten?«, eine andere. Ein Herr möchte wissen, ob man in der Nähe irgendwo Golf spielen kann, doch ich muss ihn enttäuschen.

In Lütteby gibt es eine Minigolfanlage, weiter nichts.

Auch die ältere Dame auf der Suche nach einem Quartier zieht von dannen, nachdem sie auf mein Anraten für Ende Oktober zwei Wochen in einem der schönsten Ferienhäuschen Lüttebys gebucht hat. Wir verkaufen innerhalb der folgenden Stunde Tickets für Grachtenfahrten, für das Rosenblütenfest Ende Juni, recycelbare To-go-Becher mit der Aufschrift *Lütteby – einfach zauberhaft* und geben Fahrradkarten raus sowie Broschüren über Ausflugsmöglichkeiten in die Umgebung.

»Finden Sie beide eigentlich den Slogan von Lütteby gut?«, fragt Jonas, nachdem der Ansturm abgeklungen ist und wir wieder zu dritt sind. Er hält einen beschrifteten RECUP in der Hand, dreht und wendet ihn nachdenklich, als sei das Trinkgefäß eine Kristallkugel, in der man seine Zukunft sehen kann. Jonas hat wunderschöne Hände. Sie sind gepflegt, aber kräftig genug, um auch mal anpacken zu können, wenn es nötig ist. Wie es sich wohl anfühlt, wenn diese Hände jemanden streicheln? Kaum habe ich das gedacht, schelte ich mich innerlich. Diese schlaflose Nacht hat mir eindeutig den Kopf verdreht, ich muss schnellstens wieder auf den Boden der Tatsachen zurückkommen und mich auf meinen Job konzentrieren.

»Der Slogan klingt ein bisschen zu niedlich für meinen Geschmack«, sagt Rantje. »Natürlich ist es schlau, damit zu spielen, dass der Name entfernt an Bullerbü erinnert, aber ich finde, wir sollten ihn ändern. Es wäre gut, irgendetwas mit Meer, Küste oder Strand zu nehmen, denn darauf fahren Urlauber nun mal ab.«

»Wie denken Sie darüber, Frau Hansen?«, fragt Jonas und schenkt mir einen langen Blick aus diesen unfassbar grünen Augen. Ich bemühe mich zu ignorieren, dass mein Herz klopft und mir warm wird. Hoffentlich ist dieser Tag schnell vorbei, damit ich Zeit habe, mich zu zentrieren und zu erden.

»Ich finde, dass das Etikettenschwindel wäre«, erwidere ich und hoffe, dass man mir nicht ansieht, dass Jonas mich heute völlig aus der Fassung bringt. Wahrscheinlich stehe ich immer noch unter dem Eindruck meines Traums, anders kann ich mir diese Anziehung aus heiterem Himmel nicht erklären. »Lütteby liegt zwar in der Nähe des Meeres, ist aber kein echtes Seebad, schließlich haben wir nur zwei Abschnitte mit Sandstrand, ansonsten Deiche und Kooge. Hierher kommen Tagestouristen und Urlauber, die den Mix aus charmanter Kleinstadt, dem Persönlichen, ländlicher Umgebung, unberührter Natur und vielen Ausflugsmöglichkeiten schätzen.«

»Wie wäre es mit *Lütteby – so viel mehr als Meer?*«, sagt Jonas, und für einen Moment ist es so still, als hätte jemand die Welt angehalten.

Der Slogan ist gut. Wirklich gut. Wenn ich bedenke, wie lange zwei Agenturen gebraucht haben, um Vorschläge zu unterbreiten, die allesamt nichts getaugt haben. Und dann schüttelt Jonas spontan einen großartigen Werbespruch aus dem Ärmel, und das auch noch in verkatertem Zustand.

Die Werbegemeinschaft hat sogar mal einen Ideenwettbewerb ausgeschrieben, an dem sich Jung und Alt beteiligen konnten. Der Preis für den Sieger-Slogan war ein einwöchiger Aufenthalt auf der Insel Amrum. Das spornte offenbar viele an, doch es blieb beim bisherigen Motto. Denn irgendwie fanden wir alle das Wort »zauberhaft« ziemlich zauberhaft und mochten uns dann doch nicht davon trennen.

»Gekauft!«, sagt Rantje.

Abraxas macht »Kraa Kraa«, sein persönlicher Ausdruck der Zustimmung, wie ich von Thorsten gelernt habe.

»Ich finde ihn ...« Hm, was sage ich denn jetzt, ohne zu wirken, als würde ich mich anbiedern wollen? »... zielgruppengerecht.«

Jonas' Lippen umspielt ein amüsiertes Schmunzeln. »Wenn Sie beide dieses Motto mögen, würde ich bei Gelegenheit mit Herrn Näler und Herrn van Hove darüber sprechen.«

»Ich besuche Thorsten nachher im Krankenhaus und könnte ihn um seine Einschätzung bitten«, schlage ich vor. Jonas nickt zustimmend. Damit ist unsere Plauderei beendet, der nächste Schwung Urlauber stürmt den Gäste-Service, das Telefon klingelt am laufenden Meter. Bis 15 Uhr müssen wir noch durchhalten, am Montag geht's dann wieder weiter.

Als die Situation sich wieder ein bisschen beruhigt hat, geht Rantje nach draußen, um zu rauchen.

Abraxas bleibt auf der Fensterbank sitzen und betrachtet das rege Treiben auf dem Marktplatz, als sei er auf der Suche nach der nächsten Person, die seinen seelischen Beistand braucht.

»Grüßen Sie Herrn Näler bitte von mir, wenn Sie ihn nachher besuchen«, sagt Jonas. »Ich wünsche weiterhin gute Besserung und hoffe, dass ich ihn auch bald kennenlerne. Was haben Sie sonst noch so vor an diesem sonnigen Wochenende?«

Wieso will Jonas wissen, was ich in meiner Freizeit mache?

Und was könnte ich antworten, damit es interessant klingt?

»Am Konzept arbeiten«, höre ich mich sagen, obwohl ich das gar nicht wollte. Eine Frau, die an einem Samstagabend arbeitet?! *Oh, nein, Lina, das hast du echt vermasselt.*

»Nicht doch noch mal die Villa inspizieren?«, fragt Jonas mit beinahe spitzbübischem Lächeln, das mir durch und durch geht.

Ich antworte: »Eher nicht«, und tue dann so, als müsste ich mich auf die Arbeit am Computer konzentrieren. »Oh, diese Mail muss ich sofort beantworten, sonst verstreicht eine wichtige Frist.«

»Schade«, sagt Jonas, immer noch lächelnd. »Ich hatte gehofft, dass Sie mir persönlich den Ort zeigen könnten, an dem die Pastorin und der Bürgermeister gleichermaßen interessiert sind. Dann könnten wir uns auch ein bisschen besser kennenlernen und uns … über … strategische Planungen unterhalten.«

Wieso will Jonas mich besser kennenlernen?, frage ich mich und suche in seinem Gesicht nach einer Antwort.

Irre ich mich, oder flirtet Jonas gerade mit mir?

Woran erkennt man eigentlich, ob jemand schäkert oder nur ein Spielchen spielt? Seit der Trennung von Olaf mangelt es mir an Erfahrung in diesen Dingen, obwohl ich einige Dates hatte.

Doch keiner der Männer hat auch nur das geringste Interesse in mir wachgerufen, also habe ich mir nie die Frage gestellt, ob ich eigentlich anziehend auf Männer wirke und ob sie versuchen, mich für sich zu gewinnen.

Den Rest der Bürozeit vermeiden wir beide jeglichen Blickkontakt, und ich bin froh, als ich endlich aufbrechen kann, um

Thorsten im Krankenhaus zu besuchen. Das ist nämlich eine klare Sache und nichts, was mich in irgendeiner Weise durcheinanderbringt. Denn Durcheinander kann ich gerade gar nicht gebrauchen, das bringt nur Ärger und Verdruss.

1634

»Bist du schon bereit für eine Heirat?«, fragte Algea, die mit ihrer besten Freundin Kerrin am Meer spazieren ging.
Der Junitag war ungewöhnlich stürmisch, doch das störte die beiden jungen Mädchen nicht, denn sie liebten es, gemeinsam umherzustreifen, fern von häuslichen Pflichten und fortwährenden Ermahnungen.
»Ich weiß es nicht«, entgegnete Kerrin nach einer Weile. »Auf der einen Seite denke ich, dass es sich in unserem Alter geziemt, einen eigenen Haushalt und eine Familie zu gründen. Sonst laufen wir Gefahr, irgendwann alte Jungfern zu werden, die keiner nimmt. Doch auf der anderen Seite habe ich Angst davor, nicht mehr daheim zu wohnen und jemandem dienen zu müssen, den ich kaum kenne und womöglich gar nicht mag. Aber ich würde liebend gerne erfahren, wie es ist, einen jungen Mann zu küssen, den ich ins Herz geschlossen habe.«
»Gibt es denn so jemanden?«, fragte Algea und blickte nachdenklich zwei Silbermöwen hinterher, die gegen den Wind ankämpften und augenscheinlich kaum vom Fleck kamen. Algea bewunderte die Kraft, mit der die schönen Vögel sich gegen die starken Böen stemmten. Sie schienen ein Ziel zu haben, denn andernfalls würden sie doch wohl kaum diese Anstrengung auf sich nehmen, sondern sich einfach durch die Lüfte tragen lassen, nicht wahr? Sie fragte sich, wie so häufig, ob sie selbst ein solches Ziel hatte, doch sie wusste es nicht genau.
»Seit drei Tagen ist ein gewisser Tamme bei uns zu Gast, er ist der Neffe eines entfernten Verwandten und kommt von der Insel Föhr. Er ist ein Jahr älter als ich, und seine Familie hat ein Vermögen mit Heringsfang vor der Insel Helgoland gemacht. Doch nun bleiben die Schwärme

aus, und Tamme wird sich einen Beruf suchen müssen, mit dem er seinen Vater unterstützen kann. Die Rede ist von Walfang, der allerdings meist von Basken betrieben wird, welche sich die holländischen Reedereien an Bord holen. Doch es heißt, dass die Franzosen dies bald unterbinden werden, was die Chance in sich birgt, dass Tamme anstelle eines Basken auf einem Walfängerschiff anheuern kann.«

»Dann wäre er aber die meiste Zeit des Jahres auf hoher See wie mein werter Herr Papa«, gab Algea zu bedenken. »Ist Tamme denn schön und klug?«

Kerrins Augen leuchteten, ihr breiter Mund wurde zu einem einzigen Lächeln. »Ja, er ist beides«, erwiderte sie, ergriff die Hand ihrer Freundin und drückte sie fest. »Aber vor allem ist er ein wunderbarer Geschichtenerzähler. Wenn du mich fragst, sollte er lieber Bücher schreiben, statt sich auf das gefährliche Abenteuer der Seefahrt einzulassen. Doch damit ist bedauerlicherweise kein Geld zu verdienen«, schloss sie schließlich leise seufzend. Schade, dass monetäre Verhältnisse eine so große Rolle spielen, dachte Algea bei sich. Um wie vieles freier wären die Menschen, wenn sich nicht alles darum drehte, wie man seinen Lebensunterhalt verdiente.

Wo blieb da noch Zeit zum Träumen und zum Glücklichsein?

In diesem Moment wusste Algea endlich, was sie sich wünschte: Freiheit, Glück und Träume, die nie endeten. Sie wollte versuchen, dieses Ziel zu erreichen, mit derselben Kraft, Stärke und Ausdauer, wie die Silbermöwen am hohen, weiten Himmel Nordfrieslands es ihr vormachten.

- 12 -

»Moin, Lina, nett, dass du bei mir altem Herrn vorbeischaust.« Thorsten Näler sitzt im Krankenhausbett, blass, die Wangen leicht eingefallen, aber aufrecht und stolz wie ein Baum.

»Moin, Thorsten, na, wie geht's dir?«, frage ich und hauche ihm einen Kuss auf die Wange. Ich mag Thorsten, er ist mir im Laufe der Jahre ans Herz gewachsen und wie ein Opa für mich. »Hast du Appetit auf ein Eclair oder auch zwei?«

»Du hast was von Amelie mitgebracht?«, fragt er, ein Leuchten erhellt sein Gesicht. »Immer her damit.«

»Wenn ich daran denke, dass du früher ihre Süßwaren boykottiert hast, nur weil die Rezepte aus Frankreich stammen, und nun bist du regelrecht süchtig danach«, sage ich amüsiert und öffne die hübsche Pappschachtel, in die Amelie fein säuberlich vier Eclairs gepackt hat, gefüllt mit Schokolade, Vanille, Kaffeecreme und Zitrone.

Thorsten kann Frankreich und die Franzosen partout nicht leiden, wieso auch immer. Er war nie da und würde sich eher – O-Ton! – eine Hand abhacken, als dorthin zu reisen.

»Aber nur so lange, bis ich Amelies Charme verfallen bin und natürlich deiner Überzeugungskraft. Im Grunde sind die Dinger doch so etwas wie Windbeutel, oder etwa nicht?«

»Sie sind aus Brandteig, das stimmt«, erwidere ich und lege je zwei Eclairs auf zwei kleine Teller, die ich mitgebracht habe, genau wie zwei Kuchengabeln, eine Thermoskanne Kaffee, ein Fläschchen Kuhmilch von Bauer Sander, Servietten und zwei Becher.

»Endlich mal vernünftiger Kaffee«, sagt Thorsten und schließt genießerisch die Augen. »Gut, dass ich bald hier rauskann, diese Krankenhausplörre macht einen ja erst richtig krank. Wie geht's dir und Rantje? Und wie ist euer Chef? Ich habe viel an euch gedacht.«

»So weit ganz okay. Ist eine ziemliche Umstellung, und wir vermissen dich. Vor allem Abraxas, der wohl vorübergehend zu Rantje gezogen ist und nach wie vor bei uns im Büro sitzt, wenn er nicht gerade einen Rundflug über die Felder macht. Neulich hat er sich sogar zu mir nach Hause verflogen. Willst du Bilder von Abraxas auf meinem Lesesessel sehen?«

Thorsten nickt mit leuchtenden Augen, und ich zeige ihm die Fotos auf meinem Handy.

»Wann kommst du denn eigentlich wieder zurück ins Büro?«

»In drei bis vier Wochen, wenn alles gut geht«, sagt Thorsten, der nach dem Fotoschauen bei Eclair Nummer zwei angelangt ist, das ganz besonders köstliche mit Kaffeecremefüllung. »Haltet ihr es so lange mit dem Carstensen aus? Man munkelt, dass du ihn ziemlich streng findest.«

»Woher willst du das denn bitte wissen? Hattest du Besuch von Michaela?«

»Von der auch, genau wie von allen anderen Marktplätzlern. Gestern war Henrikje kurz hier, hat sie dir nichts davon erzählt?«

»Nein, hat sie nicht. Allerdings haben wir uns auch nur kurz gesehen, weil Sinje und ich in der Spukvilla waren, dabei leider von van Hove gestört wurden und ich heute Morgen verschlafen habe. Wusstest du, dass er sowohl die Villa als auch – wie ich gerüchteweise erfahren habe – das Haus neben dem Lädchen kaufen will? Wenn das so weitergeht, bekommen wir bald überwiegend Shops und Snackbuden in der Art, wie es sie in Grotersum gibt.«

Thorsten verschluckt sich an seinem Gebäck. »Nee, davon hör ich zum ersten Mal. Seitdem ich vom Baum gefallen bin, behandeln mich alle wie ein rohes Ei, enthalten mir Informationen vor und tun, als ob ich mit einem Bein im Grab stünde. Aber mein Bein wird wieder, genau wie meine Hüfte. Und dann muss van Hove sich warm anziehen, wenn er tatsächlich weitere Immobilien in Lütteby kauft. Weiß man denn, was er mit dem Haus von Stine vorhat?«

»Angeblich soll da ein Restaurant mit Außengastronomie reinkommen. Theoretisch finde ich die Idee gut, weil Federico und Amelie, wenn es warm ist, zu wenige Terrassenplätze haben, aber das wäre natürlich eine enorme Konkurrenz für beide. Für die Gemeinschaft am Markt ist es eindeutig besser, wenn wir einen Laden bekommen, der den anderen nicht die Einnahmen kostet und trotzdem viele Kunden anlockt. Andererseits hat Carstensen sich vorgenommen, in den kommenden Wochen den Grundstein dafür zu legen, dass Lütteby schnellstmöglich zum Top-Touristenziel wird. Wenn das langfristig funktioniert, bräuchten wir natürlich ein Restaurant mit einem breiter gefächerten Speisenangebot, damit nicht alle ihr Geld in Grotersum ausgeben.«

»Was hat der Mann vor? Klingt, als wollte er sich meinen Job unter den Nagel reißen.« Thorsten stellt den leeren Kuchenteller derart energisch auf den Beistelltisch, dass es scheppert, der Tisch in Bewegung gerät und ein paar Zentimeter weiter Richtung Fenster rollt.

Wie gut, dass er allein im Zimmer liegt. Ich bereue schon, ihm von Jonas' Plänen erzählt zu haben, und verkneife es mir, Thorsten auch noch mit dem Slogan-Vorschlag zu konfrontieren.

»Er möchte sicher nur eine gute Vertretung für dich sein und zieht dann wieder weiter. Jemand, der bislang im Ausland gearbeitet hat, bleibt doch nicht in einer Kleinstadt wie Lütteby«, versuche ich den aufgebrachten Thorsten zu beschwichtigen. »Allerdings solltest du dir vielleicht überlegen, ob du es nicht allmählich mal ruhiger angehen lassen möchtest. Du bist immerhin vierundsiebzig, und Irmel arbeitet auch schon lange nicht mehr. Wollt ihr beide nicht mal …?«

»Erzähl du mir nicht, was ich tun soll«, herrscht Thorsten mich an. Sein Gesicht ist hochrot, und ich sehe seine Halsschlagader pochen. »Solange ich noch stehen, gehen und denken kann, bleibe ich in diesem Job. Meinst du, ich lasse es zu, dass dieser Geier namens van Hove sich noch weiter hier breitmacht, genau wie seine gesamte raffgierige Sippe seit Jahrhunderten?! Ich ahne, weshalb Falk sich für die Villa interessiert. Er träumt schon lange von einem Golfplatz mit dazugehörigem Hotel. Und ich verwette meine Reetdachkate darauf, dass er die Villa umbauen und Teile des Waldes roden lassen will, damit dort künftig reiche Schnösel und Geschäftsreisende Bälle schlagen können.«

Van Hove plant womöglich ein Golfhotel und will den Wald roden lassen?! Das muss ich Sinje sofort sagen, sobald ich hier raus bin. Eine ganze Weile ist es still im Zimmer, zu hören ist nur das Murmeln des Personals auf dem Krankenhausflur.

»Bitte entschuldige, dass ich dich so angeschnauzt habe, Lina«, sagt Thorsten nach einer Weile des Schweigens zerknirscht. »Es fällt mir nun mal schwer, still zu sitzen und weder etwas zu tun zu haben noch etwas tun zu können. Außerdem ist es dringend notwendig, sich van Hove energisch in den Weg zu stellen. Ich weiß, dass du gern meine Nachfolge antreten möchtest, aber das werde ich nicht zulassen. Solange dieser Kerl Bürgermeister von Grotersum und Lütteby ist, kann er viel zu viel kaputt machen. Und du, mein Engelchen, bist eindeutig zu lieb und gutgläubig, um mit diesem Mann fertigzuwerden.«

»Unterschätz mich da mal nicht«, halte ich dagegen. »Und überschätz Falk auch nicht. Wenn man dich so reden hört, könnte man denken, die van Hoves seien Mafiabosse. Außerdem finden Anfang kommenden Jahres wieder Wahlen statt. Wer weiß, ob er wirklich noch eine weitere Amtszeit regieren wird. Nicht jeder mag ihn, und nicht alle gehen mit seinen Plänen konform.«

»Du hast ja keine Ahnung, die van Hoves sind schlimmer als die Mafia«, stößt Thorsten atemlos hervor, was ich persönlich ein bisschen arg pathetisch finde.

Ich weiß ja, dass Thorsten und van Hove sich nicht mögen, aber Politiker verfolgen schließlich alle ihre Interessen, das ist ein Stück weit normal. Allerdings muss man sich beizeiten dagegen wehren, wenn die Herren es zu bunt treiben.

Gerade als ich überlege, Thorsten etwas in der Art zu sagen, kommt ein Krankenpfleger herein und wirft einen Blick auf den Monitor am Bett. »Kann es sein, dass Sie sich gerade ein bisschen zu sehr aufgeregt haben, Herr Näler? Ihr Blutdruck ist viel zu hoch.«

Oje, denke ich beschämt. Das sollte doch ein netter, fürsorglicher Krankenbesuch werden, kein gesundheitsgefährdender Aufreger.

»Ich gehe dann wohl mal besser«, murmle ich betreten und packe das Geschirr zusammen. »Alles Gute für dich, und bitte entschuldige, dass ich dich so in Rage gebracht habe, das war natürlich nicht meine Absicht.«

»Schon gut, Lina, das ist alles nicht deine Schuld«, erwidert Thorsten und lächelt matt. »Ich werde jetzt ein bisschen schlummern, und dann geht es mir sicher bald wieder besser. Lieb, dass du da warst. Aber jetzt raus mit dir in die Sonne. Mach dir ein schönes Wochenende, und vergiss einfach, was ich gesagt habe.« Mit diesen Worten schließt er seine Augen, und ich gehe zur Tür.

Thorstens Worte *Die van Hoves sind schlimmer als die Mafia* hallen in mir nach und entfalten immer mehr Wirkung, obwohl ich dieses Schwarz-Weiß-Denken für gefährlich halte. Die Dinge haben immer zwei Seiten! Aber man sollte doch meinen, dass ein betagter, kluger und gestandener Mann keine Angst vor einem blasierten Mittfünfziger hat, der sich mit dem Vermögen der Familie im Hintergrund alles kauft, woran er gerade Spaß hat.

Das kann schließlich jeder, der Geld hat. Doch bevor ich mich damit beschäftige, muss ich Sinje anrufen. Dummerweise erreiche ich sie weder auf dem Handy noch auf dem Festnetz des Pastorats. Also schreibe ich ihr, dass sie mich schnellstmöglich zurückrufen soll.

Dann schwinge ich mich aufs Fahrrad und radle von Norderende nach Lütteby. Die Fahrt dauert gut zwanzig Minuten und führt mich vorbei an Feldern, auf denen Getreide, Ackerbohnen, Zuckerrüben, Kartoffeln, Kohl und Mais angebaut werden. Über mir spannt sich ein tiefblauer Himmel, durchsetzt von schneeweißen Haufenwolken, den Schönwetterboten unter den Wolkenformationen. Seeschwalben liefern sich ein himmlisches Flugduell mit Austernfischern und Silbermöwen, den Vögeln, die so typisch für unsere Region sind wie die Rotschenkel mit ihren roten Schnäbeln und Beinen.

Als ein Rapsfeld in Sichtweite kommt, stoppe ich meine Fahrt.

Die leuchtend gelben Blüten bilden einen wunderschönen Kontrast zu den sattgrünen Hügeln in der Ferne, auf deren Kuppen sich Bäume geschmeidig der Brise beugen, die in Küstennähe immerzu weht und mal sanft, mal rauer die Haut streift. Obwohl ich gefühlt eine Million Fotos von diesem Blütenmeer auf meinem Handy habe, mache ich vier weitere für den Instagram-Account von Lütteby, der seit meinem Post mit dem aufblasbaren Einhorn und den Schwimmflügeln deutliche Zuwächse verzeichnet.

Vorhin bat Jonas mich, künftig auch Instastorys zu machen, wovor ich mich bislang erfolgreich gedrückt habe, da ich wahrlich keine Social-Media-Expertin bin. Doch angesichts der unfassbaren Weite, der Ruhe und des traumschönen Anblicks des Blütenmeers, im Hintergrund der blaue Sommerhimmel, packt mich das Bedürfnis, diesen Anblick mit den Followern zu teilen. *Schade, dass man durchs Handy nicht den betörenden Duft wahrnehmen kann, den diese Schönheiten verströmen,* schreibe ich unter das knapp einminütige Filmchen. *Eine einzigartige Mischung aus herber Süße und frischer Nordseeluft.* Ich drücke auf Posten, und es dauert keine Sekunde, bis das Video viral geht und in Windeseile von vielen aufgerufen wird. Haben die Menschen bei dem schönen Wetter nichts Besseres zu tun, als laufend Instagram zu checken?, frage ich mich kopfschüttelnd und steige wieder aufs Fahrrad. Dann denke ich an Jonas und überlege, ob er wohl überprüft, was ich poste.

Und ich sinniere erneut darüber, ob seine Bitte, mich näher kennenzulernen, einen geschäftlichen Hintergrund hat oder privater Natur war. *Wie wäre es, ihn tatsächlich zu treffen und womöglich ein Glas Wein mit ihm trinken zu gehen?* Ich erschrecke, weil diese Vorstellung etwas unerwartet Prickelndes, Aufregendes hat.

Doch halt, jetzt ist aber wirklich Schluss!

Für heute habe ich mich genug mit diesem Mann beschäftigt, der mich im Grunde nichts weiter angeht und mit dem mich lediglich für die Dauer von wenigen Wochen Berufliches verbindet.

»Was ist los? Wieso gucken Sie so streng?«, fragt Jonas, der plötzlich vor mir auftaucht, stoppt und vom Rad steigt.

Im ersten Moment denke ich, dass ich mir seine Anwesenheit nur einbilde oder ihn kraft meiner Gedanken hierhergeholt habe, was natürlich beides Unsinn ist, denn so ist das nun mal in unserer Gegend: Man trifft sich unweigerlich.

Jonas sieht viel salopper aus als vorhin im Büro, denn er trägt Shorts, aber die von der coolen Sorte, länger und lässig, und ein taubenblaues Leinenhemd. Dieser Ausschnitt, der einen kleinen

Blick auf seine leicht gebräunte Brust erlaubt, ist … nun ja … ein bisschen sexy, wie ich zugeben muss. Um nicht samt Rad umzufallen, bleibt mir nichts anderes übrig, als wieder abzusteigen, sonst sieht es aus, als sei ich nicht in der Lage, die Balance zu halten. »Ich bin nicht streng, sondern irritiert«, entgegne ich und versuche krampfhaft, woanders hinzuschauen als auf Jonas' Brust. »Und außerdem verwundert über die Wirkung meiner Instagram-Posts und über die Tatsache, dass offenbar ein Großteil der Follower geradezu am Handy klebt. Es ist doch so schönes Wetter. Wieso ist man da mit seinem Smartphone beschäftigt, anstatt spazieren zu gehen, sich mit Freunden zu treffen oder einfach nur in die Luft zu gucken?«

»Der letzte Teil Ihrer Schimpftirade auf die sozialen Medien klingt wie ein Zitat von Astrid Lindgren, oder stammt das aus *Pippi Langstrumpf?*«, sagt Jonas schmunzelnd. »Da gibt's doch einen Satz, der lautet: *Und dann muss man ja auch noch Zeit haben, einfach dazusitzen und vor sich hin zu schaukeln.*«

»Vor sich hin zu schauen«, verbessere ich und kann mir nur schwer ein Lachen verkneifen. Der toughe Businessman Jonas zitiert vermeintlich aus einem meiner liebsten Kinderbücher, in dem die Heldin frech ist, ein bisschen verrückt und regelmäßig gegen Regeln verstößt. Eigentlich entspringt dieser Satz dem Tagebuch der schwedischen Autorin, doch das muss ich ihm ja nicht unbedingt auf die Nase binden.

»Sie sind bestimmt eine Annika. Fleißig, ernsthaft, klug und korrekt in der Wiedergabe von Buchzitaten.«

Arggh, das klingt wie eine Beleidigung. Seit Kindertagen versuche ich, gegen dieses brave Image anzukämpfen, erst recht, weil Sinje und ich so häufig mit den beiden Heldinnen von Astrid Lindgren verglichen wurden. Ja, ich bin vorsichtig, zuverlässig, manchmal ein wenig ängstlich und introvertiert. Aber ist das so schlimm?

»Falls Sie jetzt glauben, ich denke negativ über die Annikas dieser Welt«, sagt Jonas, als könne er meine Gedanken lesen. »Nein, so ist es nicht. Auf den ersten Blick zieht Pippi die Aufmerksamkeit aller auf sich, kein Wunder, sie ist laut, schrill und mehr als extrovertiert. Doch der Charme dieses Gespanns besteht gerade darin, dass sich die charakterlichen Gegensätze wunderbar ergänzen. Man könnte die beiden auch als Yin-und-Yang-Freundinnen bezeichnen.«

»Auch wenn Sie es nicht so meinen, klingt das aus Ihrem Mund, als sei ich sterbenslangweilig«, empöre ich mich.

»Eine sterbenslangweilige Frau würde wohl kaum bei Dunkelheit in einer Spukvilla einbrechen, oder?«, erwidert Jonas sichtlich amüsiert.

Es sei denn, ihre Pippi-Freundin hat sie dazu angestiftet, denke ich, doch das muss Jonas nicht wissen. »Wobei wir wieder beim Thema wären. Ich würde mich wirklich freuen, wenn Sie mir das Anwesen mal zeigen würden, vorausgesetzt, Ihr Verlobter hat nichts dagegen.«

Vom *Glück*, im richtigen Moment die richtigen *Worte* zu finden

»Du bist mir nicht ganz unsympathisch«
(Liebeserklärung auf Norddeutsch)
»Na?« (Heiratsantrag auf Norddeutsch)

- 13 -

»Mein bitte was?«

»Ihr Verlobter«, wiederholt Jonas. »Schöner Ring, der Mann hat Geschmack.«

Verdutzt schaue ich auf meine linke Hand, die Jonas fest im Blick hat, und begreife allmählich, was er meint. Dort prangt nämlich das Schmuckstück, das Olaf mir ein halbes Jahr vor der geplanten Hochzeit geschenkt hatte.

Wir waren auf dem Antikmarkt *De Looier* in Amsterdam gewesen, berauscht von einem Glas Weißwein zum Mittagessen, von Sonne, Wärme, unserer Liebe und dem Zauber der niederländischen Stadt. Der silberne Art-déco-Ring mit Blütenblättern und Brillantsplittern stach mir sofort ins Auge, und ich war schockverliebt. Aus diesem Grund trage ich ihn immer noch, obwohl Olaf sein Eheversprechen nicht eingelöst hat.

»Alles in Ordnung mit Ihnen? Habe ich etwas Falsches gesagt?« Jonas' Frage katapultiert mich aus meiner melancholischen Reise in vergangene Zeiten schlagartig in die Gegenwart.

»Alles bestens«, erwidere ich und lächle so strahlend, wie ich kann. Schließlich bin ich in seinen Augen eine glückliche Verlobte, die bald heiratet. Ich werde auf keinen Fall zugeben, dass ich das Symbol dieser gescheiterten Liebe immer noch trage, weil mir zum einen der Ring so gut gefällt und ich zum anderen … Ach was, wische ich den Gedanken, der sich immer mal wieder heranschleicht wie eine verführerische Sirene aus der griechischen Mythologie, weg. Das wird niemals passieren, egal, wie oft ich manchmal davon träume. Sinje schimpft stets wie ein Rohrspatz, wenn ich mir in zuckerwattesüßen Träumen ausmale, dass Olaf irgendwann genug von seinem Leben in Hamburg hat und endlich erkennt, dass ich die Richtige für ihn bin – und keine andere.

»Du bist doch keine Ware, die man kaufen und bei Nichtgefallen umtauschen kann«, sagt sie in solchen Momenten empört und fordert mich regelmäßig auf, das emotionale Band zwischen Olaf und mir endgültig zu zerschneiden und den Schmuck in die Schatulle zu verbannen oder zu verkaufen.

»Ich bin in Gedanken bei Thorsten Näler, kann sein, dass ich deshalb ein wenig angespannt wirke«, schiebe ich als Erklärung hinterher.

»Geht es ihm so schlecht?«, fragt Jonas besorgt.

»Das ist zum Glück nicht der Fall«, erwidere ich. »Er ist den Umständen entsprechend gut drauf, freut sich auf die Reha und die Rückkehr ins Büro. Ich vermute allerdings, dass er nicht besonders begeistert von den neuen Plänen hinsichtlich der Vermarktung von Lütteby sein wird.«

»Das kann ich aus seiner Sicht verstehen, denn er hat Angst vor Machtverlust. Doch der Mann ist vierundsiebzig, und unsere Welt dreht sich nun mal stetig weiter. Da kann man nicht einfach stehen bleiben und sagen: *Das war schon immer so.*«

»Ist das Ihre Meinung oder die des Bürgermeisters?«, frage ich, und Ärger wallt in mir auf. »Thorsten ist weder von gestern noch spießig oder inkompetent. Er hat die touristischen Geschicke Lüttebys in den vergangenen Jahrzehnten konsequent und erfolgreich gelenkt und wird dies auch weiterhin tun, sofern seine Gesundheit es erlaubt.«

»Leider sprechen die Besucherzahlen Lüttebys eine andere Sprache«, hält Jonas dagegen. »Und zudem sollte der Leiter der Abteilung Tourismus und Stadtmarketing wesentlich jünger sein als vierundsiebzig. Herr Näler könnte sich doch endlich freie Zeit gönnen, gemeinsam mit seiner Frau verreisen, sich selbst und ihr etwas Gutes tun. Wir leben schließlich alle nicht ewig.«

»Da kennen Sie aber Irmel schlecht«, platzt es aus mir heraus.

Oje, was rede ich da? Thorstens Eheprobleme gehen Jonas nicht das Geringste an.

»Ich kenne Irmel genau genommen gar nicht«, erwidert er ungerührt. »Wie ist sie denn so? Verreist sie etwa nicht gern?«

Zum Glück befreit mich Michaela aus dem *Modestübchen* aus meiner misslichen Lage. Sie stoppt ihr langsam heranfahrendes Auto neben dem Radweg und kurbelt das Fenster herunter. »Wollt ihr beiden euch nicht ein intimeres Plätzchen für eure Verabredung suchen?«, fragt sie augenzwinkernd und schaut von Jonas zu mir und dann wieder zurück.

Oh, nein, ich ahne, was Michaela aus ihrer Beobachtung macht, wenn sie sie in Lütteby herumposaunt, dem muss ich sofort Einhalt gebieten.

»Wir sind nicht verabredet, sondern uns zufällig begegnet, weil ich Thorsten gerade im ...« Verdammt! Wieso falle ich immer wieder auf ihre provokanten Fragen herein? Michaela hat irgendetwas an sich, das bei mir automatisch einen Rechtfertigungsreflex auslöst.

»Moin, Frau Pohl, schön, Sie zu sehen«, sagt Jonas und schenkt ihr sein charmantestes Lächeln. »Gut, dass ich Sie hier treffe. Wir haben uns nämlich bei der heutigen Besprechung gefragt, ob Ihre Modenschau im Rahmen des Trachtentanzwettbewerbs wie geplant stattfinden wird.«

»Wieso sollte sie nicht?«, fragt Michaela pikiert. Die füllige Mittfünfzigerin mit dem praktischen Kurzhaarschnitt in Mausbraun verengt ihre blaugrauen Augen zu Schlitzen.

Jonas' Antwort »Ich habe gehört, es gibt Probleme mit den Plus-Size-Models« geht beinahe im Hupen eines Traktors unter. Michaela macht keinerlei Anstalten, loszufahren, also drückt der Bauer noch ein paarmal auf die Tube, entscheidet sich dann jedoch dafür, ihr Auto weiträumig zu umfahren.

»Ach was, das kriege ich schon hin«, erwidert sie mit wegwerfender Handbewegung. »Seit ich das *Modestübchen* habe, präsentiere ich zweimal jährlich meine neue Kollektion auf dem Marktplatz. Davon wird mich auch künftig nichts und niemand abhalten«, sagt sie im Brustton der Überzeugung und schiebt ein »So weit kommt's noch!« hinterher.

Mittlerweile fahren einige Autos an ihren Golf heran, der die Fahrbahn blockiert, und es beginnt ein kleines Hupkonzert.

»Ich schätze, Sie sollten los, bevor hier noch ein Tumult ausbricht«, sagt Jonas, und ich bin heilfroh, dass Michaela uns nicht weiter mit Fragen löchern kann.

»Haben Sie eine Idee, wo ich heute Abend nett essen gehen könnte?«, fragt Jonas unvermittelt. »Am besten natürlich irgendwo draußen, das Wetter ist schließlich viel zu schön, um drinnen zu sitzen.«

»In Lütteby kommt dafür eigentlich nur das *Dal Trullo* infrage«, sage ich, während mir das Wasser im Munde zusammenläuft. Federico hat diese Woche *Tiella* mit Reis, Kartoffeln und Miesmuscheln auf der Karte stehen, eine Art apulische Paella, genau wie *Scapece gallipolina*, kleine Fische, die in mit Safran und Essig getränktem Paniermehl frittiert werden.

»Aber ich schätze, der ist bis auf den letzten Platz ausgebucht, zumal dieses Wochenende sehr viele Touristen in der Gegend sind.« Ich verschweige, dass Federico für ganz besondere Gäste im hinteren Teil des Restaurants immer einen Tisch frei hält, genau wie einen auf der Terrasse, mit Blick auf den Fluss und eine der beiden Brücken, die darüber führen. »Rufen Sie doch einfach an und fragen. Ansonsten gibt es noch das Restaurant des Hotels in Grotersum, ich habe allerdings keine Ahnung, wie die Küche dort ist. Die anderen Lokale in Grotersum bieten keine Außenplätze.«

Während ich die Möglichkeiten aufzähle, steigt neben der Verwirrung über das zufällige Zusammentreffen und meine intensiven Reaktionen auf ihn zusätzlich so etwas wie Mitleid in mir auf. Es ist Samstagabend, wir haben traumhaftes Wetter, und Jonas ist fremd in unserer Gegend. Er kennt hier niemanden und fühlt sich womöglich ein wenig einsam, keine besonders angenehme Situation. Mit Einsamkeit kenne ich mich schließlich aus, und ich wünsche es niemandem, sich so zu fühlen. In diesen Anfall von empathischer Rührseligkeit und irrationaler Anziehung mischen sich jedoch die Wortsalven, die Jonas diese Woche auf Rantje und mich abgefeuert hat: Amateure, unprofessionell, Provinztourismus, um nur einige zu nennen.

Andererseits: Ist es nicht meine Pflicht als gute Mitarbeiterin, mich ein wenig um ihn zu kümmern, obwohl er mich diese Woche schon das ein oder andere Mal genervt hat?! Die berühmten zwei Seiten einer Medaille liefern sich ein Duell, es ist ein Kampf zwischen Kopf und Bauch. »Oder wollen wir uns etwas bei *Dal Trullo* holen und das Essen mit ans Meer nehmen?«, höre ich mich zu meiner Überraschung fragen.

»Sie haben Zeit?« Jonas scheint verwundert. »Aber sind Sie denn nicht …?« Oje, dieser fiktive Verlobte wird allmählich zum Problem. Vielleicht sollte ich Jonas endlich darüber aufklären, dass ich Single bin und heute mangels eines Dates mit Henrikje im Garten sitzen, etwas essen und plaudern werde, worauf ich mich schon sehr freue. Wir haben uns diese Woche nur zwischen Tür und Angel gesehen und kaum etwas vom Leben der anderen mitbekommen.

»Ich müsste kurz telefonieren, dann weiß ich mehr«, erwidere ich. Doch halt, wie stelle ich das an?

Ich kann doch unmöglich neben Jonas stehen und mit Henrikje sprechen, während er denkt, ich rede mit dem Mann, mit dem ich bald in den Hafen der Ehe einlaufe.

»Machen Sie das ganz in Ruhe, ich knipse eben ein paar Fotos und bin dann gleich wieder da«, sagt Jonas, steigt aufs Rad und ist kurz darauf aus meinem Blickfeld verschwunden.

Zum Glück findet Henrikje es gut, dass ich heute Abend verabredet sein könnte, wenn ich es möchte. »Wieso solltest du mit mir alter Dame im Garten herumhocken, wenn du stattdessen mit einem attraktiven Mann am Meer spazieren gehen kannst?«, sagt sie und lacht leise. »Irgendwann verlernst du noch das Flirten und glaubst nicht mehr an die Liebe. Das wäre jammerschade, denn du bist noch so jung.« Es widerstrebt mir zwar, dass sie die Wörter »Flirten« und »Liebe« in einem Atemzug mit Jonas nennt, aber ich weiß natürlich, was sie meint.

»Dann frühstücken wir aber morgen zusammen«, sage ich und überlege zeitgleich, ob ich noch Wein für das Picknick daheim habe. Allerdings bekommt man den auch bei Federico. Ich werde ihn einfach bitten, uns ein Lunchpaket zusammenzustellen, auch wenn der Lunch im Grunde ein Dinner ist. Ein Dinner am Meer … Und nein. Das ist kein Date!

Nach dem Anruf versuche ich es erneut bei Sinje, wieder ohne Erfolg.

»Das geht klar, ich habe Zeit für Sie«, sage ich, als Jonas von seiner kurzen Fototour zurückkehrt. Es gefällt mir, dass er sich so dezent verhalten hat, nicht jeder hat ein Gespür für derlei Situationen. »Lassen Sie uns etwas bei Federico holen, das sich gut mitnehmen und ohne Besteck essen lässt. Trinken Sie lieber Wein oder Bier? Oder ist Ihnen nach dem gestrigen Abend eher nach Wasser oder Saftschorle?«

Wir haben uns beide aufs Rad geschwungen und fahren nun in gemäßigtem Tempo nebeneinanderher.

»Dank Ihrer tollen Anti-Kater-Behandlung fühle ich mich wieder wie neugeboren. Dafür noch mal danke schön«, erwidert Jonas. »Zu apulischem Essen passt meiner Ansicht nach am besten Wein. Ich hoffe, Signore Lorusso hat einen guten Tropfen und Gläser zum Mitnehmen da.«

Nach unserem Stopp bei *Dal Trullo* fahren wir in Richtung Meer, ein liebevoll zusammengestelltes und von Jonas bezahltes Essenspaket im Korb meines Hollandrads. Genau genommen ist dieser Korb eine weiß lasierte Obstkiste, die ich in einem Anfall von Dekoübermut mit einem Kranz aus Fliederblüten verziert habe. Für den Spätsommer gibt's eine Version mit Sonnenblumen, für den Herbst eine mit Beeren und Blattwerk, für den Winter eine mit Tannenzweigen und roten Ilex – allesamt aus Stoff und an langen Winterabenden von mir handgefertigt.

Als der Leuchtturm in Sichtweite kommt, tanzt mein Herz, denn dieser Turm gehört zu meinen Lieblingsplätzen und liegt in der Nähe des winzigen Hafens von Lütteby, in dem Fischkutter, Jollen und mein Ruderboot mit dem Namen *Florence* sowie kleine Ausflugsschiffe festmachen.

Dort steht auch eine Imbissbude, in der Familie Dorsch an den Wochenenden Fischbrötchen verkauft oder wenn in Lütteby gerade Saison ist.

»Wer hätte gedacht, dass es hier noch so ursprünglich aussieht?«, sagt Jonas, offenbar ehrlich beeindruckt, als wir da sind. »Als würde an diesem Ort die Welt stillstehen. Es gibt noch nicht mal Bänke. Und soweit ich das von hier aus erkennen kann, nur wenige Strandkörbe.«

»Aber einen Platz für Fahrräder.«

Es ist amüsant, das Umland unserer kleinen Stadt mit seinen

Augen zu sehen, und es fühlt sich erstaunlicherweise gut an, mit Jonas zusammen zu sein. Überhaupt nicht gezwungen oder künstlich, sondern ganz natürlich.

Wir stellen die Räder in den dafür vorgesehenen *letzten Fahrradständer vor dem Meer,* wie es auf einer Kreidetafel geschrieben steht. »Wollen wir noch eine Runde drehen, bevor wir essen, oder haben Sie großen Hunger?«, frage ich, während sich über unseren Köpfen zwei Möwen um Beute zanken, wahrscheinlich einen Krebs oder einen kleinen Fisch.

»Ich habe Lust, noch etwas spazieren zu gehen, wenn Sie das auch wollen«, erwidert Jonas. »Aber was machen wir mit unseren Picknicksachen?«

»Die bleiben im Korb«, erwidere ich. »In Lütteby gibt es so gut wie keine Kriminalität. Sie können den Schlüssel im Auto stecken lassen, brauchen die Haustür nicht abzuschließen, und wenn Sie etwas verlieren, bringt es Ihnen garantiert jemand. Das ist nur einer von vielen Gründen, weshalb ich hier so gern lebe und wieder zurückgekommen bin.«

»Wo waren Sie denn vorher?«, fragt Jonas.

Bis zum Leuchtturm ist der Weg gepflastert, danach folgt der Sandstrand mit den Strandkörben aus hellblauem Korbgeflecht, deren Innenfutter weiß-rot gestreift ist. Neben uns schimmert die fast spiegelglatte Nordsee, heute Abend ist es windstill, die Sonne verziert die wenigen gekräuselten Wellen mit kleinen Glanzpunkten.

»Ich habe wegen des Studiums längere Zeit in Hamburg gelebt«, erwidere ich, »und dort Kurse in Germanistik, Kunst und Erziehungswissenschaften auf Lehramt belegt, denn ich wollte an der Grundschule Deutsch und Kunst unterrichten. Doch während des Referendariats stellte ich fest, dass ich Kinder zwar liebe, aber das Unterrichten nicht unbedingt meins ist, genau wie das Leben in der Großstadt. Also bin ich vor sechs Jahren zurück nach Lütteby gezogen und habe mir überlegt, was ich stattdessen beruflich machen möchte.«

»Und wie sind Sie dann zu Ihrem Job in der Touristeninformation gekommen?«

Hat Jonas etwa Sorge, ich sei nicht kompetent?

»Thorsten hatte gehört, dass ich wieder im Lande bin, und suchte zu der Zeit jemanden, der ihm hilft, die Feste in Lütteby zu organisieren, und davon haben wir ja so einige.«

»Allerdings«, stimmt Jonas mir zu. »Ich bin zwar kein Freund solcher Events, aber ich muss zugeben, dass sie ein echter Publikumsmagnet sind und Geld bringen.«

»Und ich bin der Meinung, dass man diese Events wohldosiert veranstalten sollte, damit sie nicht zu beliebig und zur Gewohnheit werden. Meist schätzt man doch eher das, was nicht so leicht und ständig zu haben ist, nicht wahr? Außerdem müssen wir uns dringend Gedanken darüber machen, wie wir diese Veranstaltungen künftig umweltverträglicher durchführen können. Nachhaltiger Tourismus war mein Schwerpunkt im Fernstudium.«

»Sie sind also doch im Bereich Tourismus ausgebildet?« Jonas lächelt erfreut.

»Was dachten Sie denn?«, gebe ich zurück, weil die Art, wie er das sagt, ein wenig überheblich klingt – und ganz nach dem Jonas Carstensen, den ich am ersten Tag im Büro kennengelernt habe. »Glauben Sie, dass ich nur zur Dekoration herumsitze, Kaffee koche, Mails beantworte, Ihren Kater pflege und ansonsten mit Rantje Croissants esse?«

»Nein, natürlich nicht, was haben Sie denn für ein Bild von mir?«, fragt er.

Jetzt oder nie, das ist meine Chance, ihm ehrlich zu sagen, was ich von ihm denke. »Sie haben sich bislang nicht sonderlich bemüht, herauszufinden, wer Frau Schulz und ich sind, wie wir arbeiten und wo unsere Stärken liegen. Genau genommen haben Sie uns von der ersten Sekunde an das Gefühl gegeben, kleine Kinder zu sein, denen man zeigen muss, wo es langgeht. Doch eines habe ich in meiner Zeit als Lehrerin gelernt: Das ist garantiert der falsche Weg, wenn man etwas erreichen möchte.«

Jonas bleibt abrupt stehen und mein Herz gleich mit. Was ist denn nur in mich gefahren? Ich muss noch eine Weile mit ihm klarkommen, und das wird bestimmt nicht einfach, wenn ich ihn mir zum Feind mache. Doch andererseits: Wat mutt, dat mutt!, wie wir Norddeutschen sagen.

Jonas soll ruhig wissen, dass sein Einstieg bei uns ein wenig unglücklich war. Manchmal helfen nur klare Kante – und noch klarere Worte.

»Sind Sie jetzt fertig, oder gibt es noch etwas, was Sie mir an den Kopf werfen wollen?«, fragt er und klingt genervt. Der sympathische Jonas von eben ist verschwunden, und ich bekomme einen Schreck. Werde ich jetzt entlassen?

- 14 -

Nur das Säuseln des Windes und das Pochen meines Herzens durchdringen die plötzliche Stille zwischen uns.

Jonas schaut auf das vor uns liegende Wattenmeer, die in der Abendsonne glitzernden, vollgelaufenen Priele und in der Ferne aufragenden Warften der Halligen.

»Das war alles, mehr habe ich zu dem Thema nicht zu sagen. Heute sind Sie schon deutlich netter«, antworte ich schließlich und seufze tief. Dieser Abend ist viel zu schön, um ihn mit Diskussionen zu verderben.

»Na, dann ist's ja gut«, erwidert Jonas, nun deutlich freundlicher. »Und Sie haben recht. Ich weiß auch nicht, was ich mir dabei gedacht habe, Sie beide so zu behandeln. Rantje und Sie sind schließlich nicht meine Studenten.«

»Brauchten die denn jemanden, der ihnen sagt, wo es längs geht?«, frage ich verwundert. »Das sind doch erwachsene Menschen, die studieren, weil sie sich für das Fach begeistern und später beruflich in diesem Bereich arbeiten wollen. Mit kleinen Kindern ist das etwas anderes, die loten permanent ihre Grenzen aus. Das ging mir irgendwann an die Substanz.«

Mit Schaudern erinnere ich mich daran, wie schwer es mir häufig im Referendariat gefallen war, aufmüpfigen Kids konsequent entgegenzutreten.

Olaf sagte damals zweifelnd: »Wie wollen wir eigentlich später unsere Kinder erziehen, wenn du so ein großes Problem damit hast, auch mal Nein zu sagen?« Diese Frage war, im Nachhinein betrachtet, der Auftakt zu den später folgenden Meinungsverschiedenheiten, die darin gipfelten, dass Olaf nur wenig Verständnis dafür hatte, dass ich mich nach langem Ringen gegen das Unterrichten und für eine berufliche Neuorientierung entschied.

»Das mit den Grenzen ist später nicht viel anders. Ich weiß, wovon ich spreche, denn ich war schließlich auch mal ein Kind, und zwar ein ziemlich aufmüpfiges«, erwidert Jonas lachend und holt mich mit seiner Bemerkung wieder zurück in die Gegenwart. »Doch genug zum Thema Erziehung. Verraten Sie mir lieber, wieso die Villa am Waldrand Spukvilla genannt wird.«

Mittlerweile haben wir den Naturstrand erreicht, das Meer rollt schäumend auf den hellen Sand, übersät von Algen, Muscheln, toten Krebsen, Steinen und Austernschalen. Die grüngraue Nordsee duftet nach Algen, Jod und weiter Ferne – nach den Shetlandinseln und dem Skagerrak, einer magischen Wasserwelt voller Wunder und Naturgewalten.

Allmählich bereitet sich die Sonne darauf vor, den Tag an die Nacht zu verschenken, dies ist einer meiner liebsten Momente, die ich stets aufs Neue genieße, egal, wie oft ich sie schon erlebt habe. Keiner von ihnen gleicht dem anderen.

»Ich erzähle Ihnen davon, wenn es dunkel ist, in Ordnung?«, schlage ich vor und erfreue mich daran, wie sich der Himmel nach und nach orange färbt. Es gibt golden-orangefarbene Sonnenuntergänge oder pink-lilafarbene, beide Nuancen sind wunderschön und je nach Größe, Dichte und Form der Wolken ein echtes Himmelsspektakel. Doch ich genieße nicht nur die traumschöne Abendstimmung, sondern auch das gute Gespräch mit Jonas. Außerdem kann ich nicht leugnen, dass es – unter anderen Umständen – äußerst romantisch wäre, einen so schönen Abend am Meer zu verbringen, vielleicht sogar gemeinsam zu tanzen …

»Die Liebe tanzt barfuß am Strand, denn sie ist frei, wild und wunderbar«, sagte Henrikje immer, wenn ich sie gefragt habe, wieso sie nie geheiratet hat. »Wenn du nicht mit deinem Liebsten barfuß laufen, am Strand entlangtanzen und Hand in Hand durchs Leben gehen kannst, ist es auch keine wahre Liebe, und du wirst eines Tages sehr, sehr unglücklich sein.«

Jonas ahnt nichts von meinen Gedanken und Gefühlen, und das ist auch gut so. Er ist, im Gegensatz zu mir, immer noch bei der Spukgeschichte, die besagt, dass Liebende aus Lütteby und Grotersum nicht zusammenkommen können, weil diese Verbindung Unglück über alle bringt.

»Gute Idee, das Erzählen auf später zu vertagen, denn bei Dunkelheit sind solche Geschichten viel gruseliger und spannender«, erwidert Jonas. »Im Übrigen ziehe ich mir jetzt die Schuhe aus. Der Sand wirkt so feinkörnig wie in der Karibik oder auf Amrum, ich muss einfach herausfinden, ob er sich auch so anfühlt.«

Die Liebe tanzt barfuß am Strand ...

Ehe ich michs versehe, ist Jonas schon im Wasser, sein Gesicht in Richtung der untergehenden Sonne gewandt. Das ihn umgebende Wattenmeer ist in warmes, rotgoldenes Licht getaucht.

Ich tue es ihm gleich und streife meine Sneakers ab.

Der pudrige Sand ist samtig weich und hat die Wärme dieses wunderbaren Sonnentages in sich gespeichert.

Ich folge Jonas ins Wasser, das meine Knöchel umspült, spüre den Sand zwischen den Zehen und höre das leise Knistern der Schlickkrebse.

Auf dem Meeresgrund wiegen sich hellbeige Blättermoostierchen im sanften Wellenspiel, nur schwer von Algenbüschen zu unterscheiden. Doch Henrikje kennt sich im Naturparadies Wattenmeer aus wie keine Zweite und hat mich von Kindheit an alles gelehrt, was es über die hiesige Flora und Fauna zu wissen gibt.

»Sosehr ich das Mittelmeer und den Süden mag«, sagt Jonas mit leichtem Seufzen, »so sehr liebe ich die Nordsee. Mir wird erst jetzt klar, wie schmerzlich ich sie all die Jahre in Luzern vermisst habe. Dieser Landstrich ist einfach unschlagbar schön und etwas ganz Besonderes.«

»Wo kommen Sie denn eigentlich ursprünglich her?«, frage ich, weil mich die Neugier auf diesen Mann packt, der widersprüchliche, zutiefst verwirrende Gefühle in mir auslöst. Im Internet steht, dass Jonas in Hamburg zur Welt kam, was aber natürlich nicht heißen muss, dass er auch dort gelebt hat.

»Geboren wurde ich in Hamburg-Altona, aufgewachsen bin ich im Hamburger Stadtteil Othmarschen. Doch ich habe meine Ferien häufig bei meinem Onkel verbracht, der zusammen mit seiner Frau einen Bauernhof in der Nähe von Husum bewirtschaftet, am Hattstedter Koog. Von da aus haben wir Ausflüge nach Nordstrand, Sankt Peter-Ording oder zu den Inseln unternommen, wenn es die Zeit erlaubte. Landwirtschaft ist ein hartes Geschäft ohne nennenswerte Freizeit.«

»Dann sind Sie ja ebenfalls ein Nordgewächs, wie schön«, sage ich und versuche, mir Jonas auf dem Marschland hinter dem Deich vorzustellen.

An seinem ersten Arbeitstag hätte ich nicht vermutet, dass er auch nur einen Funken Naturliebe in sich trägt, doch nun habe ich das Gefühl, nach und nach den *wahren* Jonas kennenzulernen.

Und ich kann nicht leugnen, dass dieser Jonas mir von Minute zu Minute mehr gefällt …

»Haben Sie Ihre Verwandten schon besucht, seit Sie in Lütteby sind? Hamburg und Husum sind schließlich nicht so weit von hier entfernt.« Ich plansche mit den Füßen im seichten Wasser umher und genieße es, endlich wieder Salzwasser auf meiner Haut zu spüren und den Wind in meinen Haaren. Ich muss mir unbedingt mehr Zeit nehmen, um mit meinem Boot zu rudern und schwimmen zu gehen. Wir Küstenbewohner vergessen manchmal im Alltag, wie schön es ist, im Meer zu baden.

Jonas schüttelt den Kopf. »Bislang noch nicht, aber ich hoffe, es ergibt sich bald eine Gelegenheit. Unsere Familiensituation ist allerdings ... nun ja, etwas kompliziert ...«

Welche Familiensituation ist das nicht?, denke ich betrübt, kommentiere seine Aussage aber nicht, denn das erscheint mir viel zu privat. Auch er hat von sich aus keinerlei Interesse, dieses Thema zu vertiefen, denn er fragt: »Kann man den Leuchtturm eigentlich besichtigen?«, und blickt neugierig in Richtung des rot-weiß gestreiften Baus. Er gehört zu den kleinsten seiner Art und passt somit ganz wunderbar zu Lütteby.

»Man darf nur rein, wenn man den Turm für ein Event wie eine Trauung, Taufe oder Feier bucht. Ich fände es toll, wenn man ihn zu einem kleinen Romantikhotel umbauen und somit vor dem Verfall schützen würde.«

Van Hove hatte irgendwann die Idee, den Turm abreißen und an dieser Stelle eine Surfschule mit Beach-Club bauen zu lassen.

Doch da hatte er die Rechnung ohne die Einwohner von Lütteby gemacht, die sich so vehement gegen den Abriss gewehrt hatten, dass van Hove tatsächlich irgendwann aufgab.

»Schöne Idee«, erwidert Jonas lächelnd.

So ungern ich es auch zugebe, er hat ein wirklich umwerfendes Lächeln. Ein klein wenig verhalten, warm, klug und irgendwie ... ehrlich.

»Den Vorschlag zur Umgestaltung des Leuchtturms finden Sie am Montag auf meiner Liste«, sage ich, so sachlich wie möglich, und bete inständig, dass meiner Stimme nicht anzuhören ist, dass ich gerade ziemlich durcheinander bin. Ich kann kaum meinen Blick von ihm lösen und verspüre mit einem Mal den Wunsch, seine Hand zu nehmen, um zu erfahren, wie sich das anfühlt.

»Hotels mit einer besonderen Note boomen gerade, also sollte man einen charmanten Bau wie diesen unbedingt nutzen«, erwidert Jonas und spritzt nun ebenfalls mit den Füßen Nordseewasser umher. In diesem Moment kann ich ihn mir lebhaft als kleinen Jungen vorstellen, der am liebsten Sandburgen baut, am Strand Ball spielt und Krebse sammelt.

Ich frage mich, wie er wohl als Kind war. Leben seine Eltern noch? Hat er Geschwister? Und fühlt er sich manchmal ebenfalls allein auf diesem Planeten, auch wenn es ganz sicher Menschen gibt, die ihn lieben?

»Ich freue mich auf Ihre Ideen und die von Frau Schulz. Doch wir sollten unbedingt Herrn Näler in unsere Überlegungen einbeziehen. Meinen Sie, er ist in der Reha erreichbar, oder möchte er dort lieber nicht gestört werden?«

»Aber sicher wird er das. Die Touristeninformation ist sein Leben, und es würde ihn eher krank machen, wenn er sich außen vor gelassen fühlt. Vielleicht können wir ihn sogar per Videokonferenz zu Besprechungen dazuschalten.«

»Gute Idee, das sollten wir unbedingt«, erwidert Jonas.

Die einsetzende Dunkelheit verschluckt nach und nach seine Silhouette, die Sonne ist als glühender Ball im Meer versunken, die Nordsee verwandelt sich in ein Flammenmeer. »Nun habe ich aber Hunger und bin gespannt auf die Geschichte der geheimnisvollen Villa. Wollen wir los?«

Wir waten aus dem Wasser zurück an den Strand und lassen unsere Füße einen Moment trocknen, bevor wir die Schuhe anziehen.

Kurz darauf setzen wir uns unweit der Räder nebeneinander, den Rücken an einen Baumstamm gelehnt, der auf dem Sand liegt wie ein gestrandeter Wal. Jonas so nahe zu sein, fühlt sich gut an, und das liegt nicht nur an seinem tollen Aftershave. Eigentlich gibt es keinen Grund, dermaßen dicht zusammenzusitzen, doch

Jonas sucht offenbar meine Nähe, und ich habe nichts dagegen – ganz im Gegenteil!

Jonas nimmt die mit Tomate und Mozzarella gefüllten Panzerotti fritti aus der Verpackung, reicht mir eine und schwärmt schon nach dem ersten Happen: »Mhmm, die ist exakt, wie sie sein muss, außen schön knusprig und innen butterweich. Ich habe selbst an meinem Lieblingsimbiss in der Altstadt von Bari keine bessere gegessen.«

»Sie waren also schon mal in Apulien«, sage ich erfreut, denn Jonas ist der Erste, den ich nach meinem Wunschziel befragen kann, weil er diesen Landstrich persönlich kennt. »Ich träume seit Jahren von einer Reise dorthin, aber es ist nun mal nicht ganz einfach, von der nordfriesischen Küste ans südlichste Ende Italiens zu reisen. Dort ist es bestimmt himmlisch.«

»Es ist ähnlich schön wie hier, nur eben mit südlichem Flair, genauso ursprünglich, ganz, wie ich es mag. Lassen Sie uns darauf anstoßen, dass Sie eines Tages dort sein werden, denn das sollten Sie unbedingt, es wird Ihnen gefallen.«

Das Klingeln seines Handys unterbricht rüde unseren Versuch, den Rotwein zu verkosten. Jonas sieht auf das Display, runzelt die Stirn und scheint einen Moment zu überlegen, ob er das Gespräch annehmen soll. Doch der Anrufer lässt nicht locker, und plötzlich kippt die friedvolle, leicht vertraute Stimmung, in die ich mich wohlig habe fallen lassen. »Wie oft soll ich es noch sagen? Rufen Sie mich nicht mehr an!«, blafft Jonas plötzlich wie aus dem Nichts in einem Ton, der mir durch Mark und Bein geht, nachdem er sich entschlossen hat, das Telefonat doch anzunehmen.

Oh, mein Gott, was ist passiert? Und wieso rastet Jonas so aus? Ich rücke instinktiv ein kleines Stückchen von ihm ab, es ist mir unangenehm, ungewollt Zeugin dieses Wutausbruchs zu sein. Erst recht, als Jonas sagt: »Wenn Sie dieses Spiel weitertreiben, sehe ich mich gezwungen, juristische Schritte einzuleiten. Wollen Sie das wirklich?«

Nachdem er ohne ein weiteres Wort aufgelegt hat, schaue ich in den Himmel, dessen Blau nach und nach von der rotgoldenen Dämmerung verschluckt wird.

Ich wage nicht, etwas zu sagen oder gar zu fragen, worum es ging. Jonas sollte diesen unschönen Vorfall selbst erklären. »Hätten Sie etwas dagegen, wenn wir das Rotweintrinken auf ein andermal vertagen?«, durchbricht schließlich seine Stimme die angespannte Stille zwischen uns. »Es tut mir leid, dass Sie diesen Wortwechsel mitbekommen haben, der mir ehrlicherweise gerade ziemlich die Laune verdorben hat.«

»Alles gut, so etwas kann passieren«, erwidere ich, während ich mich in Spekulationen darüber verliere, worum es bei diesem Telefonat wohl ging. Wem hat Jonas gedroht, und vom wem fühlt er sich offensichtlich so belästigt? »Der Wein ist noch verkorkt und wird nicht so schnell schlecht. Ich bleibe noch ein Weilchen hier, doch Sie können gern los, wenn Ihnen eher der Sinn nach Aufbruch steht.«

»Wäre das wirklich in Ordnung?« Jonas' Blick ruht forschend, aber auch wohlwollend auf mir. »Ich würde jetzt tatsächlich gern zurück in die Pension fahren und einiges erledigen, was dringend noch gemacht werden muss. Es tut mir sehr leid, dass ich diesen schönen Abend ruiniert habe. Wir holen das ganz bald nach, ja?«

Ich nicke und schaue zu, wie Jonas aufs Rad steigt, sich nochmals für mein Verständnis bedankt und mir kurz zuwinkt, bevor er Richtung Lütteby fährt.

Der Himmel ist nun dunkel, doch die Sterne funkeln wie kleine Diamanten.

Vielleicht habe ich Glück und sehe eine Sternschnuppe?

Im Mai gibt es Sternschnuppennächte, ähnlich wie im August, doch ich verpasse dieses Spektakel meistens, weil ich viel zu beschäftigt bin. Mit angehaltenem Atem sitze ich da und starre in den Abendhimmel.

Doch was will ich mir eigentlich wünschen?

Eine eigene Wohnung, die Leitung der Touristeninformation?

Dass Henrikje gesund und munter bleibt?

Dass meine Mutter lebt und ich endlich erfahre, wer mein Vater ist?

Die wahre Liebe?

Dass Jonas kein unschönes Geheimnis hat, das später ans Licht kommt?

Oder alles zusammen?

Als ich zu frieren beginne, packe ich die Picknickutensilien zusammen und werfe einen letzten Blick auf das Sternenmeer am Firmament.

Und dann sehe ich ihn, den weißgoldenen Schweif einer Sternschnuppe …

Vom Glück des konstruktiven Konflikts

*Im Norden streiten wir nicht,
wir versuchen nur zu erklären,
warum wir recht haben.*

- 15 -

Immer noch verstört vom gestrigen Abend, sitze ich am Sonntagmorgen im Bett und versuche, zu mir zu kommen, erschöpft von unruhigen Träumen und Phasen der Schlaflosigkeit, in denen es mir unmöglich war, *nicht* an Jonas zu denken.

Der gestrige Vorfall bereitet mir Bauchschmerzen, denn ich mag Jonas sehr, doch sein plötzlicher Aufbruch und sein Schweigen machen es mir schwer, ihn einzuschätzen.

Jonas hat eine sensible, empathische Seite, er liebt Norddeutschland so wie ich, und auch ihn scheint etwas zu belasten, was mit seiner Familie zu tun hat. Dass er meinen Sehnsuchtsort Apulien gut kennt und gestern so rein gar nichts von dem leicht arroganten Geschäftsmann hatte, für den ich ihn zu Anfang gehalten habe, macht alles doppelt und dreifach schwer. Ich hoffe, dass es eine logische Erklärung für dieses seltsame Telefonat gibt, die Jonas in einem guten Licht dastehen lässt, und er sich mir bald erklärt – obgleich er mir eigentlich keine Erklärung schuldig ist. Schließlich ist er mein Chef, und es geht mich nichts an, was er privat macht und mit wem er Streit hat.

Eine leichte Brise bauscht die weiße Leinengardine auf, durch das geöffnete Fenster dringen Stimmen vom Marktplatz an mein Ohr. Aber hat es überhaupt Sinn, Gedanken an jemanden zu verschwenden, der vom ersten Tag an für Irritation bei mir gesorgt hat?

Das Leben ist doch ohnehin schon herausfordernd genug.

Ich muss den Gedanken an Jonas mit aller Macht aus meinem Kopf verbannen, so schwer mir das auch fällt.

Ein Spruch aus der Sammlung meiner Mutter lautet nämlich: *Es ist kein Zeichen von Schwäche, wenn du Menschen zum Schutz deines seelischen Gleichgewichts meidest – sondern Stärke und Weisheit. Du gehst schließlich auch nicht in den Priel, wenn der gerade vollläuft.*

Zudem habe ich noch ein weiteres Problem: Sinje hat sich gestern nicht zurückgemeldet, gänzlich untypisch für sie. Dabei muss ich ihr doch unbedingt erzählen, was van Hove Thorstens Ansicht nach mit der Villa vorhat.

Ich nehme das Handy vom Nachttisch und schaue, ob sie endlich auf meine Nachricht geantwortet hat, die ich ihr um 3 Uhr morgens geschickt habe, verbunden mit der Bitte, mich beim Gottesdienst zu entschuldigen.

Mit Erleichterung lese ich ihre Antwort:

> Mach dir keine Gedanken, bei mir ist alles gut. Schwänz
> du nur ruhig den Gottesdienst.
> Ich bin nicht beleidigt und würde
> am liebsten auch daheimbleiben, eine
> Pastorin ist schließlich auch nur ein
> Mensch, der sonntags gern ausschlafen
> würde. Kommt Henrikje wenigstens?
> S.

Froh darüber, dass Sinje nicht sauer ist, kuschle ich mich erneut in die Kissen, immer noch nicht bereit, dem Tag ins Auge zu sehen.

Nicht nur der Abend mit Jonas war verwirrend, auch die gesamte vergangene Woche hatte es ganz schön in sich.

Diese Tage waren so randvoll mit Erlebnissen, neuen Eindrücken und anstehenden Aufgaben, dass ich kaum dazu gekommen bin, mal durchzuatmen. Auf der Suche nach Halt taste ich nach dem mittlerweile platt gedrückten, samtweichen Schlafteddy, den ich zur Geburt von meiner Mutter bekommen habe und der im Laufe der unruhigen Nacht irgendwo unter der Bettdecke verschwunden ist.

»Moin, Schlafi«, sage ich zu dem goldbraunen Plüschtier, das trotz jahrelangen Knuddelns und zahlloser Wäschen immer noch ganz passabel aussieht, nachdem ich fündig geworden bin.

Ich nenne den Teddy so, weil seine Augenlider halb geschlossen sind, als würde er gleich ins Reich der Träume gleiten.

Eine Frau von fünfunddreißig, die immer noch das Kuscheltier aus Kindertagen im Bett hat, mag man wunderlich finden, oder man findet sich selbst in dieser Frau wieder – das bleibt jedem selbst überlassen. Aber der Teddy ist, wie gesagt, nicht irgendein Plüschtier, sondern eine Verbindung zu Florence.

Gedankenverloren streichle ich das flauschige Fell, an das ich mich, laut Henrikje, schon als Baby gekuschelt habe.

Wie gut, dass ich meine Großmutter habe, denn ohne Eltern aufzuwachsen ist nichts für zarte Seelen, sosehr ich auch immer wieder versuche, mich darin zu bestärken, dass ich das alles ganz gut meistere.

Nachdem ich eine Weile den Trost genossen habe, greife ich nach der Textsammlung meiner Mutter. Ich habe mit der Rubrik *Glücklich Machendes aus der Natur* begonnen und darin Pflanzen aufgelistet, die an der norddeutschen Küste gedeihen. Mit Begeisterung recherchiere ich gerade Rezepte mit Queller, einer Wattpflanze mit ährenartigen Blütenständen, die in den der Küste vorgelagerten Salzwiesen wächst. Blanchiert oder kurz angebraten passt das an der Küste *Meerspargel* genannte Gemüse hervorragend zu Fisch, ist aber auch als Salat und als Topping auf Pasta ein Gedicht.

»Moin, Linchen, bist du wach? Kommst du mit in die Kirche?«

Ach du je, ich habe völlig vergessen, Henrikje Bescheid zu geben, dass ich nicht in den Gottesdienst gehe.

»Nö, aber schau doch mal kurz rein, wenn du magst.«

Die Tür zu meinem Schlafzimmer öffnet sich knarzend, dann steht meine Großmutter auch schon vor mir.

»Geht's dir nicht gut, weil du noch im Bett liegst?«, fragt sie, dann fällt ihr Blick auf Florence' Notizen. »Oder hast du gerade einen kreativen Flow und möchtest ihn weiter nutzen?«

»Von allem ein bisschen«, erwidere ich. »Plus ein akuter Anfall von bleierner Müdigkeit. Sinje weiß, dass ich heute nicht erscheinen werde, zählt aber fest auf dich.«

»Hast du die Passage mit den für die Küste typischen Strandfundstücken, den Donnerkeilen und den Hühnergöttern, notiert, über die wir neulich gesprochen haben?«, fragt Henrikje, den Blick auf das Heft gerichtet. »Diese fossilen Schalen der urzeitlichen Tintenfische sind schließlich etwas Besonderes, genau wie die Steine mit einem natürlich enstandenen Loch.«

»Noch nicht, mache ich aber bald. Kann sein, dass ich dabei noch mal deine Hilfe brauche, damit ich nicht versehentlich etwas Falsches schreibe, schließlich bist du die Expertin für solche Themen.«

Henrikje beugt sich über mich und streichelt liebevoll meine Wange. »Aber natürlich helfe ich dir, keine Frage. Sehen wir uns nachher zum späten Frühstück im Garten?«

Ich nicke, und sie verschwindet so schnell, wie sie gekommen ist. Zurück bleiben ein wohliges Gefühl von Wärme und Henrikjes typischer Duft nach Zimt, Honig und Rosen.

Nachdem sie gegangen ist, notiere ich handschriftlich das Rezept für Queller mit Steinbutt, das ich vorhin im Internet gefunden habe. Ich schreibe äußerst selten mit der Hand, aber wenn, dann hat das etwas Beruhigendes, Erdendes.

Zur Vervollständigung der Sammlung habe ich extra meinen Füllfederhalter aus Schultagen hervorgekramt und benutze ihn nun regelmäßig. Anfangs war das ungewohnt, doch nun verleiht diese Art des Schreibens meinen Aufzeichnungen etwas Besonderes und Wertiges.

»Und nochmals guten Morgen«, begrüßt Henrikje mich lächelnd, als ich um kurz nach halb 12 Uhr barfuß auf den samtweichen Rasen des Gärtchens hinter dem Haus trete. »Du wurdest im Gottesdienst vermisst.« Sie hat den Frühstückstisch hübsch gedeckt, in der Mitte steht ein Krug mit Wildblumen, sie hat sogar die Servietten aus Leinen hervorgeholt. »Möchtest du Tee?« Ihre Frage ist rein rhetorisch, denn sonntags verwöhnt sie mich gern mit den besonderen Mischungen, die sie erfunden hat, zum Beispiel Rauchtee mit getrockneten Gänseblümchen und Knoblauchsrauke. Man könnte auch sagen, ich sei das Versuchskaninchen für ihre Kräuterküche, aber so klingt es doch viel netter. Ich halte ihr die hauchdünne Porzellantasse hin, gespannt darauf, was mich erwartet.

»Wie war eigentlich dein gestriger Abend?«, frage ich, während der duftende Tee goldschimmernd vom Ausguss der Kanne in die Tasse plätschert.

»Sehr, sehr schön, ich hatte spontan Besuch von Violetta und Mathilda. Wir haben zusammen Flammkuchen gemacht, und beide sind relativ lange geblieben. Du weißt doch, wie aufgedreht Matti sein kann, wenn sie irgendwo zu Besuch ist. Die Kleine hat gemeinsam mit mir ›Ich sehe was, was du nicht siehst‹ gespielt und ordentlich viel Flammkuchen verputzt. Es hat gutgetan, die beiden mal wieder hier zu haben, ohne dass alle anderen vom Marktplatz dabei sind und große Ohren machen. Irgendwann haben wir Matti auf die Couch gelegt und noch ein bisschen geplaudert, während die Süße tief und fest geschlafen hat.«

Meine Zunge spürt dem Aroma der neuen Kreation nach, sie schmeckt nach Apfel, Zitrone, Kamille und Minze. Ziemlich lecker und nicht so bitter und gesund wie sonst häufig.

Henrikje hat für die Mischung bestimmt Strandkamille verwendet, die in der Gegend an den Strandflächen und Spülsäumen wächst, ein hübscher Farbtupfer am Meeresrand.

»Wie geht's Violetta?«

»Das erzähle ich dir später, denn mich interessiert etwas anderes tausendmal mehr«, sagt sie und beißt in ein knackfrisches Brötchen mit Honig, den sie bei einem befreundeten Imker kauft. »Also los, nun sag schon: Wie war das Treffen mit Jonas Carstensen?«

»Wir haben keine Gesellschaftsspiele gespielt, so viel kann ich schon mal verraten«, erwidere ich und greife nach Weintrauben, hübsch in einer Schale drapiert. »Es war an sich sehr nett, ich habe auch einiges über ihn erfahren, doch dann endete der Abend recht abrupt, denn Jonas bekam einen Anruf, der ihn offensichtlich ziemlich durcheinandergebracht hat. Und mich ehrlich gesagt auch. Danach ist er zurückgeradelt, und ich bin noch eine Weile am Meer geblieben, um nachzudenken.«

Henrikje sagt: »Aha«, und schaut mich gespannt an. »Worum ging's denn? Kam der Anruf von einem Mann oder einer Frau?«

»Schwer zu sagen. Auf alle Fälle hat Jonas mit juristischen Konsequenzen gedroht, für den Fall, dass der- oder diejenige sich noch einmal bei ihm meldet. Das war alles äußerst unangenehm, und ich weiß jetzt überhaupt nicht mehr, was ich von ihm halten soll, obwohl er sich entschuldigt und darum gebeten hat, das ruinierte Treffen wiedergutzumachen. Dieser Mann ist mir ein Rätsel.«

»Klingt aber aufregend und spannend«, murmelt Henrikje und schaut einer Biene nach, die summend auf dem Sommerflieder landet, den ich ihr geschenkt habe. »Lass die Dinge am besten ein Weilchen ruhen, denn sie betreffen dich ja nicht direkt. Es wird sich schon alles klären, da bin ich mir ganz sicher. Was hast du denn an diesem schönen, sonnigen Tag noch vor? Triffst du dich mit Sinje, oder arbeitest du weiter an deinem Konzept?«

In diesem Moment surrt mein Handy, Sinje hat eine Nachricht in die Gruppe *Unser kleiner Marktplatz* gepostet:

> Notfallsitzung um 16 Uhr im Dörpshus.
> Es geht um die neuen Pläne von Falk van Hove.
> Bitte seid pünktlich, es gibt Essen und Getränke.

»Damit hat sich deine Frage wohl erledigt«, sage ich und zeige Henrikje, was Sinje geschrieben hat.

Für gewöhnlich trifft sich die Werbegemeinschaft jeden letzten Freitag im Monat oder bei Notfällen. Derartige Notfälle treten jedoch zum Glück sehr selten ein, und wenn, handelt es sich zumeist um harmlose Themen wie: Gibt es eigentlich nachhaltiges Feuerwerk? Wollen wir am Backwettbewerb von Norderende teilnehmen? Oder: Haben wir genug Geld für zwei neue Bänke am Brunnen, weil die alten mittlerweile marode sind und eine von ihnen neulich unter Kai zusammengebrochen ist?

Ist der Anlass für die heutige Notfallsitzung womöglich der Grund, weshalb Sinje gestern nicht erreichbar war?

»Was da wohl wieder los ist?«, sagt Henrikje kopfschüttelnd. »Aber das werden wir ja nachher hören. Ich gehe gleich noch in den Wald und sammle Maiwipfel für Tannen- und Fichtenspitzensirup, um Hustentee zu machen, der ist nämlich alle. Außerdem brauche ich noch Waldmeister für den Kranz am Kleiderschrank, damit der die gefräßigen Motten fernhält, zudem Bärlauch und Löwenzahn. Magst du mitkommen?«

Beim Stichwort Waldmeister denke ich weniger an kleiderfressende Motten, sondern an Maibowle, Pannacotta mit Waldmeister ... und ... dummerweise an die Augen von Jonas.

Entschlossen, diesen Gedanken dorthin zu verbannen, wo er mich nicht mehr erreichen kann, sage ich: »Na klar, ich begleite dich sehr gern, die Vorschlagsliste für Carstensen kann auch bis heute Abend warten, sie läuft ja nicht weg.«

Bloß nicht über Jonas grübeln, das macht mich völlig kirre!

»Wo wir gerade beim Thema Davonlaufen sind«, erwidert Henrikje, räuspert sich und beginnt, das Frühstücksgeschirr abzuräumen. »Da ist noch etwas, was du wissen solltest«, sagt sie mit rauer Stimme, nachdem alles auf dem Holztablett steht und ich die Tischdecke ausgeschüttelt habe. »Olaf ist wieder hier. Ich habe ihn völlig unerwartet heute Morgen um 8 Uhr gesehen, als ich meinen Meditationsspaziergang unternommen habe. Er hat mich nicht bemerkt, aber ich wollte dich auf alle Fälle vorwarnen, damit du keinen Schreck bekommst, solltet ihr beide euch zufällig über den Weg laufen.«

Mir wird schlagartig schummerig und schwarz vor Augen.

Olaf ist in Lütteby?!

- 16 -

Fassungslos wiederhole ich Henrikjes Worte: »Olaf ist wieder hier?«

Meine Großmutter nickt. »Kommst du damit klar?«

Augenblicklich habe ich keine Ahnung, was ich denken oder fühlen soll, denn die unerwartete Erwähnung des Namens meiner ersten großen Liebe trifft mich wie ein Faustschlag. Der Trennungsschmerz erfasst mich erneut mit voller Wucht, beinahe so, als hätte Olaf mir erst gestern gesagt, dass er seinen Weg künftig ohne mich gehen wird.

Wer einmal so richtig Liebeskummer gehabt hat, versteht sicher, was ich meine. Man fühlt sich zuweilen als Gefangene einer Endlosschleife, aus der es scheinbar kein Entrinnen gibt. Mal ist es ein bisschen besser und erträglicher, und dann gibt es wieder Augenblicke, in denen es einem den Boden unter den Füßen wegzieht und man felsenfest davon überzeugt ist, nicht wieder auf die Beine zu kommen. So etwas möchte ich nie, nie wieder erleben, denn das würde ich nicht verkraften.

Olaf und ich kennen uns seit der fünften Klasse am Gymnasium, waren zwölf Jahre ein Paar, hatten gemeinsame Pläne, Wünsche und Träume, er war gefühlt schon immer Teil meines Lebens, und ich war davon ausgegangen, dass das auch so bleiben würde.

Nach dem Studium in Hamburg wollten wir wieder nach Lütteby zurückkehren, uns beide einen Job suchen, der Spaß macht, und nach einem Haus Ausschau halten, in dem Kinder, Familie und Freunde ausreichend Platz haben würden.

Ich habe mir immer schon eine Art Villa Kunterbunt gewünscht, genau wie Pippi Langstrumpf sie hatte, voll trubeliger Lebendigkeit. Doch dann war, wenige Tage vor der Hochzeit, auf einmal alles anders, und meine Welt lag in Trümmern.

»Komm, Liebes, lass uns in den Wald gehen«, sagt Henrikje und nimmt mich sanft am Arm.

»Bäume haben etwas sehr Beruhigendes, und das kannst du, glaube ich, gerade sehr gut gebrauchen. Aber vielleicht solltest du dir noch Schuhe anziehen, bevor wir losmarschieren.«

Gut, dass sie mich darauf aufmerksam macht, dass ich barfuß bin, sonst hätte ich das erst gemerkt, wenn sich im Wald eine Tannennadel in meine Fußsohle gebohrt hätte.

Vielleicht sollte ich mir nicht nur Schuhe anziehen, sondern mich auch ein bisschen verschönern, für den Fall, dass wir Olaf zufällig über den Weg laufen. Das Haus seiner Eltern liegt unweit der Spukvilla, es könnte also durchaus sein, dass wir einander begegnen.

Nachdem ich mich geschminkt und ein hellblaues Leinenkleid angezogen habe, fühle ich mich zwar nicht für ein Wiedersehen mit Olaf gewappnet, aber immerhin ein wenig gestärkt. Eine dunkle Sonnenbrille tut ihr Übriges, um mir, zumindest nach außen hin, Selbstbewusstsein zu verleihen und mich vor neugierigen Blicken zu schützen.

Als wir am Haus von Olafs Eltern vorbeigehen, halte ich unwillkürlich die Luft an und beschleunige den Schritt. In meiner Magengrube macht sich ein flaues Gefühl breit. Keine Ahnung, ob Olaf oder seine Familie mich durchs Fenster oder vom Vorgarten aus gesehen haben. Ich habe es bewusst vermieden, auch nur den kleinsten Blick in Richtung des Doppelhauses zu werfen, in dem ich seit meinem siebzehnten Geburtstag so selbstverständlich ein und aus gegangen bin, als sei es mein zweites Zuhause. Ich mochte seine Eltern sehr und sie mich auch. Das macht die ganze Sache nicht gerade einfacher, vor allem, wenn wir einander zufällig begegnen. Dann tauschen wir belanglose Floskeln, vermeiden krampfhaft das Thema »Olaf« und gehen so schnell wie möglich in unterschiedliche Richtungen.

»Duftet es hier nicht wunderbar?«, fragt Henrikje, als wir die Anhöhe hinaufgestiegen und am Waldesrand angekommen sind.

Raus aus der Gefahrenzone, rein in die waldige Wohlfühloase, aufatmen und wieder zu sich kommen! Die Baumwipfel ähneln Kronen, Grillen zirpen am Ufer des kleinen Waldsees, über dem Kaisermantel-Schmetterlinge umhertanzen – und in besonders kalten Wintern Schlittschuhläufer ihre Kreise auf dem Eis ziehen. Der Wald gleicht bei Tag nicht im Geringsten dem bei Nacht. Es liegt eine friedliche Stille über allem, nur von weit her ist das Geräusch eines Traktors zu hören. Der Geruch von frischer Jauche vermischt sich mit dem leicht modrigen Duft des Tannengrüns und dem frischen der Wildkräuter. Hohe Fichten und majestätische Eichen spenden Schatten. Wurzeln und Baumstümpfe verschmelzen am Boden mit dem weichen Moosteppich, Farnen und den stacheligen, verholzten Ranken wilder Waldbrombeeren. Eine kleine Feldmaus huscht an uns vorbei, und ich erblicke einen Eichelhäher mit blau schimmernden Flügelfedern, die ich als Kind gesammelt und als Lesezeichen verwendet habe.

An diesem Ort rücken Probleme tatsächlich in weitere Ferne, wie bei einem Spaziergang am Meer. Wälder sind echte Kraftorte, das sagen viele, die sich mit der Wirkung von Bäumen auf die Seele und den Körper beschäftigt haben, und ich gebe ihnen recht. Mein Puls verlangsamt sich wieder, mein Herz schlägt nicht mehr ganz so schnell wie vorhin.

»Tut die Geschichte mit Olaf immer noch so weh, oder ist es diesmal nicht doch ein bisschen besser?«, fragt Henrikje und bückt sich, um Bärlauch in ihren Korb zu legen.

Aus diesen Pflanzen, auch Waldknoblauch genannt, zaubert sie ihr berühmtes Pesto, das unglaublich köstlich ist.

Ich kann ihre Frage nicht sofort beantworten, denn diese Art Antworten sind niemals einfach. Der Schmerz, den die Trennung von Olaf hinterlassen hat, ähnelt nicht dem des Verlustes meiner Mutter. Er kam viel abrupter und schlug von einer Sekunde auf die andere eine tiefe Wunde in meine Seele. Florence zu verlieren, ohne sie je wirklich als Mutter gehabt zu haben, fühlt sich eher an, wie es wahrscheinlich bei einem eineiigen Zwilling ist, der sein Geschwisterkind verloren hat: unvollständig, hohl, leer ... beinahe ein bisschen surreal ...

»Das wird schon wieder, hoffe ich zumindest«, murmle ich und versuche mich mit aller Kraft darauf zu konzentrieren, wie schön es im Wald ist. Florence lenkt in ihrer Glücksrezepte-Sammlung den Blick auf das Positive, auf das, was guttut, also sollte ich ihrem Beispiel folgen.

Zum ersten Mal, seit ich ihre Aufzeichnungen gefunden habe, kommt mir ein Gedanke, der sich anfühlt, als stünde meine Mutter neben mir und legte schützend den Arm um mich.

»Meinst du, Florence hat die Anleitung zum Glücklichsein angefertigt, um mir eine Art ...«, ich suche nach dem richtigen Wort, was gar nicht so einfach ist, »... Rüstzeug fürs Leben mit auf den Weg zu geben?«, frage ich mit zittriger Stimme.

Henrikje richtet sich auf und stellt den Weidenkorb auf den Boden. »Das kann gut sein«, flüstert sie, der Wind trägt ihre leise Stimme über den Wald hinweg in Richtung Meer. Mit einem Mal schimmern Tränen in ihren wunderschönen, grünen Augen, und ich bereue meine Frage sofort. Sie hat ihre Tochter verloren und ich meine Mutter. Dieser Schmerz wird uns begleiten, solange wir leben. Deshalb sollten wir so behutsam wie möglich damit umgehen.

»Deine Mutter war nicht gerade leicht zu durchschauen«, sagt Henrikje nach einer Weile des Schweigens, die nur durch den

Gesang einer Tannenmeise in den Wipfeln über uns durchbrochen wird. »Aber sie hat dich sehr geliebt, das weiß ich genau. Und sie wollte auf alle Fälle das Beste für dich. Von daher kann es sein, dass du recht hast.«

»Florence hat die Sammlung allerdings nicht offen liegen lassen, sondern in einem Geheimfach versteckt«, gebe ich zu bedenken. »Wenn sie wirklich beabsichtigt hätte, dass ich sie bekomme, dann ...«

»Es gibt für alles einen richtigen Zeitpunkt«, sagt Henrikje, statt auf meine Frage einzugehen, und schaut mir dabei tief in die Augen. »Und dieser Zeitpunkt war vor einigen Wochen, als du innerlich begonnen hast, dich auf einen neuen Weg zu machen, auch wenn dir das selbst womöglich gar nicht so bewusst ist.«

»Auf einen neuen Weg?«, frage ich verdutzt. »Wie meinst du das?«

»Ach, Liebes«, erwidert Henrikje und lächelt ihr warmes Henrikje-Lächeln. »Wir wissen beide, dass du nicht ewig bei mir wohnen und Teilzeit in der Touristeninformation und im Lädchen arbeiten wirst und dass du dir Gedanken darüber machst, wie es künftig weitergeht. Du solltest dir unbedingt deine Wünsche und Träume erfüllen und endlich das Leben leben, für das du bestimmt bist und das dich glücklich macht. Die Zeit mit Olaf war eine Etappe auf diesem Weg, und du wirst eines Tages endgültig damit abschließen, da bin ich ganz sicher. Doch solange das nicht geschehen ist, drehst du dich weiter im Kreis, so leid es mir tut, dir das sagen zu müssen. Also hör auf, ein Brummkreisel zu sein, und steig endlich aus diesem Karussell aus!«

Henrikjes Metapher des Brummkreisels, der sich so lange um sich selbst dreht, bis er irgendwann zu Boden fällt, trifft es auf den Punkt. Die Vorstellung, dass ich kurz davor bin, wieder unsanft auf den Boden zu krachen – natürlich ebenfalls bildhaft betrachtet –, macht mich wütend. Ich kann und darf auf gar keinen Fall zulassen, dass meine Gefühle für Olaf nach so vielen Jahren immer noch Macht über mich haben. Es ist Zeit, dem ein Ende zu setzen und selbst das Ruder zu übernehmen, das fühle ich so deutlich wie nie.

Um ein endgültiges Zeichen zu setzen, nehme ich Olafs Ring ab, so wie Sinje es mir schon lange geraten hat. Ich stecke ihn ins Portemonnaie, beobachtet von Henrikje. Ein feines Lächeln umspielt ihre Lippen, doch sie wäre nicht Henrikje, wenn sie jetzt etwas sagen würde.

Vom Glück eines erholsamen und gesunden Schlafs

*Zum Glück treffen 95 Prozent aller Sorgen,
die man sich macht, nie ein. Das ist nicht nur
reine Statistik, sondern ein echter Erfahrungswert.
Nicht umsonst empfehlen die Nordfriesen:
»En schall de Welt nich mit to Bett nehmen.«
(Man soll die Probleme der Welt nicht mit ins Bett nehmen.)
Dann doch lieber ein gutes Buch, die Katze oder einen
Menschen, den man nachts gern um sich hat.*

- 17 -

»Hiermit erkläre ich die Notfallsitzung für eröffnet!«

Für gewöhnlich haut Thorsten zu Beginn einer Versammlung mit dem Holzhammer auf den Tisch im sogenannten Dörpshus, einer ausgebauten Scheune unweit des Pastorats. Doch heute übernimmt Sinje seinen Job. Sie ist Ehrenmitglied unserer Werbegemeinschaft, weil sie klug, gut vernetzt und am Wohl Lüttebys und ihrer Schäfchen interessiert ist.

Ich hatte leider noch keine Gelegenheit, sie vorher zu sprechen, denn bei ihr war entweder besetzt, oder es sprang die Mailbox an. Hoffentlich hat sie nachher Zeit für mich.

»Was ist denn Aufregendes passiert, Frau Pastorin? Deine Nachricht klang spannend«, sagt Ahmet und schenkt Sinje einen langen Blick aus seinen dunklen Augen mit den langen, schwarzen Wimpern, die ihm einen traurigen Ausdruck verleihen, egal, wie fröhlich Ahmet gerade ist.

»Wir platzen alle gleich vor Neugier, also los«, sagt Michaela, und Kai nickt zustimmend.

Die Anwesenden haben im zweireihigen Halbkreis auf Klappstühlen Platz genommen, Sinje steht hinter einem Tisch und macht ein ernstes Gesicht. Ich selbst bin allerdings nicht besonders konzentriert bei der Sache, weil ich ständig darüber nachdenke, wie ich mich am besten von dieser unsichtbaren Fußfessel namens Olaf befreien kann. Sollte ich mich einfach bei ihm melden, oder wirkt es dann so, als liefe ich ihm hinterher? Doch ich bin nicht hier, um mich mit Olaf zu beschäftigen, sondern wegen der Notfallsitzung.

»Es geht um das Haus neben Henrikjes Lädchen«, sagt Sinje und schaut nacheinander jedes Mitglied der Werbegemeinschaft *Unser kleiner Marktplatz* an. Auch Gunnar, der mit seiner Familie rechts neben mir sitzt und den ich schon länger nicht mehr zu Gesicht bekommen hatte. »Wie ihr sicher bemerkt habt, ist das *Zu Verkaufen*-Schild verschwunden, und ich weiß aus gut unterrichteter Quelle, dass Falk van Hove der neue Besitzer des Hauses der alten Stine ist.«

»Und was genau ist jetzt so schlimm an der Neuigkeit, dass wir dafür unsere Kaffeezeit verkürzen mussten?«, fragt Gunnars Mutter Eva, die neben ihrem Sohn sitzt. »Es ist doch nichts Neues, dass van Hove alle Immobilien in Lütteby kauft, die er kriegen kann. Immerhin hat er das nötige Kleingeld, um die alte Bruchbude zu sanieren, und den Nerv, sich mit dem Denkmalschutzamt herumzuschlagen, also ist das nicht das Allerschlechteste.«

Das Wort Bruchbude tut mir in der Seele weh. Wie kann man dieses wunderschöne Giebelhaus aus dem Jahre 1780 nur so bezeichnen? Doch leider passt der verächtliche Ton zu Eva Dorsch, die sich seit ihrem fünfzigsten Geburtstag regelmäßig Botox spritzen lässt, mit langen Gelnägeln in der Gegend herumfuchtelt, und deren platinblonde Haare so hell sind, dass der Anblick schon fast wehtut.

»Schlimm ist die Tatsache, dass unser Herr Bürgermeister Gerüchten zufolge plant, im Erdgeschoss die Filiale einer erfolgreichen Franchise-Restaurant-Kette unterzubringen, die alles führt, was zurzeit an Essen angesagt ist. Und ihr seid, denke ich, auch der Meinung, dass diese Art Systemgastronomie zur Struktur unseres über alles geliebten Marktplatzes überhaupt nicht passt.«

»Bekommen wir etwa McDonald's oder Burger Queen?«, fragt Amelie mit zitternder Stimme.

»Du meinst Burger King«, entgegnet Sinje schmunzelnd. »Nun, ganz so schlimm wird's hoffentlich nicht. Ich konnte mir aus den Gerüchten, die ich in den letzten Tagen hie und da aufgeschnappt habe, noch keinen rechten Reim auf alles machen. Was ich aber weiß, ist, dass das so oder so ...«

»... ein Frontalangriff auf Federico und Amelie wäre«, sagt Kai. Sein Gesicht sieht aus, als hätte er einen gigantischen Sonnenbrand oder den Kopf in karmesinrote Farbe getaucht.

»Bist du dir sischer? Ich meine, dass wirklisch Gastronomie reinkommen soll?«, fragt Amelie, die schräg vor mir Platz genommen hat und offenbar fröstelt. Sie zieht die Strickjacke mit Lochmuster, die sie noch feenhafter wirken lässt, enger um sich und sitzt so kerzengerade, als hätte sie ein Lineal verschluckt.

Ich kann gut verstehen, dass sie angespannt ist, das wäre ich an ihrer Stelle auch.

»Maledetto, das darf doch nicht wahr sein«, ruft Federico aus, springt vom Stuhl und reckt die Faust. »Das werden wir doch nicht zulassen, oder?« Mit vor Wut funkelnden Augen schaut er uns alle an, ein Raunen geht durch den Raum mit den ungefähr zwanzig Inhabern der Läden und Restaurants am Marktplatz und in den Seitenstraßen.

»Na, na, nu mal immer mit der Ruhe«, sagt Henrikje. »Wie sagen wir Norddeutschen so schön? *Dat mutt he sik dat eersmol en beten beluern,* das heißt, wir sollten alle erst mal in Ruhe darüber nachdenken, ob wirklich so viel gegen van Hoves Idee spricht, schließlich belebt eine gewisse Konkurrenz ja bekanntlich das Geschäft. Sollte dem aber nicht so sein, müssen wir natürlich überlegen, was wir dagegen tun können. Aus diesem Grund sind wir schließlich hier, nicht wahr, Sinje?«

Sinje nickt.

»Ist es nicht ohnehin schon viel zu spät, etwas zu unternehmen?«, fragt Michaela, heute in den Farben Maigrün und Zitronengelb gekleidet. »Van Hove fackelt doch nicht lange, wie wir alle wissen. Dabei fällt mir gerade ein, dass neulich zwei Herren und eine Dame im Haus von Stine waren. Die sahen so piekfein aus, als kämen sie aus Hamburg-Pöseldorf oder Frankfurt. Das waren bestimmt die Betreiber dieser Restaurantkette. Hab ich mir doch gleich gedacht, dass die was im Schilde führen und nicht nur auf Sightseeingtour sind.«

»Da gab's schon eine Besichtigung?« Sinje wirkt verstört.

»Wenn die dort Pizza verkaufen, wäre Matti im siebten Himmel«, schwärmt Violetta, heute ohne ihre Tochter unterwegs. »Und ich ehrlich gesagt auch. Ich habe nämlich keine Lust, immer nach Grotersum zu müssen, wenn sie Freundinnen zu Besuch hat, die nun mal am liebsten Pizza, Burger oder Pommes essen. Als hart arbeitende Mutter habe ich nicht immer Zeit, alles selbst zu machen, und das Tiefkühlzeug ist auch keine echte Option.«

Ich muss ihr leider insgeheim zustimmen, auch wenn es bei dieser Sitzung nicht darum geht, wer was gern isst und wo, sondern darum, Federicos und Amelies geschäftliche Situation bestmöglich zu schützen.

»Wir haben auch Pizza, nur heißt sie bei uns anders, nämlich Panzerotti fritti«, empört Federico sich, offenbar in seiner Ehre als apulischer Koch gekränkt. »Die kannst du doch genauso gut servieren, oder etwa nicht?«

»Wenn sie ein bisschen günstiger wären und nicht zusammengeklappt, dann schon«, erwidert Violetta ungerührt. »Du weißt doch, wie Kinder sind: Eine Pizza muss aussehen wie eine Pizza und nicht wie ein halber Pfannkuchen. Falte deine Panzerotti auseinander, pack Salami drauf, und mach sie pro Stück zwei Euro günstiger, dann kommen wir ins Geschäft. Und was Burger und Co betrifft: Ich habe Nino neulich an der Dönerbude in Grotersum gesehen, es scheint ihm geschmeckt zu haben.«

»Nino hat Döner gegessen?« Federico sieht so fassungslos aus, dass es schon wieder komisch ist. Henrikje greift nach meiner

Hand und drückt sie sanft. Sie weiß genau, wann sich bei mir ein Kicheranfall anbahnt, der, einmal im Anmarsch, nicht so leicht zu stoppen ist. »Mein Sohn ist erst sieben.«

»Ist er damit zu jung für Döner, oder was willst du mir damit sagen? Übrigens war er nicht allein dort, falls dich das beunruhigen sollte, sondern zusammen mit Chiara«, sagt Violetta, und nun gibt's bei mir kein Halten mehr.

Der Auftritt der beiden ist Comedy pur, auch wenn der Anlass für diesen bühnenreifen Streit natürlich alles andere als witzig ist. Und zudem meilenweit davon wegführt, was Sinje mit dem Treffen der Werbegemeinschaft im Sinn hatte.

»Nino war mit Chiara dort?«, fragt Federico, schier fassungslos. »Mit … meiner Chiara?!«

»Kennst du noch eine andere, die so aussieht und heißt wie deine Frau?«, fragt Violetta, und ich lache lauthals los, Tränen kullern über meine Wange.

»Was ist denn so witzig daran, dass meine Frau heimlich mit Nino in Grotersum essen geht und meine Existenz auf dem Spiel steht?«, faucht Federico, ganz der temperamentvolle Süditaliener. »Du hast gut lachen, Lina. Wohnst bei deiner Oma, zahlst keine Miete und hast zwei Jobs. Beide durch Beziehungen.«

Die Worte »Wohnst bei deiner Oma« und »durch Beziehungen« ersticken meinen ungewollten Heiterkeitsausbruch sofort im Keim und treffen schmerzhaft meinen wunden Punkt. Aus den Lachtränen werden Tränen der Trauer, und ich beginne übergangslos zu weinen. Heute kommt für meinen Geschmack ein bisschen viel auf einmal zusammen.

»Hey, reiß dich zusammen, Federico«, ruft Sinje, stürzt zu mir und nimmt mich in den Arm. Zu Lorusso gewandt, sagt sie: »Du weißt ganz genau, dass Lina eine der Ersten ist, die für die Wahrung der Ideale Lüttebys und das Wohl der Ladenbesitzer auf die Barrikaden gehen würde. Das hat sie schon mehrfach bewiesen. Ich sage nur: Verhinderung des Abrisses vom Leuchtturm!«

»Sicher ist Lina nur durcheinander, weil Olaf wieder da ist, sei ihr nicht böse, Federico«, posaunt Michaela in die Runde. »Hat er sich eigentlich schon bei dir gemeldet, Lina? Taucht ausgerechnet jetzt hier auf, wo du mit deinem neuen Chef herumturtelst. Tss, tss, das nennt man wohl schlechtes Timing.«

»Olaf ist wieder da?«, fragt Violetta und wirft mir einen mitleidsvollen Blick zu. »Ach du je! Kein Wunder, dass du weinst.«

»Du turtelst mit Carstensen herum?«, fragt Sinje, sichtlich erstaunt. »Wieso weiß ich nichts davon?«

In diesem Moment prasseln von allen Seiten Fragen auf mich ein, wie Hagelkörner, die als Eisklümpchen vom Himmel fallen.

Es geht um alles andere, nur nicht um den eigentlichen Grund für unsere Zusammenkunft, und zehrt ziemlich an meinen Nerven.

»Nun lasst mal Lina in Ruhe und konzentriert euch auf den Anlass für unsere heutige Versammlung«, mischt Henrikje sich in den Tumult. »Wie und wo meine Enkelin lebt, geht dich nichts an, Federico. Jeder hat für alles seine Gründe, und das sollte man respektieren, ohne es zu verurteilen«, fährt sie fort, und schon ist es mucksmäuschenstill in der Scheune.

Sinje kehrt wieder an den Tisch zurück. »Also, ihr Lieben, zurück zum eigentlichen Thema. Ich möchte um Folgendes bitten: Macht euch Gedanken darüber, welche Art von Geschäft ihr am liebsten in Stines Haus haben wollt, für den Fall, dass wir die Nutzung durch ein Restaurant doch noch verhindern können. Daher brauche ich eure Vorschläge so schnell wie möglich.«

»Ein Bioladen würde passen«, sagt Amelie mit dünnem Stimmchen. »Oder eine Wein'andlung mit Bistro.«

»Ich bin auch für den Bioladen«, sagt Kai. »Oder einen Weltladen wie der am Marktplatz in Niebüll. Die verkaufen da fair gehandelten Kaffee aus der hauseigenen Rösterei, Rapsöl aus ökologischem Anbau und allen möglichen Eso-Tand, der bei Touristen gut ankommt.«

»Ich wünsche mir einen Deko-Laden mit Kleinmöbeln«, sagt Michaela.

»Wieso kümmerst du dich eigentlich um diese Angelegenheit, Sinje?«, wendet Gunnars Vater Martin ein. »Thorsten hat doch bloß gebrochene Knochen, das hindert ihn doch nicht daran, seiner Aufgabe als Vorsitzender der Werbegemeinschaft nachzukommen. Weiß er denn überhaupt, dass wir uns heute hier treffen und worum es geht?«

Oh, oh, der Ton, den Martin gerade anschlägt, gefällt mir nicht. Sinje ist die Pastorin Lüttebys und zudem seine Schwiegertochter in spe. Wieso unterstützt er sie nicht, anstatt ihre Position öffentlich infrage zu stellen?

»Aber natürlich weiß er davon«, erwidert sie, ohne eine Miene zu verziehen, wohingegen Gunnar ein paarmal hüstelt und unruhig auf seinem Stuhl hin und her rutscht. »Ich habe vorhin mit ihm telefoniert, schöne Grüße übrigens an euch alle, und werde mich nach dem Ende der Sitzung ebenfalls bei ihm melden. Hat einer von euch noch Fragen oder eine spontane Idee? Falls ja: Immer her damit oder gern später per Mail. Aber bitte beeilt euch, denn die Zeit läuft uns davon. Amelie, Kai, Michaela: Ich habe eure Vorschläge notiert und danke euch dafür. Falls der Rest von euch lieber später daheim darüber nachdenkt, erkläre ich die Versammlung für beendet, denn ihr wisst ja jetzt, worum es geht und was im Fall der Fälle auf dem Spiel steht. Da drüben gibt es Kaffee, Tee und Säfte sowie Gebäck für alle. Als kleines Dankeschön dafür, dass ihr euch am Sonntag die Zeit genommen und eure Kaffeepause verkürzt habt.«

Der letzte Teil des Satzes ist eindeutig an Eva Dorsch gerichtet. Ich bin verwirrt. Was ist denn da plötzlich für ein Sand im

Getriebe zwischen Sinje und ihren künftigen Schwiegereltern? Oder bin ich bloß ein bisschen durcheinander, extrem dünnhäutig und höre Flöhe husten, wo gar keine sind? Doch anscheinend bin ich nicht die Einzige, die sich heute über alles Mögliche Gedanken macht.

»Müsste man in die Frage nach der Nutzung des Erdgeschosses von Stines Haus nicht eigentlich auch Jonas Carstensen einbeziehen, falls es nicht ohnehin schon zu spät ist?«, fragt Kai, nun nicht mehr ganz so rot im Gesicht. »Immerhin vertritt er Thorsten im Bereich Stadtmarketing.«

Das ist allerdings eine berechtigte Frage.

»Ach was, verständigen, der ist doch eh bald weg«, wischt Michaela Kais Bedenken vom Tisch. »Es sei denn ...«, Blick auf mich, »er hat Gründe, dauerhaft die Zelte in Lütteby aufzuschlagen ...«

Diesmal geht mein Gesicht in Flammen auf, was mir zuletzt als Teenager passiert ist. Alle Blicke sind erneut auf mich gerichtet, ich fühle mich regelrecht obduziert. In diesem Moment verfluche ich, dass hier jeder weiß, dass ich wieder zurückgekommen bin, weil Olaf mir den Laufpass gegeben hat, und nun dank Michaelas Tratsch auch, dass Jonas und ich uns ... ja, was eigentlich? Es ist doch nichts weiter passiert, als dass ich ihm gestern ein bisschen die Gegend gezeigt und geholfen habe, seine Einsamkeit zu vertreiben. Oder war es eher meine? Ich bin mir da plötzlich gar nicht mehr so sicher. Und ich kann gerade auch nicht einordnen, ob Jonas bei meiner Entscheidung, endgültig mit Olaf abzuschließen, eine Rolle spielt ...

- 18 -

Nachdem sich alle mit Keksen und Kaffee gestärkt, weitere Vorschläge für die Ladennutzung gemacht und teils auch wieder verworfen haben, leert sich das Dörpshus nach und nach. Zurück bleiben Sinje, Gunnar und ich.

»Wann wolltest du mir eigentlich von der Flirterei mit deinem Boss erzählen?«, fragt Sinje.

Auch Gunnar mustert mich neugierig.

»Gar nicht, denn es gab keinen Flirt. Du kennst doch Michaela. Sie hat mitbekommen, dass wir uns zufällig getroffen haben, als ich vom Krankenbesuch bei Thorsten zurückgekommen bin.«

»Aber ihr wart doch gemeinsam bei Federico, um Essen zum Mitnehmen abzuholen, das habe ich genau gesehen«, wendet Gunnar ein. In seinen wasserfarbenen Augen kann man nie etwas lesen, was mich ein bisschen irritiert. Objektiv betrachtet ist er attraktiv: Groß, einigermaßen schlank, er hat akkurat geschnittene, brünette Haare, ein gepflegtes Äußeres – beinahe ein bisschen blass und langweilig. Mein Typ wäre er definitiv nicht, dazu ist mir die Sprache der Augen zu wichtig, man nennt sie nicht grundlos das Fenster zur Seele.

»Gunnar, Liebling, musst du nicht dringend zum Fußball? Oder zum Treffen mit einem deiner Kumpels?« Sinje zwinkert ihrem Freund zu, dieser stutzt einen Moment, begreift aber dann.

»Du willst in Ruhe mit Lina quatschen, verstehe«, sagt er. »Wie lange wird das in etwa dauern? Wir sind doch heute Abend bei meinen Eltern zum Essen eingeladen. Sie wollen irgendetwas wegen der Hochzeit mit uns besprechen.«

»Das verpasse ich auf gar keinen Fall, keine Sorge«, erwidert Sinje und gibt ihm einen Kuss von der Sorte, die sagt: Lass mich jetzt bitte allein, und stell keine weiteren Fragen, ja?

Gunnar erwidert ihn ein wenig halbherzig, hebt dann die Hand zum Gruß und sagt: »Also tschüss, Lina, war schön, dich mal wiedergesehen zu haben. Mach's gut.«

»Du auch«, erwidere ich mechanisch und überlege, wann ich eigentlich das letzte Mal etwas gemeinsam mit Sinje und Gunnar unternommen habe. Früher waren wir häufig zu viert unterwegs, Lina und Olaf, Sinje und Gunnar. Die beiden Traumpaare aus der Oberstufe des Gymnasiums in Grotersum, Freunde für immer.

Bis Olaf sich entschied, nicht mehr länger Teil dieses Traumpaares und Traumquartetts sein zu wollen.

Sinje steckt den kleinen Holzhammer in ihre Tasche und hakt sich dann bei mir unter. »Wollen wir 'ne Runde am Fluss spazieren gehen? Nach dieser wirren Sitzung brauche ich unbedingt frische Luft und Bewegung«, sagt sie.

»Geht mir ähnlich, aber aus anderen Gründen«, stimme ich zu, froh, endlich in Ruhe mit Sinje über alles sprechen zu können, was mir gerade auf der Seele liegt. Und das ist seit dem Abend mit Jonas, der Nachricht von Olafs Auftauchen und dem Gespräch mit Henrikje eine ganze Menge.

»Also los, jetzt erzähl mal, Lina. Wie geht's dir? Es muss dich doch irremachen zu wissen, dass Olaf wieder hier ist. Hat er sich denn schon bei dir gemeldet?«

»Natürlich macht es das«, entgegne ich nach einer Weile, in der ich versuche, die richtigen Worte zu finden. »Auf der einen Seite möchte ich ihn nicht sehen, weil das sicher immer noch wehtut. Auf der anderen Seite habe ich ihn nun mal sehr geliebt, und er fehlt einfach in meinem Leben. Aber ich weiß auch, dass ich ihn loslassen muss, damit es endlich vorwärtsgeht. Deshalb habe ich vorhin beschlossen, meine Gefühle für ihn endgültig in den Wind zu schießen. Schau mal, fällt dir etwas auf?« Ich zeige Sinje meine Hand, die ohne Olafs Verlobungsring mit einem Mal nackt wirkt. Sinjes Antwort ist ein begeistertes Kreischen, dann fasst sie mich an den Händen und tanzt mit mir im Kreis herum.

»Endlich, endlich, endlich«, sagt sie, als wir beide wieder zum Stehen gekommen sind. »Aber Liebe ist nun mal kein Gefühl, das man mithilfe eines Schalters nach Belieben an- und ausknipsen kann. Ich hoffe wirklich, es gelingt dir, dich von ihm zu lösen. Wie willst du das denn konkret anstellen?«

»Ich frage Olaf, ob wir uns die Tage mal auf einen Kaffee oder so treffen. Als eine Art ... Konfrontationstherapie, wenn du weißt, was ich meine.«

»Das ist wahrscheinlich gar keine schlechte Idee. Es ist immer besser, in die Offensive zu gehen, als darauf zu warten, was passiert. Und wer weiß? Vielleicht stellt sich heraus, dass er krumm und buckelig geworden ist, plötzlich drei Beine hat und einen Vollbart, der bis zum Boden reicht.«

Ich muss lachen, weil Sinjes Beschreibung so abstrus ist.

»So, jetzt aber zu Jonas Carstensen, frei nach dem Motto: Auf zu neuen Ufern. Warst du wirklich mit ihm essen? Ich dachte, du findest ihn arrogant und doof.«

Ich erzähle, wie es zu diesem Abend am Meer gekommen ist und auch von dem unschönen Ende. Es tut gut, im Gespräch mit Sinje weiter ausholen zu können als beim Frühstück mit Henrikje.

Mit der besten Freundin über das Thema »Männer« zu sprechen, ist einfach um Längen besser. Man kann sich so oft wiederholen, wie man will, und auch jeden noch so großen Blödsinn von sich geben, der einem gerade durch den Kopf schießt.

Zunächst hört Sinje mit weit aufgerissenen Augen gebannt zu. »Ein gut aussehender Typ, ein geheimnisvoller Anruf, ein Mann mit zwei Gesichtern – hach, das klingt superspannend und irre sexy. Hast du irgendeine Vermutung, was da los war? Meinst du, es ging um Geld?«, mutmaßt sie dann, die es mindestens so sehr wie Michaela liebt, sich in die Lösung von Rätseln zu stürzen, auch wenn manche Rätsel besser ungelöst bleiben. »Oder um etwas Berufliches?«

Vielleich kam der Anruf ja von einer Frau, die in ihn verliebt ist, denke ich, verscheuche diesen Gedanken jedoch schnell wieder wie eine lästige Fliege.

Mittlerweile sind wir am Ufer angekommen. Die Lillebek, was so viel wie »kleiner Bach« heißt, plätschert in diesem Teil der kleinen Stadt gemütlich vor sich hin und wird erst später zu einem Fluss, der zu Recht diesen Namen trägt und auf dem man wunderbare Ausflugsfahrten mit Booten unternehmen kann.

»Links oder rechts?«, fragt Sinje und zielt darauf ab, welche der beiden Brücken wir überqueren sollen.

Ich entscheide mich für links, denn rechts stehen die neu gebauten Häuser mit den schicken Penthousewohnungen.

»Halt mich bitte auf dem Laufenden, wenn du irgendetwas über den Anruf herausfindest. Und jetzt sag schon: Findest du Jonas gut? Hast du dich in ihn verknallt, obwohl dein Herz immer noch ein bisschen an Olaf hängt?«

»Ver… …knallt?« Sinjes Frage entsetzt mich dermaßen, dass ich beinahe außerstande bin, dieses teeniehafte Wort auszusprechen. »Nein, ganz bestimmt nicht, wie kommst du denn auf so einen Blödsinn?«

»Wenn du ihn unsympathisch oder uninteressant finden würdest, hättest du dich wohl kaum an einem Samstagabend mit ihm verabredet. Außerdem würden deine Augen nicht so leuchten, wenn du seinen Namen aussprichst«, sagt Sinje grinsend, während sie einem vorbeigehenden älteren Mann freundlich zunickt. »Und ganz sicher wärst du nicht mit ihm zum Leuchtturm spaziert, der, wie wir beide wissen, eine ganz besondere Rolle in deinen Fantasien spielt.«

»Ich habe Jonas den Turm lediglich gezeigt, weil ich ihm den Vorschlag machen möchte, ihn endlich zu einem Romantikhotel umbauen zu lassen, was Thorsten bislang mit der Begründung abgelehnt hat, dass es so ein Hotel bereits in Dagebüll gibt.«

»Hast du ihm auch gesagt, dass Olaf und du beinahe darin getraut worden wäret, auch wenn Olaf auf dem Kirchlein am Meer in Schobüll bestanden hat?«

»Ganz sicher nicht«, erwidere ich, mittlerweile leicht gereizt. Allmählich nervt es mich, dass mein Ex-Freund diesen Tag dermaßen dominiert. Und ich möchte erst mehr über meine verwirrenden Gefühle in Bezug auf Jonas herausfinden, bevor ich darüber mit Sinje spreche. »Können wir jetzt bitte das Thema wechseln? Egal, ob Olaf oder Jonas, Männer stressen mich gerade ziemlich.«

»Sorry, das wollte ich nicht«, sagt Sinje, ehrlich zerknirscht. »Es tut mir leid, dass Federico vorhin so auf dich losgegangen ist. Du weißt, wie sehr manchmal die Pferde mit ihm durchgehen, er hat's bestimmt nicht böse gemeint.«

»Ach was, er hat ja recht«, erwidere ich. »Ich lebe seit sechs Jahren wieder hier, pendle jobmäßig zwischen dem Lädchen und der Touristeninformation, wohne bei Henrikje, bin Single und Mitte dreißig. Das ist nicht ganz das Lebensmodell, das ich mir vorgestellt habe, auch wenn ich es mag. Doch sollte aus einer Übergangslösung eigentlich kein Dauerzustand werden, nicht wahr?«

»Dann ändere auch in dieser Hinsicht, was dir missfällt«, sagt Sinje, für die Hindernisse dazu da sind, sie zu überspringen wie ein athletisches, feuriges Holsteiner Turnierpferd.

Im Vergleich zu ihr fühle ich mich manchmal wie ein lahmendes Pony, das dringend zum Hufschmied müsste.

»Das versuche ich auch, keine Sorge«, murmle ich und denke: *Wenn ich nur wüsste, wie.* In Lütteby gibt es keinen anderen Job, der mich reizt, die wenigen freien Mietwohnungen sind unbezahlbar, da die Immobilienpreise auch in unserer Region in astronomische Höhen geschnellt sind.

»Aber jetzt zu dir: Wo hast du gestern und heute gesteckt? Dein Telefon war entweder besetzt, oder du bist nicht rangegangen. Ich habe mir Sorgen gemacht.«

»Tut mir leid, aber ich war gestern bis tief in die Nacht bei Falks Mutter, die mal wieder im Sterben liegt. Sie wollte beichten, brauchte Zuwendung und seelsorgerische Unterstützung.«

»Schon wieder?«, frage ich, obwohl meine Frage für Uneingeweihte sicher pietätlos klingt. Van Hoves Mutter Lavea neigt zu Hypochondrie und dramatischen Auftritten, düstere Todesprophezeiungen inklusive. Meiner Ansicht nach fehlt es ihr an emotionaler Zuwendung und Aufmerksamkeit, denn sowohl ihr Mann Ralf als auch ihr Sohn sind weitgehend mit dem Beruf und ihren politischen Ämtern verheiratet. Weil im Geldbeutel der van Hoves niemals Ebbe herrscht, arbeitet Lavea nicht, was ihr meiner Ansicht nach aber guttun und sie ablenken würde.

»Ja, schon wieder«, erwidert Sinje seufzend. »Allerdings muss ich sagen, dass ich mir diesmal tatsächlich Sorgen um sie mache. Sie ist mittlerweile klapperdürr, weiß wie die Wand und hat offenbar überhaupt keine Freude mehr am Leben. Das ist auch eine Form von Sterben.«

»Ist sie denn körperlich krank?«, frage ich, während mein schlechtes Gewissen an mir nagt. Wie Henrikje stets predigt, sollte man kein vorschnelles Urteil fällen, ehe man nicht die Fakten kennt. »Was hat sie denn? Und … ist sie …?«

»Sie lebt noch und wird es auch weiter tun, falls es das ist, was du wissen wolltest«, sagt Sinje. »Offiziell hat der Arzt ihr ein Erschöpfungssyndrom und eine Störung der Schilddrüsenfunktion attestiert, aber meiner Ansicht nach sollte Lavea dringend einen Therapeuten aufsuchen. Doch so etwas macht man nicht als Mitglied des Van-Hove-Clans, denn das wäre ein Zeichen von Schwäche, über das sich alle das Maul zerreißen würden.«

»Aber tun das nicht eh schon die meisten?«, frage ich und empfinde Mitleid mit Lavea, obwohl ich sie kaum kenne.

Ich habe sie lediglich zu offiziellen Anlässen gesehen, wenn sie ihren Mann begleitet hat, und beim Essen im Restaurant *Dal Trullo*, das sie so sehr liebt.

»Natürlich tun sie das, aber bislang noch im Rahmen des Üblichen. Falk fürchtet, was die Leute sagen würden, wenn Lavea tatsächlich in ein ›Irrenhaus‹ oder zum ›Seelenklempner‹ gehen würde, wie er es ausgedrückt hat.«

»Du hast mit Falk gesprochen?«, frage ich und muss sofort an die Sache mit dem Golfhotel denken, von der ich Sinje wegen all der Aufregung noch gar nichts erzählt habe.

»Ja, habe ich, denn er war auch da, im Gegensatz zu seinem Vater, der mal wieder Reißaus genommen hat und übers Wochenende weggefahren ist, vermutlich nach Sylt und in Begleitung einer seiner zahllosen hübschen, jungen Geliebten.«

»Wollen wir uns einen Augenblick setzen?«, schlage ich mit Blick auf die freie Bank unter einer der Trauerweiden vor, die ihre langen, biegsamen Blätterarme der Lillebek entgegenstrecken.

»Machst du schon schlapp? Wir sind doch erst ein paar Minuten unterwegs«, sagt Sinje belustigt.

»Nein, das nicht. Aber ich muss dir dringend etwas erzählen, was dir garantiert nicht gefallen wird.«

»Hui, jetzt jagst du mir aber Angst ein.« Sinje setzt sich ohne weiteren Protest. »Also los, was ist so schlimm, dass du es mir nicht beim Gehen erzählen kannst?«

Ich hole tief Luft, denn es fällt mir schwer, zu sagen, was ich ihr sagen muss. Doch es nützt nichts. Je eher Sinje von Falks Plänen weiß, desto eher kann sie sich damit auseinandersetzen, dass ihr Traum zu platzen droht. »Laut Thorsten plant Falk, aus der Villa ein Golfhotel zu machen und einen Teil des Waldes zu roden, damit dort ein Golfplatz entstehen kann. Deshalb wird er bei der Zwangsversteigerung mit Sicherheit deutlich höher bieten, als du es mit den Gemeindegeldern kannst.«

Eine Sekunde ist es still, doch dann folgt die Explosion. »Dieser Arsch! Dieser Raffzahn, dieser geld- und machtgeile Sack«, empört Sinje sich. »Ich dachte, er möchte die Villa, um darin zu wohnen, was schon schlimm genug ist, weil er mehr Geld zur Verfügung hat als ich. Doch ich habe mich der Illusion hingegeben, ich könnte ihn vielleicht von dieser Idee abbringen, wenn ich ihm klarmache, wie wichtig es für die Kirchengemeinde ist, ein neues Pastorat mit mehr Platz und einen Friedwald für unsere Verstorbenen zu bekommen. Aber wenn das stimmt und hinter dem Ganzen ein lukrativer wirtschaftlicher Plan steht, dann habe ich jetzt schon verloren und brauche bei der Versteigerung gar nicht erst gegen ihn anzutreten. Bist du dir sicher, dass das stimmt?«

»Nicht hundertprozentig. Ich habe dir doch gesagt, dass Thorsten das vermutet. Doch eine Vermutung ist keine Tatsache, also ...«

»Also werde ich den Mistkerl am besten selbst fragen.« Sinje zückt ihr Handy und scrollt auf dem Display.

»Was hast du vor?«, frage ich besorgt. In einer solchen Stimmung richtet sie meist Unheil an, und davor muss ich sie unbedingt bewahren.

»Telefonieren, was sonst?«, entgegnet Sinje. Falk ist leider sofort am Apparat, und Sinje poltert einfach drauflos, ohne über mögliche Folgen nachzudenken.

»Wie kann Ihnen ein Golfplatz wichtiger sein als die Ruhe unserer Toten?«, brüllt Sinje, ohne vorher »Hallo« zu sagen, und ballt ihre Hände so fest zur Faust, dass die Knöchel ganz weiß werden. »Golf ist nur etwas für Reiche, der Tod betrifft uns aber alle. Im Übrigen auch Sie, denn Bürgermeister leben ebenfalls nicht ewig.«

Keine Ahnung, was Falk van Hove zu Sinjes Ausbruch zu sagen hat, aber er ist mit Sicherheit nicht begeistert.

Ich lege meine Hand beschwichtigend auf ihren Arm, doch Sinje reagiert nicht. Sturmtief Brausella wächst sich zu einem echten Tornado aus und droht gerade alles mit sich zu reißen, auch die Achtung und den Respekt, den sie trotz aller bisherigen Differenzen bei Falk van Hove genießt. Mit dem ist allerdings nicht zu spaßen, wenn er wütend ist. Er ist kleinlich. Und er ist rachsüchtig.

Das weiß Sinje ganz genau …

1634

Algea durchquerte die Salzwiesen in der Nähe des Strandes, um Queller zu sammeln, den ihre Mutter so gerne aß.

Das aromatische Gewächs war im Frühjahr besonders zart, doch konnte man es auch in dieser Jahreszeit ernten und schmackhaft zubereiten. Amme Ineke kannte hervorragende Rezepte, die den Queller in eine schmackhafte Delikatesse verwandelten. Während sie ihre Augen suchend über die Wattwiesen wandern ließ, ertönte auf einmal ein aufgeregtes Geschnatter, das Algeas Ansicht nach von Wildenten stammen musste. Sie überquerten Nordfriesland auf dem Weg in wärmere Gefilde und machten hier nicht selten Rast, um in den satten Wiesen nach Futter für die lange Reise zu picken, die vor ihnen lag.

»Fliegt weg, und zwar schleunigst, sonst drehen sie euch die Hälse um und machen Entenbraten aus euch«, ertönte die Stimme eines jungen Mannes. Algea richtete sich auf und blickte in die Richtung, aus der die Worte gekommen waren. Zunächst sah sie nur wild fuchtelnde Arme, weit in den Himmel gereckt, und erst dann ein Paar Beine in kurzen Hosen. »Schschsch, weg mit euch, aber schnell.« Algeas Neugier war geweckt, denn auch sie haderte mit dem Brauch der Nordfriesen, Wildenten einzufangen, um das Fleisch zu Pasteten zu verarbeiten und das Gefieder zur Füllung von Kissen zu nutzen. Diese Tiere waren so unschuldig und wunderschön, es tat dem jungen Mädchen in der Seele weh, dass jedes Jahr so viele von ihnen getötet wurden, weil ihr Fleisch begehrt und kostbar war. Sie näherte sich dem Paar Beine und erkannte alsbald, dass sich hinter den immer noch fuchtelnden Armen ein Gesicht verbarg, dessen Anblick sie sofort in den Bann zog. Der junge Mann, nicht viel älter als sie selbst, hatte die schönsten blaugrünen Augen, die sie je erblickt hatte. Blonde Locken umrahmten das feine, ebenmäßige Gesicht, das Kinn des Jungen war energisch, doch sein Lächeln warm und weich, als er Algea erblickte.

Bevor sie etwas zu ihm sagen oder ihn noch länger betrachten konnte, rief ein älterer Mann: »Wo bleibst du, Fokke? Wir müssen weiter. Der Deichgraf wartet in Grotersum auf uns und duldet keinerlei Verspätung.«

Fokke, so hieß der junge Mann offenbar, zuckte mit den Schultern und warf Algea einen, wie sie glaubte, entschuldigenden Blick zu. Dann drehte er sich um und verschwand so schnell, dass Algea einen Wimpernschlag lang glaubte, sie hätte diese Begegnung nur geträumt.

So ist es also, wenn man jemanden trifft, der einem das Herz stiehlt, dachte sie, völlig ergriffen von dem, was ihr gerade widerfahren war. Sie dachte an Kerrin und Tamme, die mittlerweile glücklich verlobt waren und Hochzeit halten würden, bevor Tamme in See stach.

Vergessen waren der Queller und die Wildenten. Algea ging zur Wasserkante und starrte auf die Nordsee, die heute die Farbe von Fokkes Augen hatte.
Noch nie war ihr das Nordmeer so schön erschienen wie an diesem Tag, an dem Algea erfahren hatte, was es hieß, sich unsterblich zu verlieben ...

Vom Glück, keine unnützen Worte machen zu müssen

»Nich' sooo schlecht!« = das norddeutsche »Gut«
»Recht ordentlich« = norddeutsch für »Sehr gut«

- 19 -

Jetzt oder nie! Olaf ist ein Frühaufsteher, also brauche ich mich nicht zu scheuen, ihn an einem Montagmorgen um sieben anzurufen. Bevor ich auf die Kurzwahltaste drücke, atme ich noch einmal tief durch. Ich muss mich endlich einem Wiedersehen mit ihm stellen, schließlich habe ich mich lange genug davor gedrückt.

»Lina, das ist ja eine schöne Überraschung«, ertönt Olafs vertraute, leicht knarzige Stimme.

Ich hatte ganz vergessen, wie sehr ich diese Klangfarbe liebe. Er spricht mit leicht norddeutschem Tonfall, im Gegensatz zu Jonas, dessen lupenreines Hochdeutsch keinerlei Rückschluss auf seinen Herkunftsort zulässt. »Wie geht's dir? Ich habe Henrikje und dich gestern gesehen, als ihr zum Wald hinaufgegangen seid. Aber ich habe mich nicht getraut, dir zuzurufen, weil du nicht in Richtung des Gartens geschaut hast. Du sahst toll aus in deinem Leinenkleid und mit der Sonnenbrille. Richtig schön sommerlich.«

Er hat mich also gesehen, denke ich. Er hat mich gesehen, hat es aber angeblich nicht gewagt, mich anzusprechen. Bedeutet das, dass ich ihm ebenso wenig egal bin wie er mir? Oder sagt er das jetzt nur, um gute Stimmung zu machen? Wenn es ihm wichtig gewesen wäre, mit mir zu reden, hätte er mir auch eine Nachricht schicken können.

»So weit ganz gut«, antworte ich, doch das ist einfach nicht wahr. Nur wenige Worte von Olaf und ein kleines Kompliment genügen, und schon bin ich so durcheinander, als hätte man mich ein paar Jahre schockgefrostet und im zweiundzwanzigsten Jahrhundert wieder aufgetaut. »Ich ...« Los, Lina! Erledige, was du dir vorgenommen hast. Befrei dich endlich von diesem Hemmschuh! »Ich wollte fragen, ob wir einen Kaffee trinken und ein bisschen quatschen. Hören, was so alles passiert ist und so ...«

»Das ist eine schöne Idee.« Irre ich mich, oder wird Olafs Ton wärmer? »Ich kann nur leider noch nicht sagen, wann, denn Papa geht's nicht gut. Er hat vor ein paar Tagen einen Schwächeanfall erlitten, und die Ärzte wissen nicht, wieso. Meine Mutter ist völlig außer sich, wie du dir denken kannst, und ich möchte die beiden so gut unterstützen, wie ich kann. Vor allem, weil ich so lange nicht mehr hier war und unser Verhältnis wegen meines Weggangs aus Lütteby immer noch angespannt ist.«

»Das tut mir sehr, sehr leid«, erwidere ich mit einem Kloß im Hals. Wäre ich noch mit Olaf zusammen, würde ich mich ebenfalls um seine Eltern kümmern und dort mit anpacken, wo angepackt werden muss. Olafs Papa hat ein kleines Handwerksunternehmen, das Olaf hätte übernehmen sollen, seine Mutter eine Änderungsschneiderei in Grotersum. »Grüß die beiden bitte ganz lieb von mir, und wünsche deinem Vater gute Besserung. Meld dich einfach, wenn dir danach ist, und gib Bescheid, wenn ich etwas für einen von euch tun kann.«

»Das mache ich. Danke dir.«

Nach dem Telefonat bin ich so benommen, dass ich schon fast bereue, den Anruf vor der Arbeit gemacht zu haben, schließlich muss ich heute fit und konzentriert sein, weil wir gleich Jonas unser Tourismuskonzept für Lütteby präsentieren wollen.

Als ich das Handy zum Aufladen mit dem Ladekabel verbinde, verspüre ich kurz den Wunsch, es aus dem Fenster zu werfen.

Menschliche Kommunikation ist nie leicht, aber Telefone machen sie teilweise noch schwieriger.

Meine Gedanken schweifen unweigerlich zu dem mysteriösen Anruf, den Jonas am Samstagabend erhalten hat und der durch die Verwirrung um das Auftauchen von Olaf und die Versammlung im Dörpshus ein wenig in den Hintergrund gerückt ist.

Ich bin gespannt, wie Jonas sich nach dem schönen gemeinsamen Abend mir gegenüber verhält – und ob er womöglich heute Näheres zu den Umständen des Streitgesprächs sagt.

Als ich im Badezimmer bin, ertappe ich mich dabei, dass ich mein Spiegelbild ein zweites und sogar drittes Mal überprüfe, das ist sonst gar nicht meine Art.

»Sieht man mir eigentlich an, dass ich durcheinander bin, Mama?«, frage ich Florence, nachdem ich das ursprünglich geplante, eher legere Outfit gegen das Sommerkleid getauscht habe, das Olaf so gut gefallen hat. Aber nicht Olafs wegen, sondern weil ich nun weiß, dass es mir steht.

Da meine Mutter mir nicht antworten kann, verlasse ich die Wohnung mit klopfendem Herzen. Ich kann leider nicht leugnen, dass ich aufgeregt wegen des Wiedersehens mit Jonas bin.

Und mal wieder sehr, sehr traurig darüber, dass ich in Momenten, die mir wichtig sind, nur mit dem Foto meiner Mutter reden kann und nicht mit ihr selbst …

»Moin, die Damen, wie war Ihr Wochenende?«, fragt Jonas, als Rantje und ich fast zeitgleich ins Büro kommen. Es wäre mir lieber gewesen, einen kleinen Vorsprung zu haben, um einen Moment mit ihm allein sein zu können, doch Rantje hat sich offenbar entschlossen, an diesem Montagmorgen überpünktlich zu sein.

Jonas zwinkert mir zu und wendet sich dann an Rantje. »Wo ist denn Abraxas, Frau Schulz? Ich kann ihn nirgends entdecken.«

»In der Tierarztpraxis«, erwidert Rantje, und ich bekomme sofort einen Schrecken. Abraxas, der Seelenvogel, ist krank?!

»Ach du je, hat er etwas Schlimmes?«, fragt Jonas, ebenfalls besorgt.

»Wahrscheinlich einen Luftröhrenwurm, den bekommen Raben und Krähen leider immer mal wieder. Wenn man die Symptome kennt und das Tier rechtzeitig behandelt wird, ist es aber zum Glück nicht lebensbedrohlich.«

»Der arme Abraxas«, sagen Jonas und ich gleichzeitig, dann verhaken sich unsere Blicke mal wieder ineinander.

Erschrocken schaue ich weg, denn wir sagen bereits zum zweiten Mal innerhalb weniger Tage in derselben Sekunde das Gleiche. Das ist fast schon ein bisschen unheimlich.

Und wunderschön …

»Wie lange dauert es denn, bis er wieder gesund ist?«, erkundigt Jonas sich und schaltet sein Notebook ein.

»Wahrscheinlich nicht lange, Abraxas ist an sich in guter Verfassung, er hat ein Medikament verabreicht bekommen und wird später mit Globuli behandelt. Doch sicherheitshalber bleibt er heute Nacht zur Beobachtung in der Klinik und erholt sich dort. Nett, dass Sie so mitfühlend sind. Danke auch der Nachfrage wegen des Wochenendes, ich hatte Spaß. Und Sie auch, gemeinsam mit Lina, wie man so hört.«

Jonas' Gesicht überzieht ein Ausdruck, den ich nicht recht deuten kann. Er wirkt ein wenig verlegen, aber auch amüsiert, während ich im Erdboden versinken oder Rantje eins auf die Nase geben möchte.

Sie plappert leider immer drauflos, wie ihr der Schnabel gewachsen ist, ohne darüber nachzudenken, welche Auswirkung ihre Worte womöglich haben.

»Ich hatte tatsächlich einen sehr schönen Abend mit Frau Hansen«, sagt Jonas. »Und es freut mich, dass es Ihnen offenbar gut geht, ich bin schon gespannt auf Ihre Vorschläge, Frau Schulz. An sich hatte ich geplant, dass wir heute Nachmittag darüber sprechen, doch wir können das auch jetzt machen, wenn Sie mögen. Im Moment ist nichts los, wie mir scheint.«

»Montags ist es hier meist recht ruhig«, beeile ich mich zu erklären, während Jonas' Worte mir runtergehen wie Öl: Ich fühle mich geschmeichelt, dass er unseren gemeinsamen Abend offenbar ebenfalls genossen hat. Ob er mich später fragt, wann wir uns das nächste Mal sehen? »Meinetwegen können wir gern loslegen«, beeile ich mich zu sagen, bevor ein Schwall an Emotionen über mich hereinbricht wie riesige Nordseewellen. »Punkt Nummer eins: Wir brauchen auf alle Fälle eine Aushilfe, wenn wir künftig wieder sonntags öffnen wollen. An diesem Tag hat Thorsten bislang gearbeitet.«

»Alles klar«, erwidert Jonas nachdenklich und tippt etwas in sein Notebook. »Zumal ab jetzt regelmäßig Events stattfinden, wie zum Beispiel der Trachtentanzwettbewerb. Gibt es bei den freien Aushilfen jemanden, den wir hier zusätzlich einsetzen könnten?«

»Mir fällt auf Anhieb niemand ein, der Zeit hat«, sage ich, »aber ich denke darüber nach.«

»Hier ist eine Aufstellung aller Feierlichkeiten, die in Lütteby stattfinden«, sagt Rantje und zückt die entsprechende Liste.

»Ganz schön viele Feste und sehr viel Zauber im Namen«, erwidert Jonas amüsiert. »Wie lauten also Ihre Vorschläge für weitere solche Events, die wir dringend brauchen, um Umsatz zu machen?«

»Ich würde gern *Lütteby tischt auf* entweder um ein White Dinner am Fluss erweitern oder um eine Versteigerung von Picknickkörben, gepackt von den weiblichen Einwohnern Lüttebys. Derjenige, der am meisten für den Korb bietet, darf mit seiner

Angebeteten essen gehen. Der Erlös kommt einem karitativen Zweck zugute, diesbezüglich gibt's hier ja reichlich Bedarf«, schlage ich vor.

»Das klingt wie aus einer dieser erfolgreichen amerikanischen Kleinstadtserien«, sagt Jonas. »Irgendwas mit *Girls*. *Golden Girls* oder so?«

»*Gilmore Girls*«, verbessert Rantje Jonas. »Lina hat einen Hang zu Serien, in denen schnuckelige Menschen in schnuckeligen Kleinstädten schnuckelige Dinge tun. Ich persönlich kann dem so rein gar nichts abgewinnen, aber wie heißt es doch so schön? Über Geschmack lässt sich nicht streiten.«

»Das stimmt allerdings«, sagt Jonas und macht sich weiter Notizen. »Das White Dinner finde ich nicht originell genug, das kennt man schon zur Genüge. Doch die Idee mit der Picknickkorb-Versteigerung hat Charme und passt zu einem Ort wie Lütteby. Allerdings sollten nicht nur Frauen Körbe packen, sondern auch Männer. Aber können auch Touristen etwas damit anfangen? Die kennen hier doch niemanden.«

Ich kann nichts dagegen tun: In meinem Kopf taucht plötzlich das Bild von Jonas auf, wie er liebevoll alles für ein Picknick zusammenpackt, in der Hoffnung, dass ich den Korb und damit ein Date mit ihm ersteigere.

Rantje ahnt zum Glück nichts von meinen wirren Fantasien und sagt: »Touristen wohl eher nicht, es sei denn, sie sind auf der Suche nach einem Urlaubsflirt. Aber vergessen Sie nicht die umliegenden Ortschaften wie Norderende, Dagebüll, Niebüll oder auch Hattstedt. Viele kennen einander, weil sie zusammen zur Berufsschule gegangen sind, eine Ausbildung gemacht und hier Verwandte oder Freunde haben. Wir kommen auch ab und zu mal raus, ob Sie's nun glauben oder nicht.«

»Ach, tun Sie das?«, fragt Jonas, und ich kann gerade nicht einordnen, ob er die Frage ironisch meint oder ernst. »Ich dachte,

Sie alle lieben diesen Ort so sehr, dass es Sie nirgendwo anders hinzieht.«

Ich bemühe mich, nicht auf seine Bemerkung einzugehen oder mich romantischen Fantastereien hinzugeben, sondern weitere Vorschläge zu unterbreiten, wie zum Beispiel Lütteby zu einem Urlaubsziel zu machen, das begehrte Nachhaltigkeitssiegel, verbunden mit Einträgen auf beliebten Reiseportalen wie *bookitgreen*, bekommt. »Zudem könnte man das bisherige Angebot von Gretas Stadtführungen um die eines Nachtwächters erweitern. Oder auch den ehemals beliebten Sternenglanz-Ball wieder aufleben lassen, das würde sicher viele aus Lütteby freuen.«

Jonas ist teils begeistert, teils skeptisch, und so diskutieren wir drei lebhaft, immer wieder unterbrochen durch Urlauber, die Fragen haben oder etwas buchen wollen.

Am Ende haben wir jede Menge Spaß und eine beachtliche Liste an neuen Möglichkeiten. Die werde ich in den kommenden Tagen hinsichtlich der Kosten-Nutzen-Rechnung überarbeiten, schließlich muss das Ganze auch effizient sein. Zudem haben wir beschlossen, alles daranzusetzen, unsere kleine Stadt auch in den Monaten Februar, März und November zu einem Anziehungspunkt für Urlauber zu machen.

»Was ist eigentlich mit dem Biike-Brennen?«, fragt Jonas nach einer kurzen Pause an der frischen Luft. »Wird das hier überhaupt gefeiert?«

»Nur mit den Einwohnern Lüttebys, aber nicht als Event für Touristen«, sagt Rantje. »Doch das ist auch gut so. Ich finde, es reicht, dass die Inseln und Orte wie Sankt Peter-Ording einen so großen Hype daraus machen. Dabei geht das Ursprüngliche schnell verloren, wenn man nicht aufpasst.«

»Darf ich Sie daran erinnern, dass wir Geld verdienen und Lütteby auch zu einem attraktiven Ziel in der Nebensaison machen müssen?«, sagt Jonas. »Was wäre so schlimm daran, wenn sich nicht nur Einheimische um das Biike-Feuer versammeln würden, sondern auch Touristen?«

»Wir begehen dieses Fest ganz bewusst traditionell, ohne großen Schnickschnack wie Foodtrucks oder Live-Übertragung im Radio oder Regionalfernsehen«, erklärt Rantje, und ich denke sofort sehnsüchtig an die vielen schönen Zusammenkünfte, die ich am Abend des 21. Februars am Strandabschnitt vor dem Deich erleben durfte. Biike ist für mich mindestens ebenso wichtig wie Weihnachten, ich freue mich jedes Jahr darauf wie ein kleines Kind auf seinen Geburtstag. »Es geht uns bei diesem Fest vor allem darum, nach dem langen, kalten Winter endlich wieder mit mehr Zeit und Muße zusammenzukommen als nur auf einen kurzen Plausch im Vorbeihuschen nach der Weihnachtszeit. Wir genießen es, uns auszutauschen und gemeinsam die bösen Geister des vergangenen Jahres zu verscheuchen. Doch natürlich treffen wir uns auch, um die Rede des Bürgermeisters zu hören, Glühwein zu trinken und hinterher bei Federico und Chiara Grünkohl zu essen.«

»Apulischer Grünkohl? Heißt der dann *Cima di rapa verde?*«, fragt Jonas nicht ganz zu Unrecht, und ich muss lachen, weil ich es schön finde, dass Jonas offenbar seinen Humor nicht verloren hat.

»Keine Ahnung, wie sie das Gericht nennen, aber es ist immerhin das einzige Zugeständnis an die hiesige Küche, das die Lorussos machen«, erkläre ich. »Sie lieben Grünkohl über alles. Nur mit den karamellisierten Kartoffeln können sie sich nicht anfreunden, aber wir freuen uns auch über Pellkartoffeln.«

»Und nicht zu vergessen, den Schnaps danach«, ergänzt Rantje, die in den vergangenen beiden Jahren mit ihrer Band im *Dal Trullo* aufgetreten ist, woraufhin sich einige Lüttebyer das schwere Essen abgetanzt haben, darunter sogar Tanzmuffel Kai, der ausgerechnet bei *Highway to Hell* von AC/DC in Fahrt gekommen ist.

»Ich finde, wir sollten das Thema Biike noch mal überdenken, denn es klingt äußerst stimmungsvoll und attraktiv für Feriengäste. Gibt es denn nicht noch etwas Ursprüngliches aus dieser Gegend, das man zelebrieren könnte? Rosen- und Lampionfeste sind schön und gut, doch die finden so ziemlich überall statt. Mir schwebt etwas Besonderes vor, etwas Regionaltypisches, das unverwechselbar ist. Fällt Ihnen beiden dazu etwas ein?«

»Ich hätte eine Idee, bin mir aber nicht sicher, ob sie gut ist«, sage ich, in Gedanken erneut bei amerikanischen Kleinstadtserien. Dort wird traditionell der Gründertag des jeweiligen Ortes gefeiert, zumeist mit historischen Kostümen und kleinen Theateraufführungen.

»Nur zu, beim Brainstorming muss man auch Mut zu schrägeren Vorschlägen haben, um später Großartiges zu kreieren«, sagt Jonas. Rantje nickt aufmunternd.

»Also gut«, sage ich, während mein Herz vor Aufregung pocht. »Wir könnten den Jahrestag feiern, an dem Gott der Sage nach Lütteby bei der großen Burchardiflut verschont hat. Als Dankeschön, so wie wir es traditionell bereits mit einem Gottesdienst machen.«

»Noch eine Sage? Das klingt interessant«, sagt Jonas, und auch Rantje nickt mit leuchtenden Augen. »Erzählen Sie mir bitte bald schon mehr darüber, ja? Das interessiert mich brennend.«

»Das macht Lina bestimmt sehr gern, nicht wahr, Lina?«, sagt Rantje und schenkt uns beiden wieder diesen Blick, der Bände spricht …

1634

Einige Wochen nach der zufälligen Begegnung am Watt führte das Schicksal Algea und Fokke auf dem Marktplatz von Lütteby erneut zusammen. Die Giebelhäuser des kleinen Städtchens waren hübsch anzusehen, ab und zu ertönte das Geklapper von Pferdehufen auf dem Kopfsteinpflaster, Kutscher ließen die Reitgerte schnalzen, die Kirchturmglocken läuteten.

Algea war unterwegs, um Eier für den Sonntagskuchen zu besorgen, und Fokke, weil er jede Gelegenheit nutzte, um in Lütteby nach der wunderschönen jungen Frau Ausschau zu halten.

Ihr unerwarteter Anblick neulich inmitten der Salzwiesen hatte ihn bis ins Mark getroffen. Die schöne Unbekannte wirkte auf den ersten Blick zart und auch ein wenig verwöhnt, eben ganz Tochter aus gutem Hause. Doch er hatte etwas in ihrem Blick erhascht, von dem er glaubte, dass es Wildheit und ein Verlangen nach Freiheit und Leben war, wonach er ebenfalls suchte. Sein Weg war vorherbestimmt, er würde sich schon bald vom Deichgrafen in die Kunde des Deich- und Küstenschutzes einweisen lassen. Doch obgleich Fokke wusste, dass die Aufgabe, das Festland vor schweren Sturmfluten zu schützen, bedeutend und von enormer Wichtigkeit war, sehnte er sich doch nach Abenteuern und Reisen in ferne Länder.

Im Haus der van Hoves in Grotersum weilten immer wieder Seeleute zu Gast, die abends bei Punsch und knisterndem Kaminfeuer Seemannsgarn spannen und von Piraterie, verheerenden Stürmen und den Gefahren des Walfangs berichteten. Fokke zog es hinaus in die Ferne, er wollte Grotersum hinter sich lassen, in dem es so engstirnig zuging, dass es ihm in der Seele wehtat. Seit der ersten Groten Mandränke waren die Grotersumer spinnefeind mit den Bewohnern Lüttebys, denn sie neideten dem Nachbarort vieles.

Doch die junge Schöne stammte vermutlich aus dem verfeindeten Ort, was Fokke Sorge bereitete. Es galt schließlich als ungeschriebenes

Gesetz, dass sich keine Liebschaft zwischen den Bewohnern der verfeindeten Städtchen anbahnen durfte.

Doch all diese düsteren Gedanken verflogen, als er sie am Rande des Platzes erblickte, dessen Herzstück ein Brunnen war und wo das Apostelkirchlein stand, das von den Fluten verschont worden war. »Kennt Ihr mich noch?«, fragte er und spürte, dass sein Herz in einer Weise pochte, wie er es noch nie zuvor erlebt hatte.

»Ich denke schon«, erwiderte das junge Mädchen, das einen Korb voll Eier in der Hand hielt. »Ihr seid derjenige, der die Wildenten vor dem sicheren Tod bewahren wollte, nicht wahr? Dafür bin Euch sehr dankbar, denn ich liebe diese schönen Vögel, wie überhaupt alle Lebewesen, die Gott geschaffen hat. Mein Name ist Algea Ketelsen.«

Eine Ketelsen also, dachte Fokke. Die Ketelsens waren eine der wohlhabendsten Familien Lüttebys und hatten eine prächtige Kapitänsvilla auf der Anhöhe am Strand erbauen lassen. Fokke kannte sie vom Sehen und hätte zu gern einmal aus einem der oberen Fenster aufs Meer geblickt. Es musste großartig sein, aus diesem Blickwinkel auf die tosende See zu schauen, die seinen Heimatort mit dem Rest der großen, weiten Welt verband. »Wollen wir ein Stück spazieren gehen?«, fragte er wider alle Vernunft.

»Sehr gern«, erwiderte Algea und ergriff seine Hand.

- 20 -

Ich singe leise: »Don't know why, there's no sun up in the sky, stormy weather«, und schaue durch das Schlafzimmerfenster, gegen das dicke Tropfen klatschen und in Schlieren an der Scheibe hinabfließen.

Dieser Dienstagmorgen hat sein Regenkleid aus dem Schrank gekramt und trägt es voller Stolz und Würde. Ich bin aber nicht betrübt wegen des grauen Himmels, denn ich mag diese plötzlichen Wetterumschwünge, sie gehören einfach zu Nordfriesland, genau wie der Wind und die Wellen. In dem melancholischen Song, gesungen von Billie Holiday, geht es um stürmisches Wetter, verlorene Liebe, und er kriecht ganz tief unter die Haut. »Since my man and I ain't together, keeps raining all the time …« Die Melodie schmiegt sich elegant an die Textzeilen, und meine Gedanken spazieren, passend zum wechselhaften Wetter, erst zu Jonas und dann wieder zu Olaf. Er hat sich noch nicht gemeldet, aber das ist auch nicht weiter verwunderlich, schließlich ist es gerade mal vierundzwanzig Stunden her, dass ich ihn angerufen habe. Oder ist das doch ein schlechtes Zeichen? Plötzlich nagen Zweifel an mir: Ist er wirklich rund um die Uhr mit seinen Eltern beschäftigt, oder dient ihm die Erkrankung seines Vaters als willkommener Vorwand?

Nun, da ich beschlossen habe, ihn zu treffen, will ich die Sache auch hinter mich bringen, und zwar so schnell wie möglich. Es widerstrebt mir, Unerledigtes vor mir herzuschieben.

Männer sind doch eine undurchschaubare Spezies, denke ich, während ich mir im Badezimmer einen Pferdeschwanz binde.

Wenn ich im Lädchen arbeite, ist es praktischer, wenn mir die Haare nicht ins Gesicht hängen. Außerdem finde ich, dass mir diese Frisur steht. Sie lässt mein Gesicht ein wenig schmaler wirken, was bekanntlich nur selten schadet.

Ob Jonas mich attraktiv findet?

Kaum ist mir die Frage durch den Kopf geschossen, ärgere ich mich auch schon über mich selbst. Es müsste mir eigentlich völlig egal sein.

»Guten Morgen, allerliebste Großmama«, sage ich zu Henrikje, als wir uns wenig später zum Frühstück in der urigen *gode Stuv* treffen, wie die Nordfriesen die gute Stube, also das Wohnzimmer, nennen, und gebe ihr ein Küsschen auf die Wange.

»Großmama?«, fragt Henrikje und schaut verwundert drein. »Das klingt ja wie aus einem Märchen. Möchtest du mir damit etwas Bestimmtes sagen?«

»Nicht sagen, aber fragen«, erwidere ich und schenke uns beiden Kaffee aus der weißen Porzellankanne mit dem friesisch blauen Strohblumenmuster ein, die auf einem Stövchen steht. Tee zum Wachwerden habe ich schon vorhin im Bett getrunken. »Es geht um die Idee für ein weiteres Fest in Lütteby«, erwidere ich. »Dafür bräuchte ich deine Geschichtskenntnisse, wenn du bereit bist, diese mit uns zu teilen.«

»Uns?«, fragt Henrikje und mustert mich über den Rand der Kaffeetasse. »Wer ist uns?«

»Ich spreche von Jonas Carstensen und Rantje, wenn ich sie dazu bekomme, etwas Zeit von den Bandproben abzuzwacken. Wir haben gestern über die Events gesprochen, die wir in diesem Jahr für Touristen veranstalten, und darüber, dass wir künftig etwas feiern sollten, das nicht so beliebig ist wie ein Rosenfest, sondern mit unserer Stadtgeschichte zu tun hat. So kam mir die Idee, den Tag der Verschonung Lüttebys vor der Groten Mandränke zu begehen. Und zwar nicht nur in Form eines

Dankgottesdienstes wie bisher, sondern im Rahmen einer größeren Festivität.«

»Was für eine wunderbare Idee, da bin ich sofort dabei«, erwidert sie, ohne auch nur eine Sekunde zu überlegen. »Sag, was kann ich für euch tun?«

»Jonas alles über die verheerende Sturmflut und die daraus entstandene Dauerfehde zwischen uns und Grotersum erzählen sowie über die Legende der Spukvilla. Natürlich weiß ich viel über die Sagen und Mythen unserer Gegend, aber du bist die wahre Expertin in diesen Dingen, also sollte er besser alles von dir erfahren.«

»Ich finde das toll und freue mich zu hören, dass dein Chef sich für unsere Ursprünge interessiert. Magst du ihn und Rantje für heute zum Abendessen einladen? Sinje sollte ebenfalls kommen, schließlich hält sie stets den Gottesdienst zu diesem Anlass ab.«

»Du willst für uns kochen? Das ist eine tolle Idee. Dann besorge ich Getränke und Dessert von Amelie. Aber vorher muss ich natürlich fragen, ob alle Zeit haben.«

Schon tippe ich entsprechende Nachrichten in die Gruppe *Tourismus-Büro* und eine an Sinje. Wie durch ein Wunder sagen Jonas und Sinje sofort zu, nur Rantje kann nicht, sie hat einen Auftritt bei einer Geburtstagsfeier.

»Dann sind wir also zu viert, fein«, freut Henrikje sich.

Ich weiß, wie gern sie Gäste hat, und auch, wie sehr sie es liebt, von den alten Zeiten zu erzählen, die hier in Nordfriesland so präsent sind, als seien seitdem nicht schon mehrere Jahrhunderte ins Land gegangen. »Hm, mal schauen, was könnte ich denn kochen? Heute ist kein Wetter für Salat, sondern eher für etwas Deftigeres. Wie wäre es mit Labskaus, gebratenen grünen Heringen, Rührei mit Krabben oder Matjes in Apfel-Sahne-Soße? Sinje liebt Labskaus und du auch.«

»Ich kann Jonas ja mal fragen«, sage ich, denn ich habe dieses typisch norddeutsche Gericht, das wahrlich nicht jedermanns Sache ist, schon ewig lange nicht mehr gegessen, und tippe eine weitere Nachricht. Die liest Rantje dann zwar auch, aber egal!

»Duzt ihr euch mittlerweile?«

»Nein, natürlich nicht«, sage ich und freue mich, dass mein Chef immer noch online ist und sofort »Großartig« zurückschreibt. Dann wäre das also auch geklärt.

»Vielen Dank für die nette Einladung, Frau Hansen«, sagt Jonas, als er Punkt 19 Uhr vor der Tür steht, einen Strauß Blumen in der einen und eine Flasche Wein in der anderen Hand. »Und nochmals hallo, Lina, auch wenn wir uns ja vor einer halben Stunde zuletzt gesehen haben.«

»Herzlich willkommen bei uns daheim oder hartelik welkimen, wie wir hier in Nordfriesland sagen«, erwidere ich. Es ist schön, Jonas hier in Henrikjes Haus zu sehen.

»Kommen Sie rein«, sagt meine Großmutter und nimmt Jonas die Blumen ab, die ganz sicher aus Violettas Laden stammen. »Woher wissen Sie, dass ich Levkojen und Bartnelken ganz besonders liebe, und noch dazu in diesen Farben?«, fragt sie, und Jonas lächelt vielsagend. »So viel Aufwand wäre doch aber gar nicht nötig gewesen. Obwohl: vielleicht doch. Immerhin kommen Sie heute Abend in den Genuss selbst gekochten norddeutschen Essens und der Gesellschaft von drei großartigen Frauen. Also vielen Dank, auch für den Wein.«

»Sehr gern«, erwidert Jonas lächelnd und überfliegt mit den Augen den Eingangsbereich des Hauses. »Schön haben Sie's hier. Ich liebe diese alten Giebelhäuser, sie verströmen so viel historischen Charme und sind absolut einzigartig.«

»Na, dann folgen Sie mir in die Stuv, die ist ganz sicher auch nach Ihrem Geschmack.«

Ich gehe den beiden nach und beobachte, wie Jonas sich in aller Ruhe umschaut, beinahe so, als sei er in einem Ausstellungsraum oder Museum. Dabei hat Henrikjes Einrichtung so gar nichts Inszeniertes, ganz im Gegenteil: Wie im Lädchen findet sich auch hier eine kunterbunte Mischung aus unterschiedlichstem Mobiliar, Souvenirs, Fotos und Bildern.

Das Herzstück des Wohnzimmers ist ein gemauerter, offener Kamin in der Mitte des Raums, von zwei Seiten zugänglich.

Weil die Temperaturen im Laufe des Tages auf zehn Grad gesunken sind, hat Henrikje spontan beschlossen, den Kamin anzumachen, und so brennt seit einer Viertelstunde ein gemütliches, kleines Feuerchen darin. Die Scheite knistern, und es duftet ganz heimelig nach Wald und auch ein wenig nach Weihnachten.

»Bitte setzen Sie sich doch«, sagt sie und deutet auf das gemütliche Sofa, bezogen mit hellem Leinen. »Bis Sinje kommt, können wir ja einen kleinen Aperitif trinken und uns ein bisschen besser kennenlernen. Wie gefällt es Ihnen denn bisher in Lütteby? Haben Sie sich schon eingelebt?«

Leider bekomme ich Jonas' Antwort nur mit einem halben Ohr mit, denn es klingelt erneut an der Tür.

»'tschuldige, ich bin mal wieder zu spät«, sagt Sinje, als ich öffne. »Ich hatte bis eben Besuch von Mareike, die sich von mir mentale Unterstützung für den Trachtentanzwettbewerb geholt hat. Die Ärmste wird von Tag zu Tag nervöser, wir können von Glück sagen, wenn sie bis Sonntag durchhält.«

»Ach du meine Güte«, sage ich und nehme Sinje den pitschnassen, kanariengelben Mantel ab. Sie mag keine Schirme und bevorzugt stattdessen die als Friesennerz bekannte Version des Regenschutzes. »Mareike soll sich nicht so stressen, es geht doch nur um einen Tanzwettbewerb und nicht um eine Mars-Mission. Konntest du sie denn ein wenig beruhigen?«

»Keine Ahnung«, erwidert Sinje seufzend. »Ich habe versucht, ihr klarzumachen, dass die Welt sich auch weiterdreht, sollten wir wieder auf dem zweiten Platz landen oder vielleicht sogar auf dem letzten. Es gibt eindeutig Wichtigeres. So, jetzt bin ich aber gespannt auf deinen neuen Chef.«

Ich hänge Sinjes Mantel in der Dusche des Gästebads zum Trocknen auf und folge ihr in die Stuv, wo Henrikje gerade von Fiete selbst gebrannten Gin mit einem Schnitzer Zitrone und zwei Eiswürfeln serviert.

»Moin, ich bin Sinje«, stellt sie sich selbst vor und gibt Jonas die Hand. »Sinje Ella Meyer, die erste weibliche Pastorin Lüttebys und mächtig gespannt auf unseren heutigen Abend. Ich finde es super, dass wir den Jahrestag der Rettung vor der Sturmflut künftig mit einem richtigen Fest begehen werden, und freue mich darauf, einen Plan für die Ausrichtung der Feier auszuhecken. Wir können doch Du sagen, nicht wahr? Alles andere ist so förmlich und kompliziert.«

»Meinetwegen gern«, erwidert Jonas und hebt das Glas. »Das ist doch eine wunderbare Gelegenheit, auch Ihnen oder dir, Lina, das Du anzubieten. In Ihrem Fall, Frau Hansen, hat natürlich die Etikette Vorrang. Entscheiden Sie.«

»Konventionen, Etikette, Knigge, alles blanker Unsinn«, entgegnet Henrikje. »Genug geschnackt, ich bin Henrikje. Trinken wir auf uns, Lütteby und auf Fietes Gin. Er schmeckt mal wieder himmlisch, Kinners, nicht wahr?«

»Also gibt's hier in der Gegend Wacholder«, sagt Jonas, während das herbe, leicht nach Parfüm und einem Hauch Meersalz schmeckende Getränk meine Kehle hinabrinnt und in meinem Bauch ein warmes Gefühl erzeugt. »Ich muss sagen: Dieser Fiete versteht etwas von seinem Handwerk. Da ist irgendetwas Besonderes drin, das dem Gin eine ganz spezielle Note verleiht. Hm, ich komme nicht drauf, was das sein könnte. Brennt er den

Wacholderschnaps nur für private Zwecke, oder verkauft er ihn auch?«

»Bislang kommen nur Menschen, die er mag, in den Genuss. Und die besondere Zutat bleibt ein kleines Geheimnis«, sagt Sinje und zerlegt Jonas mit Blicken in seine Einzelteile.

Ich wüsste zu gern, was sie gerade denkt.

»Es freut mich, dass wir uns auf diesem Weg kennenlernen, Sinje, denn ich hatte bislang leider noch keine Zeit, dir einen Besuch im Pastorat abzustatten.«

»Und du warst auch nicht im Gottesdienst«, gibt sie zurück. »Woran liegt's? Glaubst du nicht an Gott, oder stehst du sonntags nicht gern früh auf?«

»Beides nur bedingt«, erwidert Jonas. »Ich hatte zwar Religionsunterricht und bin konfirmiert, aber ich mache mir seit einiger Zeit lieber meinen ganz persönlichen Reim auf Glaubensfragen. Doch nun zu den Sagen und Legenden, die sich um Lütteby und Grotersum ranken. Mir ist eine gewisse Animosität zwischen beiden Orten aufgefallen, die sicher zum Teil daher rührt, dass Lütteby eingemeindet wurde, aber wahrscheinlich ist das nicht der einzige Grund. Diese lokalen Fehden haben meist einen historischen Ursprung, und ich bin äußerst gespannt auf die Erklärung dafür.«

In diesem Moment kracht etwas voller Wucht gegen die Scheibe, es wird schlagartig dunkel, und die Musik aus dem Radio hört auf zu spielen.

»Oje, die Geister der Vergangenheit fühlen sich gestört und senden uns ein Zeichen«, murmelt Henrikje. Sinje reißt erschrocken die Augen auf, Jonas stürzt zur Tür, und ich kralle mich an meinem Gin-Glas fest.

VOM *Glück*,
DAS RICHTIGE GEMÜSE ZUR RICHTIGEN *Zeit* ZU FINDEN

Warum sich Halloween in Norddeutschland noch nicht wirklich durchsetzen konnte? Weil man Grünkohl nicht aushöhlen kann.

- 21 -

Sinje findet als Erstes ihre Sprache wieder, Jonas bleibt verschwunden. »Ich schätze, wir haben einen Stromausfall, keine Geister-Apokalypse«, sagt sie, während ich am ganzen Körper Gänsehaut habe und mir krampfhaft einzureden versuche, dass es keine Gespenster gibt, weder hier noch in der Spukvilla. »Wie gut, dass es noch nicht stockfinster ist, sonst wäre es hier echt unheimlich. Hast du etwas zu knabbern im Haus, Henrikje? Das mit dem Kochen wird wahrscheinlich erst mal nichts, es sei denn, du hast noch den alten Ofen in Betrieb. Ich komme gleich um vor Hunger.«

»Leider nein, der dient nur noch als Dekoration«, erwidert Henrikje und steht auf. »Aber ich habe bestimmt noch irgendwo Erdnüsse oder Pistazien. Ich bin gleich wieder da und bringe auch die Macarons mit, die Lina bei Amelie besorgt hat.«

Es klingelt an der Tür, und ich stürze in den Flur.

Hoffentlich ist es Jonas.

»Ein Vogel ist mit voller Wucht gegen die Fensterscheibe geknallt«, erklärt dieser mit trauriger Miene, als ich die Eingangstür öffne. »Ich habe ihn … nun ja … also frag besser nicht …«

Schockiert und traurig zugleich trete ich beiseite, um Jonas hereinzulassen. Ich liebe nämlich nicht nur Abraxas, sondern alle Vögel, und es tut mir in der Seele weh, zu hören, dass die Fensterscheibe des Wohnzimmers für einen von ihnen zur Todesfalle geworden ist.

»Hier habe ich ein bisschen was als Grundlage für den Gin. Wer möchte noch einen?«, fragt Henrikje, ein Tablett voller Knabbereien in der Hand.

»Ich«, antworten wir alle drei.

»Das ist doch das perfekte Wetter, um euch von der Sage um die zweite Grote Mandränke zu erzählen«, sagt Henrikje, schenkt uns allen nach und setzt sich dann wieder in den großen Ohrensessel. »Falls du nicht weißt, was das ist, Jonas: Mandränke nennen wir Nordfriesen die schweren Sturmfluten, die in unserer Region alle paar Jahrhunderte große Schäden angerichtet und zahllose Menschenleben gekostet haben. Die erste Marcellusflut suchte das Land am 16. Januar 1219 heim und riss ungefähr fünfzigtausend Menschen in den Tod. Danach folgte die zweite im Jahre 1362. Dabei kamen mindestens zehntausend Menschen ums Leben, und der Handelsort Rungholt verschwand auf Nimmerwiedersehen in den Fluten. Um diesen Untergang ranken sich auch heute noch viele Mythen. Theodor Storm hat den Mythos von Rungholt in einer Novelle geschildert, und Detlev von Liliencron hat eine Ballade darüber verfasst, du kennst sie vielleicht.«

»Heut bin ich über Rungholt gefahren, die Stadt ging unter vor sechshundert Jahren«, zitiert Jonas murmelnd und nippt an seinem Gin.

»Da hat aber jemand im Unterricht gut aufgepasst«, sagt Henrikje erfreut. »Du kennst tatsächlich die Ballade *Trutz, blanke Hans?*«

Auch ich bin ehrlich beeindruckt. Wer kennt schon Gedichte, die sich mit der Geschichte Nordfrieslands befassen, auswendig?

»Ich mag auch den *Schimmelreiter* und habe ihn an die zwanzig Mal gelesen, auch wenn die meisten meiner Mitschüler die Novelle gehasst haben«, sagt Jonas.

Mir ging es als Schülerin ganz genauso, ich fand den Text immer schon spannend und unglaublich ergreifend. Nicht nur der Stromausfall ist unheimlich, auch die Anhäufung von

Gemeinsamkeiten von Jonas und mir … sind wir etwa so etwas wie … Seelenverwandte?

»Dann bist du ja im Herzen ein echter Nordfriese und somit offenbar wirklich bereit für die Geschichte unserer kleinen Stadt, na denn man tau«, sagt Henrikje mit einem Leuchten in ihren wunderschönen, grünen Augen. »Lütteby wurde erstmals 1463 urkundlich erwähnt, wobei unser Kirchspiel, also das heutige Apostelkirchlein, im 13. Jahrhundert erbaut wurde.« Sinje nickt bedächtig und legt ihr Handy beiseite. »Auch Grotersum stammt aus einer ähnlichen Zeit und hatte eine wunderschöne, geradezu majestätische Kirche, viel größer und beeindruckender als unsere. Doch hielt diese der Sturmflut im Jahre 1634, auch bekannt unter dem Namen Burchardiflut, nicht stand und wurde bis auf die Grundmauern zerstört, genau wie bei der Marcellusflut drei Jahrhunderte zuvor. Grotersum hatte bei beiden Katastrophen zahllose Opfer zu beklagen, im Gegensatz zu Lütteby, wo der Blanke Hans keiner Menschenseele auch nur das kleinste Härchen gekrümmt hatte. Damals rief die uralte Ketelsen, eine Vorfahrin von Eevke, der die Villa am Waldrand zuletzt gehörte, auf dem Marktplatz aus, dass Gott Grotersum wohl auf immer verlassen und sich Lütteby zugewandt hat. Dieser Satz hat sich tief in das kollektive Gedächtnis der Bewohner Grotersums eingegraben, sozusagen wie ein genetisches Brandmal, und schürt seither Neid und Eifersucht auf unsere kleine Stadt. Als wenig später die junge Algea und der junge Fokke den Tod fanden, war die Feindschaft zwischen unseren beiden Orten endgültig besiegelt und hält leider bis zum heutigen Tage an.«

Im Schein des lodernden Kaminfeuers sieht Henrikje mit einem Mal aus wie eine alte Frau, die zwischen den Welten wandert, als Botschafterin längst vergangener Zeiten. Ihr Gesichtsausdruck ist leicht entrückt, man könnte meinen, sie nähme an einer Séance teil und befände sich im Zustand der Trance.

»Darf ich fragen, wer ... oje, ganz schön kompliziert, diese friesischen Namen«, sagt Jonas, »also diese ...?«

»Du willst wissen, wer Algea und Fokke sind?«, fragt Sinje, die diesen Teil von Lüttebys Geschichte über alles liebt und nun das Erzählen übernimmt. »Algea war die damals ungefähr sechzehnjährige Tochter der Ketelsens. Dieser wohlhabenden Familie gehörte die Kapitänsvilla, die heute nur noch Spukvilla genannt wird. Es wurde immer schon hinter vorgehaltener Hand gemunkelt, dass auf dieser Sippe und damit auch auf dem Haus ein Fluch lastet, denn die Geschichte der Ketelsens ist geprägt von Dramen aller Art. Die Männer des Hauses fuhren als Kapitäne zur See, ihre Söhne heuerten auf Schiffen an und verloren auf dem tosenden Meer nicht selten ihr Leben. Die Frauen wiederum starben im Kindbett, an Wahnsinn oder durch tragische Unglücksfälle. Dass der Familienzweig nicht ausgestorben ist, grenzt beinahe an ein Wunder, liegt aber vor allem daran, dass die Ketelsens aus Lütteby immer wieder Bewohner aus den umliegenden Orten außer Grotersum heirateten, die zum Teil einen ... sagen wir ... etwas robusteren Stammbaum hatten. Fokke van Hove und Algea Ketelsen lernten sich auf dem Marktplatz von Lütteby näher kennen und waren von der ersten Sekunde an ineinander verliebt. Doch wollten beide Familien diese Liebschaft aufgrund der Fehde zwischen unseren Orten unterbinden, also konnten die jungen Liebenden sich nur heimlich treffen, entweder am Meer oder auf dem Dachboden der Kapitänsvilla.«

»Fokke van Hove?«, fragt Jonas und schenkt sich einen weiteren Gin nach, augenscheinlich vollkommen gefangen von dieser uralten Geschichte. »War dieser Fokke mit Falk van Hove verwandt?«

»Aber natürlich«, sagt Henrikje. »Im Gegensatz zu Falk muss Fokke allerdings ein liebenswerter junger Mann gewesen sein.

Doch hat ihm die Großherzigkeit leider nichts genützt, denn er starb eines tragischen Todes durch die eigene Hand.«

»Er hat sich erschossen?«, fragt Jonas. Irgendetwas an seiner Art, dieser Legende zu lauschen, rührt mich an. Mit dem schräg gelegten Kopf, der Henrikje aufmerksam zugewandten Körperhaltung und den weit aufgerissenen Augen wirkt er wie ein kleiner Junge, dem abends eine spannende Gutenachtgeschichte vorgelesen wird. Ich kann mir richtig gut vorstellen, wie er Theodor Storms *Schimmelreiter* gelesen und mit Hauke Haien mitgefiebert und mit ihm gebangt hat.

»Nein, er ging ins Wasser, wie man früher so schön sagte. Beladen mit Schuldgefühlen, niedergeschmettert vom Tod seiner über alles geliebten Algea, die in den Flammen eines Feuers ums Leben kam, das auf dem Dachboden der Villa ausgebrochen war. Der Legende nach war die Ursache eine Kerze, die das Bett aus Stroh in Brand setzte, auf dem die beiden sich an kalten Abenden bei ihren Stelldicheins gegenseitig wärmten. Fokke gab sich die Schuld an diesem Brand und vor allem daran, dass er Algea nicht aus der Flammenhölle retten konnte, weil sie von einem herabfallenden Dachbalken erschlagen wurde.«

Mit Schaudern denke ich bei Henrikjes Worten an das junge Mädchen, das ich bei meiner damaligen Mutprobe am Fenster stehen sah: in der Hand den Kerzenleuchter, bekleidet mit einem weißen Gewand – ein Nachthemd oder ein Totenkleid.

»Man sagt, dass Algea in Vollmondnächten Ausschau nach ihrem verstorbenen Geliebten hält, nach Hilfe ruft und so lange keine Ruhe findet, bis beide im Tode auf ewig vereint sind. Doch das wird leider nie geschehen. Und so gibt es ein ungeschriebenes Gesetz zwischen Lütteby und Grotersum, das besagt, dass sich die Bewohner dieser beiden Orte niemals ineinander verlieben dürfen, weil auf dieser Liebe ein ewiger Fluch lastet.«

»Ist das nicht tragisch?«, sagt Sinje, und Jonas nickt stumm.

Auch ich bin wieder aufs Neue ergriffen, obwohl ich diese Geschichte seit frühester Kindheit wieder und wieder gehört habe. Ich finde sie todtraurig und romantisch zugleich. »Aber noch tragischer ist es, dass ausgerechnet Fokkes Nachfahre, Bürgermeister Falk van Hove, die Villa ersteigern wird, obwohl ich sie gern als neues Pastorat hätte«, fährt Sinje mit düsterer Stimme fort.

»Vielleicht möchte Falk auf diese Art eine neue Verbindung oder sogar Versöhnung zwischen beiden Orten herbeiführen und dazu beitragen, dass diese unsinnige Fehde endlich endet. Aus heutiger Sicht gibt es doch keinen Grund, einander so feindlich gesinnt zu sein«, spekuliert Jonas nachdenklich.

»Pah, da kennst du aber den Herrn Bürgermeister schlecht«, protestiert Sinje, und im Nu ist die leicht melancholische, geisterhafte Stimmung verflogen.

Mit einem Schlag geht das Licht der Stehlampe neben Henrikjes Ohrensessel an, und aus dem Radio ertönt klassische Musik. Die Geisterstunde ist vorbei. »Falk van Hove kauft, wie schon seine Vorfahren, jede Immobilie in Lütteby, die er zu fassen kriegt. Das grenzt schon an Besessenheit, wenn man mich fragt. Es wird Zeit, dass diese Raffgier ein Ende hat.«

»Und wieso glaubst du, dass die alte Villa der richtige Ort für das neue Pastorat ist?«, fragt Jonas. »Immerhin hält sich hartnäckig das Gerücht, dass es darin spukt. Soweit ich weiß, wird das Haus zwangsversteigert, weil es keiner dort länger als ein paar Wochen aushält. Bist du wirklich so furchtlos, oder hält Gott seine schützende Hand über dich und die Villa?«

»So ähnlich«, erwidert Sinje mit leicht entrücktem Lächeln. »Und du wirst sehen, ich mache meinen Traum wahr, egal, wie viele Steine oder Felsbrocken Falk van Hove mir in den Weg legt.«

- 22 -

Dieses nicht. Jenes nicht. Und das da auch nicht. Mehrere Sommerkleider fliegen nach der Anprobe quer durch den Raum, meine Laune sinkt von Minute zu Minute.

»Wieso stehen dir Kleider so gut und mir nur in Ausnahmefällen?«, frage ich Florence, von der ich auch ein Foto im Schlafzimmer aufgestellt habe. Auf dem Bild ist sie achtzehn Jahre alt, es entstand, kurz bevor sie zum Abschlussball ging. Sie sieht darauf aus wie eine echte Ballkönigin und ist so wunderschön, dass es mir in der Seele wehtut, weil ich ihre leibhaftige Schönheit nicht erleben durfte – und wohl auch nie erleben werde. Der Ausschnitt des Kleides zeigt ein tolles Dekolleté mit entsprechender Oberweite.

Sie hätte bestimmt nicht vergeblich auf den angekündigten Anruf von Olaf oder irgendeines anderen Mannes warten müssen und wäre auch nicht verlassen worden. Sie war bildschön und äußerst willensstark, laut all dem, was Henrikje mir über sie erzählt hat. Wie gern hätte ich sie mit allen Facetten ihrer Persönlichkeit erlebt, mit ihr gemeinsam gelacht, diskutiert oder mich auch gestritten. Ja, ich gäbe alles darum, sie reden zu hören, ihren Duft zu erschnuppern, zu sehen, ob ihre Augen leuchten, wenn sie sich für etwas begeistert oder auf etwas freut, wie wahrscheinlich auf den Ball, den sie damals besuchte.

Soll ich Sinje bitten, mir etwas zu leihen? Ich verwerfe diesen Gedanken jedoch schnell wieder, denn sie ist rund sechs Zentimeter größer als ich. Ob Michaela etwas in ihrem *Modestübchen* hat, was mir steht? Für gewöhnlich kaufe ich meine Kleidung allerdings in Hamburg, denn bei aller Liebe zu Lütteby – dieser Ort ist wahrlich kein Shopping-Paradies für Mode, zumindest nicht, wenn man jünger ist als sechzig.

Ein Blick auf das Handy sagt mir, dass ich mich beeilen muss, wenn ich bis Punkt 19 Uhr auf dem Marktplatz sein will, wo seit heute Mittag die Hauptbühne für die musikalischen Acts und den morgigen Trachtentanzwettbewerb aufgebaut ist. Die Seniorengruppe hat bereits ihr Theaterstück auf Plattdeutsch aufgeführt, der Männergesangsverein sein Konzert ebenfalls, umjubelt von den älteren Bewohnern Lüttebys. Ich habe beide Auftritte nur am Rande mitbekommen, weil Rantje und ich damit beschäftigt waren, Tickets zu verkaufen und den Besuchern farbige Bändchen zu überreichen, je nachdem, ob sie nur für den heutigen Tag oder das gesamte Wochenende bezahlt haben.

Bei diesem Teil des Programms war noch keine besondere Kleidung erforderlich, doch heute Abend muss es irgendetwas Besonderes sein, das meine Vorzüge betont und worin ich mich selbst attraktiv finde.

Nur für den Fall, dass Olaf spontan vorbeischneit, aber auch, um – ja, ich geb's zu – Jonas zu gefallen.

Könnte Amelie vielleicht etwas Passendes haben?

Sie ist zwar zart wie eine Elfe, trägt jedoch auch Kleider, die ihre schmale, beinahe kindliche Figur verhüllen.

Wer nicht wagt, der nicht gewinnt, und fragen kostet nichts. Also schicke ich der Französin eine Nachricht mit der Bitte um Hilfe. Keine zwei Minuten später folgt die Antwort. »Komm vorbei, wir finden schon etwas.«

»Was schwebt dir vor?«, fragt Amelie, die hinter dem Tresen steht und gerade sorgfältig Trüffelpralinen in einen mintgrünen Geschenkkarton legt, als ich das Café betrete, in dem es rappelvoll ist. »Willst du es très romantique, chic oder cool?«

Ach du je, was soll ich denn darauf bitte antworten?

»Egal was, Hauptsache, ich bin die schönste Frau des Abends.«

Oder: »Hast du nicht ein Kleid, in dem ich drei Kilo leichter wirke und so, als hätte ich wunderschöne, lange Beine?«

Amelie hält beim Verpacken der pastellfarbenen Süßwaren inne, betrachtet mich eine Weile und reicht mir dann mit den Worten »Schau am besten selbst in meinen Kleiderschrank« die Schlüssel zu ihrem winzigen Apartment drei Querstraßen vom Marktplatz entfernt.

»Dürfte ich den auch haben?«, fragt ein älterer Herr, Typ Sugardaddy, und zwinkert Amelie zu. Doch sie ignoriert die Bemerkung und sagt zu mir: »Probier an, was dir gefällt, und schick Fotos.« Dieses Angebot ist reizend, also lasse ich mich nicht zweimal bitten und flitze los.

Bedauerlicherweise besitzt das Haus, in dem Amelie wohnt, bei Weitem nicht den Charme, den ihr Café hat.

Es ist einer der wenigen Bauten Lüttebys, die in den 1970er-Jahren entstanden sind. Ich war noch nie ein Fan von Gelbklinkerfassaden, doch sähen die garantiert nicht halb so hässlich aus, wären die Fenster- und Türrahmen nicht aus dunkelbraunem Plastik, wie zu damaligen Zeiten üblich.

Trotz des Fahrstuhls gehe ich zu Fuß in den vierten Stock.

Als ich die Wohnungstür öffne, erkenne ich sofort Amelies Gespür für Inneneinrichtung. Sie hat aus der Eineinhalb-Zimmer-Wohnung mit einfachen Mitteln und Möbeln vom Flohmarkt ein ebensolches Schmuckstück gemacht wie aus dem Café, das lange Zeit ebenfalls im Stil der Siebziger möbliert war.

An den vanille- und puderfarben gestrichenen Wänden hängen zart gerahmte Fotos von Amelies Familie. Sie stammt aus einem Ort nahe dem Fluss Le chenal d'Ors auf der Île d'Oléron.

Dort betreiben die Bernards seit Generationen eine kleine Bäckerei. Die Familie ist groß, wie häufig in Frankreich, Amelie hat zwei ältere Brüder und eine jüngere Schwester. Der Anblick der Bernards schmerzt ein wenig – wie gern wäre ich auch in einer solchen Großfamilie aufgewachsen. Doch halt, ich bin hier, um nach einem Outfit zu suchen, und nicht, um mich im Anblick von Fotos zu verlieren.

Als ich auf den schmalen Kleiderschrank zusteuere, erblicke ich sie auf einem kleinen Korbtisch: eine schnörkellose, geschmackvolle Visitenkarte. Darauf steht

Jonas Carstensen, Tourism Consultant

Mein Herz stolpert und gerät dann vollends aus dem Takt. Mir wird abwechselnd heiß und kalt, beinahe so, als hätte ich Fieber. Wieso hat Amelie eine Visitenkarte von Jonas?! Was genau haben die beiden miteinander zu tun? Meine Gedanken fliegen zu dem Tag, als Jonas Kaffee und Croissants für uns drei im Café geholt hat. Da hatte ich schon den leisen Verdacht, dass er das getan haben könnte, um Amelie einen Besuch abzustatten. Hm. Soll ich nachschauen, ob etwas auf der Rückseite geschrieben steht? Nein, auf gar keinen Fall, rufe ich mich erschrocken zur Ordnung. Die Privatsphäre anderer ist mir heilig.

Aber wieso bin ich eigentlich so aufgelöst und sogar in Versuchung, meine hehren Prinzipien über Bord zu werfen?

Es kann mir doch vollkommen egal sein, an wen Jonas seine Karten verteilt.

In mir tobt ein Kampf, aber schließlich siegt die Neugier.

Ich drehe die Karte um, doch da steht ... nichts.

Eine Welle der Erleichterung überrollt mich, erschöpft setze ich mich auf Amelies Bett. Mir ist ein bisschen schwindelig, meine Beine zittern, mein Mund ist trocken wie die Sahara.

Ganz bestimmt habe ich auch rote Flecken im Gesicht, wie immer, wenn mir etwas nahegeht.

Ist das hier – ich wage kaum, diesen Gedanken zu Ende zu denken – ein Anfall von Eifersucht?

Bislang habe ich noch nie eine Empfindung dieser Art verspürt, denn Olaf und ich waren geradezu symbiotisch, es gab keine Flirts mit anderen, weder von meiner Seite aus noch von seiner. Auch unsere Trennung hatte nichts mit einer anderen Frau zu tun, zumindest hatte Olaf mir das glaubhaft versichert. Es bestand nie ein Grund, ihm zu misstrauen, und ich war heilfroh, dass mir zumindest die bittere Erfahrung, betrogen zu werden, erspart geblieben war.

Wenn das Eifersucht ist, wieso empfinde ich so?, frage ich mich verstört. Anstatt Amelies Kleiderschrank zu durchforsten, bin ich wie in Schockstarre, doch gleichzeitig innerlich aufgewühlt.

Bin ich etwa verliebt, wie Sinje schon gemutmaßt hatte?

Als mein Handy klingelt, fühle ich mich wie eine Verbrecherin, obwohl ich nichts weiter getan habe, als mir die Rückseite einer Visitenkarte anzuschauen, die hier offen herumlag.

»Wo steckst du?«, fragt Sinje. »Ich wollte dich gerade im Lädchen abholen, doch du bist wie vom Erdboden verschluckt. Ich dachte, wir gehen zusammen zum Konzert.«

»Wie … wie spät ist es?«, stammle ich.

»Du klingst so komisch. Ist alles in Ordnung mit dir?«

»Nein, ist es nicht. Ich glaube, ich habe mich tatsächlich in Jonas verliebt«, stoße ich atemlos hervor.

ICH GLAUBE, ICH HABE MICH VERLIEBT. Diese Worte klingen, als würde eine andere sie aussprechen, als sei ich Statistin in einem Stück, in dem ich absolut nichts verloren habe und das auch gar nicht zu mir passt.

»Das sage ich doch schon die ganze Zeit, wenn du dich erinnerst«, erwidert Sinje mit einem Lächeln in der Stimme. »Er scheint ein toller Mann zu sein, nach allem, was ich an dem

Abend bei Henrikje zu sehen und zu hören bekommen habe. Also: Wo kann ich dich finden? Du klingst, als bräuchtest du dringend seelische und moralische Unterstützung.«

Ich erkläre, dass ich bei Amelie nach einem Kleid für heute Abend suche.

»Rühr dich nicht vom Fleck, ich bin gleich bei dir.«

In dem Moment, als Sinje vor mir steht, wird mir klar, wie absurd die Situation ist: Ich suche in einer fremden Wohnung nach einem Kleid, das ich mir ausleihen möchte, um einem Mann zu gefallen, den ich erst seit knapp zwei Wochen kenne und von dem ich bis vor wenigen Minuten nicht wusste, was und wie viel er mir bedeutet. Und das alles nur, weil der Fund einer Visitenkarte einen orkanartigen Gefühlssturm und eine Erkenntnis in mir ausgelöst hat, die mir schier den Atem raubt. Ich dachte, so etwas gebe es nur in Büchern und in Filmen.

»Wollen wir zuerst über Jonas reden oder ein Kleid suchen?«, fragt Sinje pragmatisch. »Aber denk dran. Wir haben nicht viel Zeit, dein Job beginnt in genau fünfunddreißig Minuten. Und du musst dich nicht nur umziehen, sondern auch nachschminken, denn du hast gerade fatale Ähnlichkeit mit einem Gespenst. Wieso überfällt dich eigentlich die phänomenale Erkenntnis hinsichtlich deiner Gefühle für Jonas ausgerechnet in Amelies Wohnung?«

»Weil ich seine Visitenkarte hier gefunden habe ...«, erwidere ich, immer noch beschämt.

»Du bist doch nicht etwa eifersüchtig auf Amelie?« Sinje stemmt die Hände in die Hüften.

»Doch, bin ich. Eifersüchtig und nicht mehr ganz bei Sinnen. Du hältst mich bestimmt für verrückt, weil ich Jonas zuerst nicht mochte und dir andauernd erzählt habe, dass ich ihn arrogant finde und in gewisser Weise undurchschaubar. Aber ich kann nichts dagegen tun, er hat sich irgendwie in mein Herz gestohlen, und nun weiß ich nicht, wie ich damit umgehen soll. Ich dachte, ich sei noch gar nicht über Olaf hinweg, und ich suche auch nicht nach einer Beziehung. Und schon gar nicht nach einem Mann, der nur vier Wochen hier sein wird und dann wieder aus meinem Leben verschwindet. Ich muss völlig irre sein, mir das anzutun. Das kann nur in einer Katastrophe enden, zumal Jonas ja offensichtlich an Amelie interessiert ist.«

Puh, nun ist es raus.

Sinje streichelt beruhigend meinen Arm, während ich mich immer mehr in Rage rede. »Aber wieso das denn? Diese Visitenkarte beweist doch gar nichts.«

»Hast du keine Augen im Kopf?«, frage ich empört. »Amelie ist wunderschön, klug, kreativ und charmant. Du weißt doch genau, wie viele Männer in erster Linie ins Café kommen, um wenigstens ein kurzes Wort mit ihr zu wechseln.«

»Und was bist du? Hässlich, dumm, unkreativ und langweilig? Du musst dich nicht hinter Amelie verstecken, du bist nur ein anderer Typ. Also mach dir keine Gedanken, und zieh dich um, die Zeit läuft uns nämlich davon. Schnapp dir Jonas nachher, tanz mit ihm, und zeig ihm, wie unglaublich toll du bist. Aber das weiß er eh schon, sonst hätte er sich nicht am Samstagabend zum Spaziergang am Strand mit dir verabredet«, sagt Sinje und mustert die Bestände in Amelies Schrank. »Wie wäre es mit diesem hier?« Über ihrem Arm liegt ein Kleid aus taubenblauem Taft, in das schwarze Spitze eingearbeitet ist. »Die Farbe passt super zu deinen blaugrauen Augen. Kombiniert mit einer schwarzen Lederjacke und deinen Bikerboots sieht das bestimmt mega aus. Probier schnell mal an.«

Sie hat recht, dieses Vintage-Kleid ist ein Traum, deshalb schicke ich ein Foto an Amelie, nachdem ich es angezogen habe.

»Genau das hätte ich dir auch empfohlen, es steht dir viel besser als mir«, schreibt sie zurück. »Bis gleich. Un bisou.«

»Sieht das nicht alles wunderschön und stimmungsvoll aus?«, frage ich Sinje, als wir fast pünktlich auf die Minute auf dem Marktplatz sind.

Ich bin begeistert, mit wie viel Liebe das Herzstück von Lütteby dekoriert wurde: In den Ästen der Bäume hängen bunte Lampions, das Wasser des Brunnens wird durch eine spezielle Leuchte farbig bestrahlt. Die Bänke um den Brunnen sind umschlungen von Girlanden, an denen Elemente aus Holz befestigt sind: Kreuz, Herz und Anker, die Symbole für Glaube, Liebe und Hoffnung, die auch das Brustamulett der nordfriesischen Festtagstracht schmücken.

Ein leiser Wind streift durch die Blätter der majestätischen Kastanienbäume und lässt weiße und rosafarbene Blüten zu Boden fallen, wo die pastelligen Blätter einen zarten Blütenteppich bilden.

»Ich mag vor allem, dass die Foodtrucks diesmal mit den gleichen Girlanden verschönert wurden wie die Bänke«, sagt Sinje. »Letztes Jahr war das ein ganz schönes Deko-Kuddelmuddel, wenn du dich erinnerst. Die Arbeit unserer Werbegemeinschaft hat sich gelohnt, yippie. Wie gut, dass ihr mich vor zwei Jahren als Ehrenmitglied in eure Runde aufgenommen habt. Mhm, es duftet köstlich nach gegrillter Bratwurst. Bitte halt mich nachher davon ab, mehr als eine zu essen, weil ich sonst wirklich nicht mehr ins Brautkleid passe. Mir reichen Evas Spitzen wegen meiner Figur allmählich, aber sie hat natürlich recht. Gunnar kommt übrigens später, weil er noch einem Freund bei etwas hilft, wahrscheinlich will er sich vor dem Tanzen drücken.«

Rantje macht gerade eine letzte Mikroprobe und begrüßt Sinje und mich mit kurzem Kopfnicken. Die Bühne steht ihr gut, denke ich und amüsiere mich darüber, dass Abraxas auf ihrer Schulter festgewachsen zu sein scheint. Wüsste ich es nicht besser, würde ich glauben, Thorstens Rabe sei ausgestopft.

Ich freue mich wie ein kleines Kind auf das Konzert und die Menschen, die heute hier sein werden, denn diese Feiern sind ein Highlight in Lütteby und somit ein Ereignis, das viele aus dem Umland anlockt und von dem alle noch lange sprechen werden.

Hoffentlich verläuft der heutige Abend nach Plan.

Obwohl ich mich eigentlich auf meine heutige Aufgabe konzentrieren müsste, suche ich die Besuchermenge nach Jonas ab, doch von ihm fehlt weit und breit jede Spur.

»Moin, Lina, hallo, Sinje, schön, euch beide zu sehen.«

Wie in Zeitlupe drehe ich mich um und schaue in die dunkelbraunen Augen von Olaf.

»Ich hatte gehofft, dich hier zu treffen, Lina«, sagt er. »Bitte entschuldige, dass ich nicht angerufen habe, aber ich habe mich erst vor zehn Minuten entschieden zu kommen und dachte mir, dass du eh nicht ans Handy gehst, weil du arbeiten musst. Du siehst atemberaubend aus.«

Ehe ich weiß, wie mir geschieht, gibt Olaf mir einen Kuss, sodass mir Hören und Sehen vergeht.

Vom *Glück* des Wiederaufstehens, wenn es mal so richtig **stürmisch** wurde

*Hinfallen,
aufstehen,
Hoodie richten und
ab ans Meer ...*

*... denn am Meer wirkt der größte
Orkan wie ein laues Lüftchen.
Und das Leben ist nun mal eben heiter bis wolkig.*

- 23 -

Obwohl ich seit Jahren von diesem Moment geträumt habe, fühle ich nichts als Leere und das Bedürfnis, Olaf schnellstmöglich wieder loszuwerden, als seine Lippen meine liebkosen.

Dieser Kuss bedeutet mir rein gar nichts, obwohl ich Olaf früher gern geküsst und seine innigen Zärtlichkeiten schmerzlich vermisst habe.

Ich will mich gerade aus seiner Umarmung winden, als …

»Guten Abend, Lina, hallo Sinje«, sagt Jonas, der ausgerechnet in diesem Moment auftaucht. Oh nein, was denkt er jetzt bloß von mir? Welch eine grauenvolle Situation. Zu Olaf gewandt, sagt er: »Und Sie sind sicher ihr Verlobter, nicht wahr? Schön, Sie kennenzulernen.«

Sinje schaut mindestens ebenso erschrocken drein, wie ich es bin, und Olaf mustert Jonas wie einen potenziellen Konkurrenten. »Ich bin Jonas Carstensen, Linas neuer Chef. Aber sie hat Ihnen ja sicher schon von mir erzählt.«

Ich löse mich aus Olafs Armen und versuche dabei, so glücklich wie möglich auszusehen. Man darf mir nicht anmerken, dass Olaf meine Bitte um ein Treffen gründlich missverstanden und unglücklicherweise als Einladung gedeutet hat.

Doch dann kommt mir wieder die Visitenkarte bei Amelie in den Sinn, und in mir keimt eine Idee: Aus taktischen Gründen ist diese groteske Situation gar nicht mal so schlecht. »Aber natürlich habe ich Olaf von dir erzählt, Jonas«, schwindle ich, bevor Olaf etwas sagen kann, und lege meine Hand in seine. Er hat mich schließlich heimtückisch mit dem Kuss überrumpelt, und was er kann, kann ich schon lange.

Jonas soll sehen, dass Olaf attraktiv und sympathisch ist.

Und dass er seine Hand nun zärtlich mit meiner verschränkt.

Sinje schaut hektisch zwischen uns dreien hin und her.

Olaf möchte ebenfalls etwas erwidern, als sie mir zu Hilfe eilt. »Dürfte ich dich bitte kurz einmal allein sprechen, Jonas?«, sagt sie und hakt sich vertraulich bei ihm ein. »Es geht um ... um ... die Villa und meine Pläne für den Friedwald, den wir auch für Marketingzwecke nutzen könnten.«

Jonas lässt sich tatsächlich von ihr in Richtung Stines Haus ziehen, Olaf und ich sind allein – sofern man in Lütteby bei einem gut besuchten Fest allein sein kann.

Ich will ihn gerade fragen, was in ihn gefahren ist, mich einfach so zu küssen, als ...

»Schön, euch beide so innig beisammen zu sehen«, flötet Michaela. »Geht es deinem Vater gesundheitlich wieder besser, Olaf?«

Olaf, offenbar völlig in seinem Element und erfreut, Michaela wiederzusehen, erwidert: »Danke der Nachfrage, er erholt sich, und es gibt Gott sei Dank momentan keinen Grund zur Sorge. Machst du denn auch wieder eine Modenschau?«

»Aber sicher doch. Nachher, wenn es dunkel ist«, sagt Michaela und erzählt ausführlich, wie die Show vonstattengehen wird. Ich selbst brauche jetzt dringend ein Glas Wein und Zeit, um mich zu sammeln. Olaf und Jonas zusammen auf einem Fleck zu sehen, und das nach einer so seltsamen und kompromittierenden Aktion, macht mich völlig fertig. Doch ich bin beruflich hier und muss darauf achten, dass alles reibungslos läuft und die Besucher sich amüsieren. Beginne ich also am besten mit dem Check-up des gastronomischen Angebots. »Kann ich euch beiden etwas zu trinken mitbringen?«, frage ich Olaf und Michaela.

»Lass nur, das übernehme ich«, sagt Olaf strahlend. »Lina, ein Rosé, und für dich, Michaela, ein Glas Sekt auf Eis, wie immer?«

Michaela lächelt kokett und erwidert im Tonfall einer schnurrenden Katze: »Du hast ein phänomenales Gedächtnis, mein Schönster. Ich danke dir.«

»Für mich heute bitte etwas Stärkeres«, entfährt es mir, obwohl ich Hochprozentiges überhaupt nicht vertrage. Doch Olaf soll wissen, dass ich mich in den vergangenen sechs Jahren verändert und weiterentwickelt habe, oder zumindest denken, dass es so ist. »Ein Gin Basil Smash, ein Negroni oder ein Sazerac wären super.«

»Ein Sazawas?«, fragt er, sichtlich verblüfft.

»Sazerac«, kontere ich so cool wie möglich und krame in meinem Gedächtnis nach dem Artikel, den ich neulich über die neuesten Drink-Trends gelesen habe. »Das ist eine Art Old Fashioned, gemixt aus Whisky, Zucker, einem Bitter und Absinth«, antworte ich mit der Professionalität einer hochklassigen Barkeeperin.

Absinth klingt geheimnisvoll, gefährlich und très bohème.

»Kommt sofort«, sagt Olaf und steuert auf den Truck zu, an dem Getränke aller Art verkauft werden, auch Longdrinks und Cocktails. Dass es da Sazerac oder Negroni gibt, wage ich allerdings zu bezweifeln. In Lütteby trinkt man von jeher Klassiker.

»Hey, ihr beiden, was gibt's Neues?«, fragt Violetta, in Begleitung von Matti. »Habe ich eben Olaf und dich knutschen gesehen? Oder war das eine Halluzination?«

»Die beiden sind wieder ein Paar, ist das nicht wunderbar?«, erwidert Michaela, bevor ich protestieren kann. »Du hättest mal das Gesicht ihres Chefs sehen sollen. Der war schon ganz grün vor Eifersucht.«

»Bitte, was?«, frage ich, kurz vor der Schnappatmung.

Dieser Tag ist eindeutig zu viel für mich und mein zartes Nervenkostüm.

»Kindchen, das ist doch klar wie Kloßbrühe«, sagt Michaela in einer Lautstärke, mit der sie sogar Rantje übertönt, die sich gerade einsingt. »Hast du nicht die bösen Blicke bemerkt, die er Olaf zugeworfen hat? Ein Wunder, dass der noch lebt. Seit wann seid ihr beiden Hübschen eigentlich wieder zusammen?«

Bevor ich etwas dazu sagen oder flüchten kann, geht's auch schon munter weiter mit den Missverständnissen.

»Jonas Carstensen ist in Lina verknallt«, sagt Violetta, als könne sie das kaum glauben, und Matti kichert.

»Werdet ihr beide heiraten?«, fragt die Kleine mit vor Freude leuchtenden Augen. Und just in diesem Moment kommen Sinje und Jonas wieder zurück. »Darf ich bei deiner Hochzeit Blumen streuen? Das wollte ich immer schon mal machen.«

»Du bist bestimmt das tollste Blumenmädchen der Welt«, erwidert Jonas und gibt Matti die Hand. »Hallo, ich bin Jonas, und du bist sicher Mathilda. Ich habe schon viel von dir gehört. Tanzt du gern?«

Oje. Glaubt Mathilda etwa, dass Jonas und ich heiraten werden? Hilfe, die Dinge werden von Minute zu Minute komplizierter.

Zu meinem Glück gesellen sich nun auch Kai und Ahmet zu uns, und Rantje kündigt die Band an.

Es geht endlich los, Abraxas kräht begeistert, und die ersten Töne beschallen den Marktplatz, auf dem es heute Abend hoch hergeht.

Es ist das erste Open-Air-Event in diesem Jahr bei gutem Wetter, der Frühlingszauber und das Maibaumfest waren leider eine äußerst verregnete und kühle Angelegenheit.

»Ich liebe diesen Song«, verkündet Matti, schnappt sich die Hand von Jonas und legt los. Ihr ausgestelltes, puderrosafarbenes Sommerkleidchen wirkt in Kombination mit dem Satinhaarreifen in derselben Farbe, als sei Mathilda eine kleine Ballerina. Sie nimmt in Grotersum Ballettstunden und zeigt nun ihr tänzerisches Talent, und auch Jonas macht eine ausgesprochen gute Figur. Er hat ein super Rhythmusgefühl und bewegt sich toll. Ich kann meine Augen kaum von ihm lösen, denn ich liebe es, wenn Männer gern und gut tanzen.

Das hat etwas sehr, sehr Erotisches.

Auch Violetta beobachtet die beiden. »Zu dritt macht das doch noch viel mehr Spaß«, ruft sie plötzlich und erweitert den Kreis, indem sie die Hände von Matti und Jonas schnappt und sich wild mit ihnen umherdreht.

»Wie niedlisch«, sagt Amelie, die nun auch endlich aufgetaucht ist, und mustert das Trio. »Sie se'en aus wie eine Familie.«

Jonas, Matti und Vio eine Familie?! Das wird ja immer schöner.

Bevor es mich vor Eifersucht zerreißt, kommt Olaf zurück und überreicht Michaela und mir die Drinks. Für Michaela gibt's den gewünschten Sekt. Für mich einen Caipirinha.

»Also Prost, auf unser Wiedersehen«, sagt Olaf. Dann entdeckt er Amelie. »Ja, moin, wen haben wir denn da? Wir beide kennen uns noch gar nicht. Ich bin Olaf.«

»Und isch Amelie«, erwidert die Französin und schenkt ihm einen fragenden Blick aus ihren großen Augen.

»Ach, stimmt, ihr beiden kennt euch ja gar nicht«, sage ich und trinke vor lauter Nervosität meinen Drink zur Hälfte aus.

»Amelie betreibt seit fünf Jahren das Café hier am Marktplatz, und Olaf ist … nun ja, Olaf wohnt schon lange nicht mehr in Lütteby. Er lebt in Hamburg.« Erstaunlicherweise macht es mir nicht das Geringste aus, dass Olaf Amelie gerade mit seinen Augen verschlingt. Hätte Jonas das getan, hätte ich das vermutlich nicht überlebt.

»Olaf und Lina waren lange Zeit ein Paar, haben sich getrennt und sind jetzt wieder zusammen«, erklärt Michaela und checkt dabei ihr Handy. Dann stößt sie ein »Verdammt. Das darf doch nicht wahr sein!« aus.

»Was ist passiert?«, frage ich, heilfroh, von dem lästigen Beziehungsthema, das Beziehungen betrifft, die in Wahrheit gar keine sind, abzulenken.

»Meine Mädels haben allesamt eine Lebensmittelvergiftung«, sagt Michaela, kreideweiß im Gesicht. »Das ist eine absolute Katastrophe.«

»Deine … Mädels?«, fragt Amelie. »Was für Mädels? Oder meinst du die Models?«

»Beides«, knurrt Michaela. »Diesmal habe ich für viel Geld echte Vorführdamen engagieren müssen, allesamt aus Schleswig. Wieso die nun ausgerechnet heute vor der Show Sushi essen mussten, das anscheinend schlecht war, ist mir schleierhaft. Was mache ich denn jetzt? Wer führt denn nun die neue Kollektion vor?« Okay, okay, diese Sache gehört eindeutig in meinen Aufgabenbereich. Ich überlege fieberhaft, doch mir fällt auf die Schnelle nur eine einzige Lösung ein, und die lautet: »Wir!«

»Wir?« Michaela reißt die Augen auf. »Wer ist bitte wir?«

»Na, isch«, sagt Amelie. »Und Vio ist bestimmt ebenfalls dabei. Sischer 'enrikje, Sinje und … nun ja, eben alle, die 'ier sind.«

»Wo bin ich dabei?«, fragt Violetta, die aufgehört hat zu tanzen, weil Jonas losgegangen ist, um Getränke zu holen, wie ich gesehen habe, denn ich kann nicht anders, als ihm hinterherzuschauen.

»Auf dem Laufsteg. Als Ersatz für Michaelas erkrankte Models«, erkläre ich, darum bemüht, wieder professionell zu sein und nicht aus der Ferne meinen Schwarm anzuschmachten, als sei ich zwölf Jahre alt. »Wie viele Outfits willst du denn präsentieren, Michaela? Und wie viele Models hattest du dafür engagiert?« Der Drink zeigt schon ein bisschen Wirkung, ich finde die ganze Situation allmählich urkomisch, vor allem den Begriff Vorführdamen. Der klingt so herrlich antiquiert.

Hätte Michaela nicht wenigstens Mannequins sagen können?

»Ich brauche mindestens fünf Damen«, sagt Michaela nachdenklich. »Hm, oder eher mehr. Ist denn eine von euch schon einmal auf dem Laufsteg gewesen? Bislang habt ihr euch immer vor meinen Anfragen gedrückt. Und, eine noch wichtigere Frage: Könnt ihr alle in hohen Schuhen laufen? Ohne High Heels wirken die meisten Kleidungsstücke einfach nicht.«

»Worum geht's?«, fragt Sinje, die bis eben verschwunden war. Kein Wunder, sie kennt hier sozusagen Gott und die Steinstraße und wird bei Festen alle paar Minuten in ein Gespräch verwickelt. Schon wieder steigt ein Glucksen in mir auf, weil ich mich frage, woher eigentlich dieser Spruch stammt. *Und wo ist eigentlich diese Steinstraße?*

»Was ist so amüsant?«, fragt Olaf, der das Geschehen aufmerksam verfolgt und dabei immer wieder verstohlen in Richtung Amelie linst. Männer! Die sind doch allesamt zum …

Ich trinke meinen Caipi leer, allmählich wird mir echt schwummerig. Hicks! Das ist gar nicht gut, denn ich trage Verantwortung für das Gelingen aller Events, die hier heute noch stattfinden.

Zum Glück ist Verlass auf Michaela und ihr enormes Mitteilungsbedürfnis. Binnen Sekunden reden alle wild durcheinander, beratschlagen sich, und Sinje zückt ihr Handy, um Henrikje anzurufen. Eine attraktive ältere Dame wie sie macht sich bestimmt großartig auf dem Catwalk.

»Das wäre also geklärt«, sagt Michaela schließlich zufrieden. »Lina, ich gehe davon aus, dass auch du mit von der Partie bist?!«

Ich? Im Leben nicht, auch wenn ich vorhin fatalerweise von *wir* gesprochen habe.

Eher lasse ich mich nachts allein in der Spukvilla einschließen.

- 24 -

Stöhnend vor Schmerzen setze ich mich im Bett auf und trinke ein Glas Wasser leer. Allerdings macht mir kein Kater zu schaffen, sondern die fatale Kombination aus einem verstauchten Knöchel, Scham und großer emotionaler Verwirrung.

»Geht's dir ein bisschen besser?«, fragt Henrikje besorgt und streicht mir eine lose Haarsträhne aus dem Gesicht.

Ich fühle mich wie ein Kind, das mit einer fiebrigen Erkältung im Bett liegt. Benommen murmle ich: »Geht so«, denn die geprellten Rippen und das Steißbein schmerzen trotz der Arnikasalbe, mit der Henrikje mich eingerieben hat, und der Teemischung aus Weidenrinde, Chili, Pfefferminz, Ingwer und Gewürznelken, die besser wirken soll als jede Schmerztablette. »Ich hoffe wirklich, dass Frau Doktor Gerbers recht mit ihrer Prognose hat, ich könnte in knapp einer Woche zumindest wieder herumhumpeln.«

»Wenn du dich an die Anweisungen hältst, den Knöchel regelmäßig kühlst, brav den Druckverband nutzt und das Bein hochlagerst, geht es vielleicht sogar schneller«, sagt Henrikje und streichelt meine Wange.

»Weiß Thorsten von meinem Sturz?«

»Ja. Er lässt schöne Grüße ausrichten, wünscht rasche Genesung und rät dir, nie wieder Schuhe zu tragen, deren Absatz höher als zwei Zentimeter und deren Durchmesser so klein ist wie ein Stecknadelkopf.«

»Danke für den Tipp, aber das hatte ich auf keinen Fall vor. Nicht zu fassen, dass Michaela es tatsächlich geschafft hat, mich in diese Folterwerkzeuge hineinzuquatschen. Und ich blöde Kuh hatte auch noch die Idee, dass wir alle für ihre erkrankten Models einspringen.«

»Die Idee war großartig, und du hast Michaela sehr damit geholfen.«

»Trotzdem habe ich mich vor den Augen so ziemlich aller lächerlich gemacht, indem ich billig geschminkt und frisiert in einem äußerst fragwürdigen Kleid und viel zu hohen Schuhen über den Laufsteg gestolpert und schließlich mit vollem Karacho runtergefallen bin.«

Ich werde erneut rot bei dem Gedanken daran, dass nicht nur die Lüttebyer Zeugen meines uneleganten Absturzes geworden sind, sondern auch Jonas. Er wird unweigerlich an das herunterpurzelnde Etwas denken, das noch im Fallen wenig damenhaft »Shit!« gerufen hat, wenn wir im Büro eine Besprechung haben oder uns tatsächlich noch mal privat treffen. Ich würde mich am liebsten unter der Decke verkriechen und erst wieder hervorkommen, wenn ein wenig Gras über diesen Abend gewachsen ist, der in mehr als einer Hinsicht aus dem Ruder lief.

Doch Henrikje ist ganz anderer Ansicht. »Erstens sahst du ganz entzückend aus, das war immerhin Bühnen-Make-up und -Styling, und zweitens zählt allein die Tatsache, dass du dich als Retterin in der Not erwiesen hast. Ohne dich hätte Michaela ihre Modenschau nicht machen können. Interessanterweise hat sie gestern Abend den gesamten Bestand ebenjenes Kleids verkauft, das du getragen hast. Mir gefiel zwar das von Amelie geliehene besser, aber es ging ja darum, Michaela unter die Arme zu greifen, die es weiß Gott schwer hat, seit die halbe Welt dem Online-Shopping-Wahn verfallen ist.«

»Und was ist mit den Outfits für größere Größen?«, frage ich, weil die Plus-size-Kleider gestern ungetragen auf der Stange hängen bleiben mussten.

»Mach dir um die mal keine Gedanken, dafür hat Michaela feste Stammkundinnen.«

»Und wer hat den Trachtentanzwettbewerb gewonnen?«

Da ich beinahe den ganzen Tag geschlafen habe und auch nicht zum Fenster humpeln konnte, um auf den Marktplatz zu schauen, habe ich nur zwischendrin Nachrichten von Sinje lesen können. Sie hat mich netterweise vertreten und das Kommando über die Aushilfen und die konkurrierenden Trachtentanzgruppen übernommen, tatkräftig unterstützt von Jonas, Rantje und Gunnar, wie sie mir schrieb. Jonas hat sich um das Wohl der Musikkapelle gekümmert, mein eigentliches Sorgenkind bei diesem Event. Die Herren waren laut Sinje ganz angetan von dem *netten jungen Mann* und wünschen sich ihn auch für alle kommenden Feste als »Betreuer«.

»Alsooooooo, das mit dem Wettbewerb war sooooooo …«, erwidert Henrikje mit blitzenden Augen. Sie liebt Dramaturgie über alles und hat es auch schon früher genossen, mich auf die Folter zu spannen, besonders an Geburtstagen und Weihnachten, also allen Festen, die für sensible Kinder ohnehin viel zu aufregend sind.

»Bitte sag einfach schnell, was Sache ist, alles andere verkrafte ich heute nicht.«

Henrikje strahlt über das ganze Gesicht. »Wir haben tatsächlich gewonnen, ist das zu fassen? Mareike war in Bestform und ist jetzt überglücklich, wie du dir sicher denken kannst. Ich freue mich so für sie und die Gruppe, denn alle haben unglaublich hart trainiert und äußerst tapfer gegen die starke Konkurrenz gekämpft.«

»Dann haben der Scharbockskrauttee, deine Fürsorge und Sinjes Coaching ja Früchte getragen«, sage ich, einerseits überglücklich über diese großartige Neuigkeit, andererseits auch ein wenig traurig, weil ich nicht dabei sein konnte.

Ich liebe den Anblick der nordfriesischen Tracht und finde es schön, dass diese Tradition bewahrt und an die Jüngeren weitergegeben wird, die sich zum Glück nicht zu cool dafür sind. Doch die Freude überwiegt natürlich, allein schon, weil Mareike es nach all der Anstrengung echt verdient hat, endlich den heiß ersehnten Siegerpokal mit nach Hause zu nehmen. »Das ist wirklich grandios, ich wette, alle feiern jetzt ausgelassen. Schaust du nachher auch noch bei Federico vorbei?«

»Sicher geht es heute nicht ganz so feuchtfröhlich zu wie gestern, schließlich ist morgen Montag. Aber Jonas ist offenbar hochzufrieden und hat schon Pläne für den nächsten Wettbewerb in Bayern. Ich bleibe hier, weil ich nachher Besuch von Anka bekomme, aber natürlich auch, um mich um dich zu kümmern. Sag, was kann ich dir Leckeres zu essen machen?«

Jonas feiert im *Dal Trullo*. Ohne mich ... In meinem Hals bildet sich ein dicker Kloß, ich werde traurig und schlagartig müde.

»Oder möchtest du jetzt lieber schlafen, statt zu essen? Du siehst schon wieder etwas abgespannt aus, also lasse ich dich wohl mal besser in Ruhe. So ein Sturz ist ein Schock für Körper und Seele, und ich muss dir ehrlicherweise sagen, dass ich auch etwas in deinen Tee geträufelt habe, das ein klein bisschen sedierend wirkt«, erklärt Henrikje augenzwinkernd.

»Du hast mir heimlich Beruhigungstropfen verabreicht?«, frage ich matt. Genauer will ich es aber gar nicht wissen, denn dazu bin ich eindeutig zu fertig, und natürlich vertraue ich ihren Heilkünsten blind.

Gegen 9 Uhr abends erwache ich vom Summen meines Handys, das ich auf Vibrationsalarm gestellt habe.

> Tut mir leid, dass du gestürzt bist, wie ich von
> Sinje gehört habe. Ich hätte dir gern geholfen,
> aber ich musste zwischendrin wieder zurück zu
> meinen Eltern, weil es Papa wieder schlechter ging.
> Was hältst du von einem Krankenbesuch? Würde dich
> sehr gern sehen und mit dir sprechen.
> Olaf

Ich bin immer noch so benommen, dass ich ihm nicht antworten kann beziehungsweise gar nicht mag. Denn weit mehr als die Wirkung von Henrikjes geheimem Zaubermittel macht mir zu schaffen, dass ich durch Olafs Kussattacke, meine Schwindelei gegenüber Jonas und den chaotischen Abend nicht mehr in der Position bin, in der ich sein wollte.

Mein Plan war, souverän und stark mit meiner Vergangenheit abzuschließen, um frei und offen für die Zukunft zu sein.

Wenn Olaf mich besucht, muss ich ihm gestehen, dass ich ihn benutzt habe, um Jonas eifersüchtig zu machen, wofür ich mich schäme. So etwas macht, wenn überhaupt, ein unreifer Teenager, aber keine Frau Mitte dreißig.

Äußerst unzufrieden mit mir und dem Verlauf des gestrigen Abends, dämmere ich weiter vor mich hin und antworte irgendwann später genauso vage, wie Olaf reagiert hat, als ich ihn um das Treffen gebeten habe. Ich schreibe, dass ich abwarten will, bis es mir wieder besser geht – und wer weiß schon, wann das der Fall sein wird?

Dann schweifen meine Gedanken zu Jonas, und ich frage mich, was er wohl gerade über mich denkt. Und damit meine ich weniger den peinlichen Sturz von der Bühne, sondern die Tatsache, dass er Olaf und mich zusammen gesehen hat. Wenn Michaelas Vermutung, er sei genauso eifersüchtig auf Olaf wie ich zunächst auf Amelie, stimmt, dann müsste es ihm eigentlich schlecht gehen.

Erschöpft und mies gelaunt reibe ich meinen Knöchel erneut mit Arnikasalbe ein, als Henrikje wieder hereinkommt.

»Ah, du bist wach. Schau mal, ich habe ein kleines Geschenk für dich«, sagt sie und setzt sich zu mir ans Bett.

Sie hält etwas in der Hand, das in blaues Seidenpapier eingeschlagen ist und verheißungsvoll knistert.

»Noch ein Zaubermittelchen?«, frage ich.

»So ähnlich«, erwidert Henrikje und wickelt das Papier auseinander. Zum Vorschein kommt ein Ring, dessen Anblick mir beinahe den Atem raubt, weil er so schön ist.

»Was … woher hast du den?«

»Er hat deiner Mutter gehört«, erwidert sie. »Ich habe ihn für den Moment aufbewahrt, in dem mein Herz mir sagt, dass du ihn brauchen und wertschätzen kannst. Probier mal, ob er dir passt.«

Überwältigt von diesem unerwarteten Geschenk, strecke ich ihr den Ringfinger der linken Hand entgegen, die näher am Herzen ist. Siehe da, das Schmuckstück ist wie für mich gemacht.

»Deine Hände ähneln denen von Florence«, sagt Henrikje, und ich bewundere fasziniert den Ring aus Silber, das leicht angelaufen ist. »Wir müssen das gute Stück aber unbedingt säubern, dann sieht es noch hübscher aus«, sagt sie. Nur wer sie so gut kennt wie ich, hört das leise Zittern in ihrer sonst so kräftigen Stimme. »Der Amethyst beschützt diejenige, die den Schmuck trägt.«

Ich verliere mich beinahe im zauberhaften Anblick des zartlilafarbenen Talismans und verspüre mit einem Mal eine wohltuende Wärme, ganz tief im Bauch. Ich habe mir schon immer gewünscht, ein Schmuckstück tragen zu können, das meiner Mutter gehört hat.

Und nun ist dieser Traum endlich wahr geworden.

Vom *Glück* der politisch korrekten *Wortwahl* in Nordfriesland

*Blöde Koh seggt man nicht mehr ...
dat heet nu: Unwissende Weidedame.
Gilt natürlich auch für Hornochsen,
dumme Gänse und nervige Platzhirsche.
Und wo wir schon beim Thema Humor sind:
Wenn man ihn mal verliert, muss man ihn
halt suchen und wiederfinden.
So einfach ist das!*

- 25 -

Bist du bereit, heute Abend Besuch zu empfangen?
Jonas

Ich lese die Nachricht, die Jonas Montagvormittag geschickt hat, gefühlt zum tausendsten Male und frage mich, was sie zu bedeuten hat. Wird das ein nett gemeinter Krankenbesuch, will er mich genauso gern wiedersehen wie ich ihn – oder geht's um den Job? Immerhin muss er diese Woche allein mit Rantje arbeiten, das wird kein Kinderspiel, denn zum Saisonstart ist in der Touristeninformation ziemlich viel los.

Ich schwanke zwischen Freude über seine Frage und der Sorge darüber, dass bei einem Treffen das Gespräch womöglich auf Olaf kommt. Natürlich möchte ich nicht lügen, habe mich aber dummerweise so sehr in den Schwindel-Fallstricken verheddert, dass es kaum noch ein Entrinnen gibt, es sei denn, ich rücke mit der Wahrheit raus.

So oder so, ich muss antworten, also schreibe ich Jonas, dass er gern am Abend bei Henrikje vorbeikommen kann, ich werde mich bei ihr aufs Sofa legen.

Nach einem weiteren Nickerchen taucht auf einmal Sinje auf.

»Huhu, Überraschung! Ich nutze eine kleine Pause zwischen zwei Terminen, um dich zu trösten. Außerdem habe ich dir Guimauves von Amelie mitgebracht, schöne Grüße von ihr. Wie geht's dir denn heute?«, fragt sie, schnappt sich eines der französischen Marshmallows aus der Tüte, bevor sie sie mir gibt, und setzt sich dann in den Korbsessel, den ich für gewöhnlich als Kleidungsablage nutze.

»Geht so. Das ist echt ein blödes Timing. Erst fällt Thorsten vom Baum, und wenig später purzle ich vom Laufsteg. Statt einfach nur umzuknicken, mich elegant hochzurappeln und so zu tun, als sei nichts passiert, muss ich natürlich gleich die ganz große Welle machen. Wieso war diese verflixte Bühne eigentlich so hoch?«

»Damit die Lokalredaktion und die Paparazzi dir besser unter den Rock schauen und super Fotos knipsen konnten, was sonst?«, erwidert Sinje vergnügt kauend. »Ich freue mich schon diebisch auf die Berichterstattung über das Festwochenende, die morgen erscheint. Und mach dir mal keine Sorgen wegen deines Jobs. Jonas und Rantje kommen gut miteinander klar, wie ich gestern mitbekommen habe, und zum Glück steht das nächste Fest erst wieder im Juni an. Du wirst sehen, in einer Woche tanzt du schon wieder Salsa.«

»Als ob ich jemals Salsa tanzen würde«, erwidere ich, froh über Sinjes Besuch. Sie bringt überall frischen Wind rein und versprüht eine mitreißende Energie. Die Guimauves sind zwar ultrasüß, schmecken aber köstlich. »Hast du gestern noch mit Mareike und den anderen bei Federico gefeiert? Es ist super, dass Lütteby endlich gewonnen hat. War … Jonas eigentlich auch dabei?« Es fällt mir schwer, diese Frage zu stellen, aber ich kann nicht anders.

»Ja. Die völlig aufgedrehte Mareike hat versucht, mit ihm zu flirten, doch er war komplett immun gegen ihren Charme und lediglich daran interessiert, mit ihr über den kommenden Wettbewerb in Bayern zu sprechen. Amelie war übrigens nicht dabei, falls du das als Nächstes fragen möchtest. Aber sag mal: Was war das denn bitte schön für eine krasse Nummer mit Olaf?! Hat der sie noch alle, dich einfach so vor den Augen aller zu küssen? Obwohl du so hinreißend und bezaubernd aussahst, dass ich gut verstehen kann, dass er dir nicht widerstehen konnte.«

Ich sage: »Danke«, und überlege zeitgleich, was ich auf ihre Frage erwidern soll. Aufgrund des gestrigen Tumults hatte ich keine Chance, Olaf zu fragen, was in ihn gefahren ist, denn das würde ich niemals schriftlich klären, sondern nur im persönlichen Gespräch. »Vielleicht hat er meinen Vorschlag, gemeinsam Kaffee trinken zu gehen, missverstanden«, murmle ich, allerdings nicht recht überzeugt von meiner Theorie. »Aber seltsam ist die ganze Sache schon, schließlich haben wir sechs Jahre lang keinen Kontakt gehabt, und ich kann mir einfach nicht vorstellen, dass er es sich plötzlich anders überlegt hat und mit mir zusammen sein möchte, bloß weil er mich aus einer Laune heraus wieder umwerfend fand. Außerdem hat er Amelie ziemlich angehimmelt, das passt also auch nicht ins Bild.«

Sinje verzieht missbilligend ihren Mund. »Was glaubt Olaf eigentlich, wer er ist? Denkt er, er kann einfach so in dein Leben spazieren, dich küssen und davon ausgehen, dass du das toll findest? Sein Verhalten war unverschämt und egoistisch. Stell dir mal vor, du würdest dir wirklich noch Hoffnung machen, der Mann knutscht dich einfach nieder und stiert dann gleich die Nächste an? Hat er eine verfrühte Midlife-Crisis, oder muss er sich irgendetwas beweisen? Am besten du schlägst ihn dir endgültig aus dem Kopf und machst reinen Tisch, wenn er sich meldet. Und dann konzentrierst du dich auf Jonas, denn ich glaube, das lohnt sich. Ich mag ihn wirklich und finde es großartig, dass er meinem Plan, aus dem Wald einen Ruheforst zu machen, zustimmt. Das heißt, er hat Herz, also ist es kein Wunder, dass du dich in ihn verliebt hast.«

Das stimmt allerdings, denke ich sehnsüchtig. Und dann fällt mir ein, dass Sinje noch gar nicht weiß, dass Jonas mich später besucht.

»Er kommt heute vorbei, aber ich treffe ihn unten bei Henrikje, damit das Ganze keinen allzu privaten Charakter hat. Ich nehme an, diese Verabredung hat einen geschäftlichen Hintergrund.«

»Geschäftlich, schon klar«, erwidert Sinje lachend und schnappt sich eine pinkfarbene Guimauve. »Wer's glaubt, wird selig. Wenn es ihm nur um den Job ginge, könnte er dich auch anrufen. Berichtest du mir bitte, wie es war, sobald er weg ist? Hach, ich bin schon ganz aufgeregt und habe ein gutes Gefühl, was euch beide betrifft.«

Ich kaue gedankenverloren die Süßigkeit.

Hat Sinje mit ihrer Vermutung, dass Jonas den Krankenbesuch nur als Vorwand benutzt, um mich sehen zu können, recht? Oder wünscht sie sich das nur, damit endlich etwas Aufregendes passiert? Doch wie sich herausstellt, hat sich auch in ihrem Leben etwas Unerwartetes ereignet. »Übrigens bin ich auch noch aus einem anderen Grund hier«, sagt Sinje und zieht einen Brief aus der riesigen Korbtasche, in der sie bei schönem Wetter ihren halben Hausstand herumschleppt. »Du wirst es nicht glauben, aber L. hat mir wieder geschrieben«, sagt sie zu meiner großen Überraschung.

»Und was wollte er? Hat er dir diesmal seinen ganzen Namen verraten? Los, nun sag schon, bevor ich platze.« Ich bin mindestens so aufgeregt wie Sinje, schließlich ist es verrückt, dass eine Wahrsagerin auf dem Jahrmarkt ihr eine glückliche Zukunft mit L. prophezeit und der Absender beider Briefe ausgerechnet mit diesem Initial unterschrieben hat.

Dies sind die Momente, in denen ich fest daran glaube, dass irgendjemand *da oben* seine himmlischen Strippen zieht.

»Komm, wir lesen ihn gemeinsam. Bist du bereit?«

Liebe Sinje,

*es ist nun schon eine Weile her, dass ich
Dir schrieb und keine Antwort erhielt,
doch das hatte ich auch gar nicht erwartet.
Stattdessen habe ich mich daran erfreut,
Dich bei bestimmten Gelegenheiten sehen zu dürfen,
Deinen klugen Worten zu lauschen und mich von Deiner
Fröhlichkeit anstecken zu lassen. Du bist eine äußerst
ungewöhnliche Frau: temperamentvoll, mitfühlend, eigen-
sinnig und durchsetzungsstark.
Wenn Du einen Raum betrittst, wird er hell wie ein Sonnentag. Dein
Lächeln ringt jede Düsternis nieder, Dein
Wille, Dinge anzupacken und zu verändern, ist mitreißend.
Ich weiß, dass ich Dir all dies nur schreiben und nie
persönlich sagen werde. Doch das ist in Ordnung für mich.
Es genügt mir zu wissen, dass Du ein Teil meines Lebens bist, wenn
auch nur aus der Ferne.*

L.

»Ich habe Gänsehaut«, sage ich, nachdem ich die Zeilen ein zweites Mal gelesen habe. »Dieser Brief ist ja noch schöner als der erste. Und ich kann jedes einzelne Wort unterschreiben. Dieser L. kennt dich gut, er muss sich also regelmäßig in deiner Nähe aufhalten. Ich tippe auf Ahmet, denn der schmachtet dich immer ziemlich an, wenn du mich fragst.«

»Jaaaaaa, diese Zeilen sind wirklich wunderschön und berührend, das stimmt. Aber Ahmet? Was für ein Unsinn. Ich glaube, dass er auf Männer steht und sich geniert, das zuzugeben.«

»Freust du dich denn über den Brief? Und willst du nicht unbedingt wissen, wer *L.* ist? Ich werde gerade nicht schlau aus dir.

Immerhin haben wir nach dem ersten Brief monatelang gerätselt, wer der Verfasser sein könnte. Und nun wirkst du beinahe so, als interessierte dich das alles gar nicht mehr.«

»Wenn diese Frage so einfach zu beantworten wäre«, erwidert Sinje seufzend, streift ihre Schuhe ab und krabbelt zu mir aufs Bett. Dann legt sie sich neben mich auf den Rücken, die Arme unter dem Kopf verschränkt, den Blick fest an die Zimmerdecke geheftet. »Der Brief ist wunderschön, und ich fühle mich von L. richtig *gesehen*, wenn du verstehst, was ich meine. Ich vermisse dieses Gefühl schon seit einer geraumen Weile bei Gunnar. Er ist ein super Typ, aber auch das völlige Gegenteil eines Mannes, der zu Papier und Stift greift, um seine Gedanken und Gefühle zum Ausdruck zu bringen. An sich ist das nicht weiter schlimm, denn ich bin Realistin durch und durch, und Gunnar hat so viele Qualitäten, die ich weitaus wichtiger finde. Das Problem ist nur …«, in diesem Moment bricht Sinjes Stimme, »… dass wir seit einigen Monaten kaum noch gemeinsame Ziele haben und uns nur nach zermürbenden Diskussionen auf Scheinkompromisse einigen können, die uns beiden später garantiert um die Ohren fliegen. Gunnar möchte so schnell wie möglich Kinder, und ich würde gern noch ein bisschen warten, wie du weißt. Ich wünsche mir, dass wir wieder mehr gemeinsam unternehmen und auch mal etwas Neues, doch Gunnar mutiert immer mehr zum Gewohnheitstier. Zudem gehen mir seine Eltern zurzeit auf die Nerven, vor allem Eva. Ich habe das Gefühl, ihr geht es weniger darum, dass Gunnar und ich gut zusammenpassen, sondern in erster Linie darum, dass ich Pastorin bin und somit ein bisschen das Sagen in Lütteby habe.«

»Ein bisschen?«, frage ich dazwischen, auch wenn das unhöflich ist. »Nun stell mal dein Licht nicht so unter den Scheffel. Wenn du es darauf anlegst, hast du mehr Einfluss als Falk, Thorsten und Henrikje zusammen. Außerdem, wie kommst du darauf? Ich dachte immer, du verstehst dich gut mit Eva und Martin und dass sie dich mögen, unabhängig davon, welchen Beruf du hast.«

»Gut verstehen würde ich nicht sagen, aber ich kam immer so weit mit ihnen klar. Doch mittlerweile ist Eva ausschließlich auf ihren Status bedacht und darauf, dass die Familiengeschäfte so viel Profit wie möglich abwerfen. Martin ist nicht viel anders, der hat fast nur das Geschäft im Kopf, Sport oder Lokalpolitik. Das wäre an sich auch alles okay, aber die beiden mischen sich für meinen Geschmack viel zu viel in unser Leben ein, angefangen von der Location der Hochzeitsfeier über das Ziel der Flitterwochen bis hin zu unserem künftigen Zuhause. Sie wollen uns zwar beim Kauf eines Hauses finanziell unter die Arme greifen, aber es soll eben etwas Modernes in Grotersum sein und ganz bestimmt nicht die Villa. Doch ich fürchte, das sind die üblichen Auseinandersetzungen, die man hat, wenn es um die Planung einer gemeinsamen Zukunft geht, und somit ist es irgendwie in Ordnung, denn sie meinen es ja letzten Endes gut. Außerdem muss ich schließlich nicht die beiden heiraten und lieben, sondern Gunnar.«

Ich höre ruhig zu und lasse Sinjes Worte auf mich wirken.

Betrübt über die Entwicklung dieser Beziehung, denke ich an die ersten Jahre ihrer Liebe. Wenn Gunnar ins Grübeln verfiel, riss Sinje einen Witz und brachte ihn zum Lachen. Wenn er ein wenig lahm und unentschlossen war, gab Sinje ihm einen kleinen Schubs, und schon war Gunnar wieder in seinem Element. Umgekehrt half er ihr über einige Klippen des Studiums, denn es gab Momente, in denen Sinje an ihrer Berufung zweifelte. Auch die große Distanz zwischen Lütteby und ihrem Studienort Marburg war nie ein großes Thema. Gunnar besuchte Sinje, sooft er konnte, und unterstützte sie dabei, die ständige Prüfungsangst zu überwinden. Doch irgendwann lachte er nicht mehr über Sinjes

Witze, und sie fand es auch nicht mehr komisch, wenn er nach dem Fußball mit seinen Kumpels ein Bier zu viel trank. Das wäre an sich alles nicht so schlimm und ein Stück weit normal, wenn ich nicht tief in mir drin schon länger das Gefühl gehabt hätte, dass da etwas schiefläuft. Deshalb werde ich Sinje jetzt eine Frage stellen, obwohl diese womöglich alles durcheinanderbringt. Doch ich wäre nicht ihre beste Freundin, wenn ich jetzt nicht handeln würde.

»Liebst du Gunnar wirklich, oder folgst du nur einem Plan, den ihr beide irgendwann gefasst habt?«

So, nun ist es raus. Nun schwebt die Frage über uns wie das berühmte Damoklesschwert. Und ich kann jetzt nur abwarten, ob es auf uns herabsaust oder nicht.

- 26 -

Aber natürlich liebe ich Gunnar«, erwidert Sinje und wischt sich mit dem Ärmel ihres Talars eine Träne von der Wange. »Er ist eben Gunnar, der Mann, mit dem ich seit achtzehn Jahren zusammen bin und den ich fast so lange kenne wie dich. Dass es da nicht mehr so prickelt wie am Anfang und wir ein wenig auseinanderdriften, ist doch normal.«

»Leider«, erwidere ich seufzend. »Aber es wäre schön, wenn ihr beiden dieses Auseinanderdriften besser in den Griff kriegen würdet als Olaf und ich. Wobei ich die Kinderfrage schon sehr wichtig finde, die solltet ihr wirklich bald klären.«

»Ja, das müssen wir dringend«, stimmt Sinje seufzend zu. »Schließlich bin ich mit Mitte dreißig nicht mehr die Jüngste, wie Gunnar mir ständig unter die Nase reibt. Schönen Dank, ich weiß selbst, dass die Uhr tickt. Aber was soll ich machen? Ich kann mir zurzeit noch nicht vorstellen, Mutter zu werden. Natürlich liebe ich Kinder, aber ich liebe auch meinen Beruf. Und der nimmt, wie du weißt, ganz schön viel Zeit in Anspruch. Und Gunnar macht nicht den Anschein, als würde er Elternzeit nehmen oder mich besonders unterstützen wollen, da ist er leider eher ein Mann von gestern. Aber apropos Zeit, ich muss jetzt leider los, eines meiner verirrten Schäfchen wartet. Wir reden ein andermal weiter, ja? Und den Brief vergessen wir beide am besten ganz schnell wieder, denn der bringt doch nur alles unnötig durcheinander, und das kann ich derzeit gerade überhaupt nicht gebrauchen. Soll ich dir jetzt in Henrikjes Wohnung helfen?«

Kurz darauf humple ich, auf Sinje gestützt, die ersten Stufen nach unten. »Aua. Das tut weh«, fluche ich und beiße die Zähne zusammen. »Vielleicht ist das doch keine so gute Idee.«

»Schmerzen sind ein Zeichen dafür, dass du gerade etwas verkehrt machst. Also Kommando zurück und wieder ab ins Bett. Ich maile dir nachher noch die Vorschläge, die bezüglich der Nutzung des Erdgeschosses von Stines Haus bei mir eingetroffen sind. Dann hast du was zu tun und kannst dir vielleicht auch noch etwas einfallen lassen. Du hast nämlich bislang noch gar keine Idee beigesteuert.«

Pünktlich um 18 Uhr klopft es, und Jonas fragt, ob er hereinkommen kann. Ich habe ihm zuvor geschrieben, dass meine Tür offen steht und wir uns nicht wie geplant bei Henrikje treffen. Weil ich hübsch aussehen will, habe ich mich, im Bett sitzend, nachgeschminkt und die Haare gebürstet und versuche seitdem, meine Nervosität zu unterdrücken. Das Warten auf Jonas fühlt sich so ähnlich an wie meine kindliche Vorfreude auf Weihnachten, Biike-Brennen und den Geburtstag.

Und nun ist es endlich so weit.

»Ich hoffe, die Blumen gefallen dir«, sagt er, beinahe unsichtbar hinter einem Strauß traumschöner Pfingstrosen. »Und ich hoffe, du magst Nugatpralinen. Wenn nicht, muss ich sie wohl leider selbst aufessen, also die Pralinen, nicht die Blumen.«

»Es gibt ja auch essbare Blumen«, gebe ich zurück, bevor ich darüber nachdenken kann, was ich in meiner Aufregung für Unsinn rede. »Also ich meine ... danke schön. Das ist nett von dir, und ich liebe beides.«

»Darf ich mich in deiner Küche selbstständig machen und den Strauß ins Wasser stellen, oder bewahrst du deine Vasen woanders auf? Und wenn wir schon dabei sind: Magst du einen Tee oder Kaffee? Ein Glas Wasser?«

»Grüner Tee wäre super, und danke, dass du dich selbst versorgst. Der Tee und die Vase sind beide im Küchenbuffet, übrigens auch der Kaffee, wenn du welchen möchtest.«

Jonas verschwindet, ich höre ihn in der Küche hantieren und das Wasser laufen. Es ist Lichtjahre her, seit ein Mann mir in meiner eigenen Wohnung etwas zu trinken gemacht hat, genauer gesagt über sechs Jahre. An diese Fürsorglichkeit könnte ich mich glatt gewöhnen. Und daran, dass Jonas bei mir ist, auch.

Kurze Zeit später taucht er wieder auf, stellt erst das Tablett mit zwei Bechern Tee auf meinen Nachttisch und dann die Vase auf das niedrige Regal gegenüber, wo auch das Foto von Florence steht. »Darf ich mir das genauer anschauen?«, fragt er. »Diese Frau sieht dir auf den ersten Blick sehr ähnlich.«

»Na klar, das ist meine Mutter«, erkläre ich. »Das Bild wurde kurz vor ihrem Abiball gemacht. Ich finde aber eigentlich nicht, dass wir uns ähneln.«

Jonas nimmt die gerahmte Fotografie zur Hand und studiert sie eingehend. »Doch, du hast ihre blaugrauen Augen und ihre vollen Lippen. Eine wunderschöne Frau mit starker Ausstrahlung.« Jonas' indirektes Kompliment lässt mein Herz schneller schlagen, denn es bedeutet, dass er mich anziehend findet. »Wohnt deine Mutter auch hier in Lütteby?«, fragt er und betrachtet immer noch konzentriert die Fotografie von Florence.

»Ich habe leider keine Ahnung, wo sie wohnt«, erwidere ich und ergänze in Gedanken: *oder ob sie überhaupt noch lebt*, verwundert über meine spontane Offenheit. »Sie ist spurlos verschwunden, als ich ungefähr drei Wochen alt war, und ließ mich in der Obhut meiner Henrikje zurück. Und bevor du fragst, wer mein Vater ist: Ich kann dir leider auch diese Frage nicht beantworten. Wie du siehst, sind meine Familienverhältnisse ebenfalls kompliziert.«

Meine Worte hängen für eine Weile, die sich anfühlt wie eine Ewigkeit, unkommentiert im Raum. Henrikje hat mir gesagt, dass Florence damals ein großes Geheimnis aus der Vaterschaft machte, weshalb die beiden häufig und heftig stritten, doch Florence blieb hartnäckig und schwieg wie ein Grab.

Ich weiß also weder, wo meine Mutter ist, noch, wen ich »Papa« nennen könnte und vom wem ich abstamme, und kann nichts weiter tun, als mich, so gut es geht, mit dieser Situation zu arrangieren.

»Puh, was für eine Geschichte«, sagt Jonas schließlich und sieht mich dabei so intensiv an, dass mir plötzlich klar wird, was der Spruch *Das geht mir unter die Haut* bedeutet. »Das tut mir wirklich furchtbar leid, und ich mag mir kaum vorstellen, wie du dich fühlst«, fährt er leise fort und stellt das Bild behutsam zurück. »Ich wollte dich nicht traurig machen, sondern eigentlich ein wenig aufmuntern. Wirklich blöd, dass ich das Thema aufgebracht habe.«

»Schon gut, du konntest ja erstens nicht wissen, was an diesem Foto hängt, und zweitens hätte ich dir nichts von meiner Familie erzählen müssen. Aber du hast das Bild entdeckt, und früher oder später hättest du sicher ohnehin hie und da mal eine Bemerkung aufgeschnappt, also sag ich es dir lieber selbst. Wie du sicher schon festgestellt hast, wird in Lütteby gern mal getratscht.«

Jonas schmunzelt und nickt. »Wie gesagt, ich wollte dir eigentlich eine Freude machen und dich ein wenig ablenken. Es ist sicher nicht leicht, hier herumzusitzen, ohne nach draußen zu können. Heute ist perfektes Wetter für einen Spaziergang am Meer, den wir bei nächster Gelegenheit unbedingt nachholen sollten.«

Ich bin gerührt von Jonas' Worten und seiner Feinfühligkeit. Außerdem möchte er mich außerhalb des Büros wiedersehen, wie schön. Nach außen hin versuche ich, so cool wie möglich zu bleiben, und das gelingt mir am besten, wenn ich über die Arbeit spreche. Er muss mir nicht gleich an der Nasenspitze ansehen, dass ich verliebt bis über beide Ohren bin und gern wüsste, ob er meine Gefühle erwidert. »Die Nordsee läuft ja nicht weg, und wenn, dann kommt sie wieder zurück, wie wir wissen. Wie ist es denn zurzeit eigentlich in der Touristeninformation? Sinje hat mir erzählt, dass Rantje und du bei der Abwicklung des Trachtentanzwettbewerbs ein gutes Team wart.«

»Das stimmt«, sagt Jonas. »Nach ihrem Auftritt habe ich ein völlig anderes Bild von ihr. Wenn du mich fragst, sollte sie sich lieber auf eine Karriere als Musikerin konzentrieren, als Eventmanagerin zu werden, auch wenn es natürlich gut ist, eine solide Ausbildung zu haben. Sie hat eine fantastische Stimme und eine ganz besondere Stimmfarbe. Wenn man in diesem umkämpften Bereich bekannt werden will, sollte man das so früh wie möglich in Angriff nehmen. Weißt du, ob sie selbst Songs schreibt?«

»Wow, der toughe Geschäftsmann, der nichts dem Zufall überlässt, spricht sich dafür aus, dass Rantje alles hinschmeißt und Rockstar wird? Das wundert mich jetzt allerdings.«

»Ich bin ehrlich gesagt auch gerade ein wenig erstaunt über mich selbst«, erwidert Jonas. »Das muss mit diesem Ort zu tun haben, er bringt Seiten in mir zum Vorschein, die ich bislang gar nicht kannte.«

»Ist das gut oder schlecht?«, frage ich, weil Lütteby tatsächlich diese Wirkung auf Menschen hat. Zumindest auf diejenigen, die empfänglich für besondere, magische Schwingungen sind, wie Henrikje dieses Phänomen nennt.

»Keine Ahnung, sag du es mir.«

»Ich find's gut«, antworte ich, wie aus der Pistole geschossen. »Du hast in den Tagen seit deiner Ankunft eine Drehung um hundertachtzig Grad vollzogen, und das auf alle Fälle in die positive Richtung. Und du hast mir schon zweimal Getränke gebracht und sogar den Tee selbst zubereitet.«

»Höre ich da einen gewissen Sarkasmus oder Provokation heraus?«, fragt Jonas, und mit einem Mal brennt die Luft.

An der Oberfläche ist der Dialog zwischen uns nur ein lustiges Geplänkel, eine kleine Zankerei.

Doch es reizt mich plötzlich zu erfahren, wie Jonas' Lippen sich beim Küssen anfühlen, wie er riecht, wenn man ihm richtig nah ist. Zu wissen, ob seine Haut eher samtig ist oder …

»Vielleicht ist es aber gar nicht der Ort, der etwas mit mir macht, sondern d…«

Leider kann Jonas den Satz nicht mehr beenden, denn plötzlich steht Olaf im Zimmer, einen Strauß Blumen und eine Flasche Sekt in der Hand. Verdammt! Wieso taucht er unangemeldet hier auf? Ich habe ihm doch geschrieben, dass ich mich melde, wenn ich bereit für seinen Besuch bin.

»Komme ich ungelegen?«, fragt er und mustert Jonas scharf. »Wie ich sehe, habt ihr eine geschäftliche Besprechung, oder?«

»Wir sind schon so gut wie durch damit«, erwidert Jonas und steht auf. »Deshalb überlasse ich jetzt Ihnen das Feld. Wir telefonieren dann morgen wegen der anderen Themen, nicht wahr, Lina?«, sagt er zu mir gewandt und verabschiedet sich. Förmlich, leicht distanziert und mit einem Hauch Arroganz in der Stimme.

Bevor ich etwas erwidern kann, ist er auch schon verschwunden, und ich bin allein mit Olaf.

»Gemütlich hast du's hier«, sagt er und sieht sich um. »Henrikje hat aus dem Dachgeschoss wirklich ein kleines Schmuckstück gemacht. Wenn ich bedenke, wie dunkel und rumpelig es hier früher war.« Dann fällt sein Blick auf die Pfingstrosen. »Von wem sind die?«

Ich überlege, ob ich die Wahrheit sagen soll, doch die geht ihn nichts an. Also frage ich stattdessen: »Wieso hast du nicht gewartet, bis ich bereit für deinen Krankenbesuch bin?«, stocksauer über das mehr als schlechte Timing.

Wollte Jonas vorhin etwa sagen, dass ich der Grund für seine Wandlung bin? Bei dem bloßen Gedanken daran, was das bedeuten würde, jagen mir schon wieder Schauer über den Rücken, und ich würde am liebsten aus dem Bett springen und den Rest des Tages mit Jonas verbringen.

»Ich dachte, du freust dich über meinen Besuch und die Überraschung. Schließlich hast du zuerst ein Treffen vorgeschlagen und mochtest es früher sehr gern, wenn ich mir etwas für dich habe einfallen lassen. Tut mir leid, dass ich nur diese Blumen habe, aber der gute Wille zählt hoffentlich«, sagt Olaf. »Hast du Lust auf einen Schluck Sekt? Er ist gut gekühlt.«

»Ich glaube nicht, dass Alkohol sich mit Schmerzmitteln verträgt«, sage ich und sehe erst jetzt, dass der viel zu bunte Strauß aus dem Supermarkt oder von der Tankstelle sein muss, die durchsichtige Plastikverpackung spricht Bände.

»Hast du etwas dagegen, wenn ich mir ein Glas einschenke?«, fragt Olaf, wartet meine Antwort jedoch gar nicht ab und geht in die Küche. Im Gegensatz zu dem heimeligen Gefühl, als Jonas vorhin Tee kochte, empfinde ich Olafs Verhalten als übergriffig. Es passt zu seinem Auftritt am Samstagabend. Er hat sich also doch verändert, nur nicht äußerlich. Allerdings hatte er schon früher die Tendenz, erst zu handeln und sich später zu vergewissern, ob es mir auch recht war. Als Betriebswirtschaftler ist eine gewisse Durchsetzungskraft sicher hilfreich, im Privatleben für mich persönlich viel zu dominant und alles andere als partnerschaftlich. Ich erinnere mich schlagartig wieder an die verdrängten Streitereien, die wir hatten, als ich beschloss, nicht mehr zu unterrichten. Olaf war der Ansicht, dass ich es weiter versuchen sollte. O-Ton: »Schließlich muss man in jedem Beruf erst mal kleine Hürden überwinden.«

Ich hingegen war der Meinung gewesen, dass es besser sei, schnellstmöglich die Reißleine zu ziehen, bevor ich unnötige Zeit in dem falschen Beruf vergeudete.

Wieso fällt mir eigentlich erst jetzt auf, dass mich dieses Dominanzverhalten schon immer an ihm gestört hat?!

Doch Olaf ahnt nichts von meinen Gedanken und gebärdet sich wie ein junger, spielfreudiger Hund. Er entkorkt fröhlich summend den Sekt und schenkt sich selbst ein. »Auf dich, Lina, und auf deine baldige Genesung. Ich hoffe, dass du schnell wieder auf den Beinen bist, damit wir etwas zusammen unternehmen können. Zum Beispiel einen Spaziergang am Koog, heiße Küsse inklusive.«

»Das werden wir ganz bestimmt nicht tun«, widerspreche ich. Es grummelt in meinem Bauch, akute Wut mischt sich mit der aus den vergangenen sechs Jahren. »Was auch immer du dir gerade ausmalst, du solltest eines wissen: Ich bin endlich über unsere Trennung hinweggekommen und empfinde nichts mehr für dich, das wollte ich dir eigentlich bei unserem Kaffeetrinken sagen. Dein Auftritt auf dem Marktplatz war völlig daneben, weil du mich so dreist überrumpelt hast.«

»Darf ich dich daran erinnern, dass du gestern meine Hand genommen hast, als dieser Lackaffe aufgetaucht ist?«, fragt Olaf.

»Das darfst du gern, aber ich bin nicht stolz darauf.

Können wir uns darauf einigen, dass an diesem Samstagabend Dinge passiert sind, die völlig unnötig und unpassend waren? Ich gebe zu, dass dein unerwartetes Auftauchen mich im ersten Moment konfus gemacht hat, doch ich habe mich wieder gefangen. Wir hatten sechs Jahre lang keinen Kontakt, und so kann es meinetwegen gern weiter bleiben. Das mit dir ist eine Geschichte, die mal sehr schön war und für die ich dankbar bin. Aber sie ist schon lange vorbei. Im Übrigen würde ich jetzt gern allein sein.«

»Ist das wirklich dein Ernst?«, fragt Olaf, der nun ebenso fassungslos aussieht, wie ich es war, als er mir kurz vor der Hochzeit den Laufpass gegeben hat. Doch da muss er jetzt durch. Ich musste es schließlich auch.

»Ja, das ist mein voller Ernst. Ich hoffe, dass dein Vater bald wieder richtig fit ist, und ich wünsche natürlich auch dir alles Gute. Aber es hat keinen Sinn weiterzusprechen, denn es gibt tatsächlich nichts, worüber wir beide noch zu reden hätten. Also mach's gut.«

Olaf geht mit hängenden Schultern zur Tür, drückt den Knauf und dreht sich dann noch mal zu mir um. »Es tut mir leid, dass ich dich damals so verletzt habe. Und ich entschuldige mich für mein Benehmen am Samstag. Dich nach all der Zeit wiederzusehen, hat mich einfach … umgehauen. Nimm's mir bitte nicht krumm, ja? Und grüß Henrikje von mir.«

Als die Tür sich hinter Olaf geschlossen hat, sitze ich noch eine Weile da und starre auf den Ring meiner Mutter.

Während der unschönen Diskussion habe ich ihn die ganze Zeit berührt und die Kraft gespürt, die von ihm ausgeht.

Ich flüstere: »Danke, Mama, dass du mir geholfen hast, dieses Kapitel meines Lebens endlich abzuschließen.«

Dann weine ich ein allerletztes Mal um all die Jahre, in denen Olaf und ich zusammen glücklich waren. Es fällt mir unendlich schwer, Menschen loszulassen, schließlich bin ich ohne Eltern aufgewachsen …

Vom Glück des Gezeitenwechsels

*Nach der Ebbe kommt die Flut –
und dann wird alles wieder gut.*

- 27 -

Die Vögel zwitschern in den Baumwipfeln, der Himmel ist blitzblau, die Rosen, die sich an den Spalieren der Hauseingänge entlangranken und allmählich ihre satte Blütenpracht entfalten, erfüllen den Marktplatz mit einem süßen Duft.

Ich liebe den Rosenmonat Juni, er ist so zauberhaft und sinnlich und passt perfekt zu meiner derzeitigen Gefühlslage. Versonnen gehe ich langsamen Schrittes in Richtung Touristeninformation, genieße die Wärme der Sonnenstrahlen auf meiner Haut und lausche dem Summen der Bienen, die in den zarten Rosenblüten nach Nektar suchen.

Nach einer Woche tatenlosen Herumsitzens und Grübelns tut es gut, endlich wieder auf dem Damm zu sein, spazieren gehen und arbeiten zu können. Ich hatte zwar Besuch von halb Lütteby, habe die Aufzeichnungen meiner Mutter ergänzt, viel gelesen und Sinje Vorschläge für die Nutzung von Stines ehemaligem Laden gemailt, doch jetzt drängt es mich mit aller Macht an die frische Luft und ins Büro.

Außerdem kann ich es kaum erwarten, Jonas zu sehen, denn er hat sich nach dem Auftauchen von Olaf nicht mehr gemeldet, was ich schade finde und die Sehnsucht nach ihm nur verstärkt hat. Und natürlich meine Verwirrung seinetwegen.

»Moin, Lina, da bist du ja wieder«, ruft Rantje, die mit Zigarette in der Hand vor dem Büro steht.

»Moin«, erwidere ich verwundert. »Hat Jonas es etwa geschafft, dir klarzumachen, dass du nur noch draußen rauchen solltest?«

»Vielleicht«, sagt Rantje grinsend. »Obwohl du weißt, dass ich alles, was ich mache, nur freiwillig tue.«

»Dann hat er es also geschafft zu erreichen, dass du das freiwillig machst?«

Rantjes Lächeln ist nun so breit wie ein Scheunentor. »Carstensen ist echt viel netter und cooler, als ich zu Anfang gedacht habe«, erklärt sie in schwärmerischem Tonfall. »Er wollte wissen, ob ich eigene Songs schreibe, und hat sich sogar Musik von mir angehört. Stell dir vor, einem seiner Freunde gehört ein Independent-Musiklabel, dem will er meine Sachen zum Hören geben.« Rantjes Begeisterung ist ansteckend, und ich freue mich sehr für sie.

»*Carstensen* ist tatsächlich sehr gespannt, wie sein Freund Hajo darüber denkt«, sagt Jonas, der in ebendiesem Moment um die Ecke biegt. »Guten Morgen, ihr beiden! Lina, schön, dass du wieder da bist.« Mein Herz vollführt einen Salto, denn Jonas sieht absolut umwerfend aus, noch besser als in meinen Fantastereien, für die ich in den vergangenen Tagen und Nächten mehr als genug Zeit hatte: Er ist toll gebräunt, seine Haare sind seit seinem Jobantritt gewachsen, und er trägt einen Dreitagebart. Doch Jonas ahnt natürlich nichts von meinen Empfindungen, sondern konzentriert sich zunächst einmal auf Rantje, wohingegen ich schon wieder so nervös bin, als hätte ich gleich ein Vorstellungsgespräch. »Ich finde wirklich, dass Rantje Talent hat und sich nicht länger damit aufhalten sollte, mit Coverversionen durch die Lande zu tingeln. Richtig gute Singer-Songwriterinnen wie dich gibt's nicht viele, und erst recht keine, die Elemente von Poetry-Slam so virtuos mit Musik verbinden und dabei von ihrer nordischen Heimat schwärmen. Ich hatte gestern Nacht eine Idee, die ich gern mit euch beiden besprechen würde.«

Ich öffne die Tür zum Büro, hoffentlich merkt man mir nicht an, dass ich Jonas schwer verliebt anschaue und ihn am liebsten gerade für mich allein hätte.

»Also schieß los, Jonas. Was ist das für eine Idee?«, frage ich und setze mich an meinen Schreibtisch. Ja, es ist schön, wieder hier zu sein, und das nicht nur seinetwegen. Und es ist gut, dass wir ein wichtiges Jobthema besprechen, das lenkt mich von der Frage ab, wann wir wohl Gelegenheit haben werden, uns zu zweit zu sehen und das Gespräch fortzusetzen, das Olaf so rüde unterbrochen hat.

»Was haltet ihr von einem Werbevideo über Lütteby, untermalt mit einem Song, geschrieben und gesungen von Rantje«, fragt Jonas. »Ich stelle mir etwas in der Art wie Mona Harrys Liebeserklärung an den Norden vor. Dazu schöne Aufnahmen vom Deich, den Feldern, dem Koog, dem Strand und Fotos von den Trachtentänzerinnen, dem Biike-Feuer und allem Möglichen, was uns so einfällt, das typisch für diese Region ist.«

»Das wäre krass hart«, schwärmt Rantje mit leuchtenden Augen. »Ich finde Mona super und Poetry-Slam sowieso, würde aber auf alle Fälle mein eigenes Ding machen. Ich möchte nichts und niemanden kopieren, das nervt mich schon zur Genüge bei den Coversongs.«

»Das sehe ich ganz genauso«, stimmt Jonas zu und schaut mich fragend an. »Was meinst du dazu, Lina? Du bist so still.«

»Ich überlege gerade, ob ich einen guten Fotografen kenne«, erwidere ich gedankenverloren. »Dein Vorschlag ist großartig, vor allem der mit Rantjes Song. Aber dazu passt nur etwas ebenso Eigenwilliges, Individuelles. Kein Postkartenkitsch, wie er in anderen Clips dieser Art vorkommt. Lütteby ist einzigartig und unverwechselbar, das sollte auch jeder sehen. Wir brauchen also jemanden, der die Region kennt und liebt und einen echten Signature Style hat, wie man so schön sagt.«

»Dann sind wir uns ja einig«, sagt Jonas lächelnd. »Ich habe bereits bei Thorsten Näler vorgefühlt, der ebenfalls der Ansicht ist, dass so ein Video gedreht werden muss, also brauchen wir nicht auf Teufel komm raus zu sparen. Ich wünsche mir etwas mit Qualität, Stil und vor allem Herz.«

Irre ich mich, oder schaut Jonas mich bei dem Wort *Herz* ganz besonders intensiv an? Wenn Michaelas Vermutung mit der Eifersucht stimmt, dann sollte ich ihm endlich sagen, dass ich gar nicht mit Olaf verlobt bin. Aber wie stelle ich das an?

»Ein Freund von mir hat einen echt coolen Insta-Account«, sagt Rantje. »Schaut mal auf nordic.love.bybjörn. Da findet ihr mega Pics aus der Umgebung.«

Jonas und ich gehen beide auf den Feed von Rantjes Kumpel, und ich bin spontan beeindruckt. »Die sind wirklich toll«, sage ich bewundernd, Jonas nickt zustimmend. »Erkundigst du dich bei ihm, ob er Lust auf diesen Job hätte und was er für die Fotos nimmt? Und frag ihn bitte auch, ob er Bilder vom Biike-Brennen in seinem Archiv hat, denn wir wollen doch nicht bis zum nächsten Jahr mit dem Dreh warten.«

»Zumal ich dann ja gar nicht mehr hier sein werde«, murmelt Jonas beinahe unhörbar.

Seine Worte versetzen mir einen Stich. Ich habe in meiner Gefühlsduselei völlig vergessen, dass er nur auf der beruflichen Durchreise in Lütteby ist.

Er darf nicht wieder abreisen, jetzt, wo er in mein Leben getreten ist.

»Wie ... wie lange arbeitest du denn überhaupt noch hier? Hast du diesbezüglich etwas mit Thorsten vereinbart?«, frage ich und wage es kaum, ihn anzusehen. Am liebsten würde ich jetzt aufspringen, ihm um den Hals fallen und sagen, dass ich ihn unglaublich klug, liebenswert, kreativ, sympathisch und zudem noch superattraktiv finde. Und wie sehr ich es mag, dass er so viele Seiten hat und damit nicht so langweilig und eindimensional ist wie leider die meisten Männer, mit denen ich in den letzten Jahren zu tun hatte. Ich möchte ihn gern wissen lassen, wie sehr ich seinen Besuch bei mir daheim genossen habe und wie selbstverständlich und entspannt es sich angefühlt hat, mit ihm über das Verschwinden meiner Mutter zu sprechen, weil ich mich mit diesem schwierigen Thema bei ihm intuitiv gut aufgehoben fühle. Doch das muss alles warten, und hoffentlich nicht mehr allzu lange, sonst platze ich noch vor lauter Gefühlsüberschwang.

»Wir sind vorläufig so verblieben, dass ich bis Ende Juni, gegebenenfalls Mitte Juli bleibe. Die Reha verläuft leider nicht so gut wie erhofft, aber selbst wenn Herr Näler wie geplant Ende des Monats wieder fit ist, gibt es hier doch so einiges zu tun, für das wir jede Menge Manpower brauchen, nicht wahr?«

»Und das hast du wirklich mit Thorsten besprochen?«, frage ich verwundert. »Wann und wo denn eigentlich?«

»Ich habe ihn vergangenen Donnerstag in der Rehaklinik besucht, dieses Kennenlernen war schließlich mehr als überfällig«, erklärt Jonas. »Wir haben uns recht gut verstanden und sehr lange über die Projekte geredet, die meiner Meinung nach in Lütteby angeschoben werden müssen. Euer Chef ist weit aufgeschlossener, als ich angenommen hatte, aber auch ein echter Kauz und Nordfriese durch und durch. Er hat keine seiner Zusagen spontan gemacht, sondern sich Bedenkzeit auserbeten. Also haben wir gestern lange telefoniert, und nun kann ich gemeinsam mit euch loslegen. Schöne Grüße von ihm, er lässt sich von seiner Frau ein Smartphone besorgen, sodass wir eine Facetime-Schaltung mit ihm machen können, sobald er sich mit dem Gerät angefreundet hat.«

»Irmel besorgt ihm ein Smartphone?«, frage ich erstaunt.

»Die weiß doch gar nicht, was das ist und wo sie es kaufen soll«, fügt Rantje hinzu.

»Soweit ich es verstanden habe, macht sie das auch nicht selbst, sondern bittet eine Nachbarin darum«, erklärt Jonas.

»Wie auch immer das funktioniert, es ist immens wichtig, dass wir euren Chef in alles mit einbeziehen und auf dem Laufenden halten.«

In diesem Moment drängt sich mir eine Frage auf, die ich mir eigentlich schon viel früher hätte stellen können, hätten sich die Dinge seit Thorstens Sturz und dem Auftauchen von Jonas nicht derart überschlagen: Wer hat Jonas eigentlich engagiert, und wie hat er überhaupt von diesem Job erfahren?

Ich werde ihn das so bald wie möglich fragen. Aber nicht im Beisein von Rantje, das könnte sonst womöglich einen seltsamen Eindruck auf sie machen.

»Außerdem soll ich euch ausrichten, dass er eure Vorschläge zur Erneuerung des touristischen Konzepts mag, vor allem aber die Idee, die Verschonung Lüttebys vor der großen Sturmflut als großes Fest zu feiern. Wir brauchen unbedingt bald einen Namen für dieses Event oder zumindest einen Arbeitstitel, wenn wir, pardon, ihr im Oktober zum ersten Mal damit starten wollt. Und noch eine Frage an dich, Lina: Könnten wir in den kommenden Tagen gemeinsam eine Begehung der Villa und des angrenzenden Waldstücks organisieren? Nachdem ich von Sinjes Plänen zur Nutzung weiß und auch von den Zielen Falk van Hoves, würde ich mir gern ein eigenes Bild von der Situation machen. So ein Friedwald ist etwas sehr, sehr Schönes und natürlich in keiner Weise mit einem Golfplatz vereinbar.«

»Wieso willst du mich bei dem Trip nicht dabeihaben?«, fragt Rantje, und mir fällt erst jetzt auf, dass die beiden sich nun ebenfalls duzen. Schön, dass Jonas immer lockerer wird. Und toll, dass Sinje ihn für den Plan, den Wald in Teilen als letzte Ruhestätte für die Toten von Lütteby umzuwandeln, gewinnen konnte.

»Bitte entschuldige, Rantje, es war nicht meine Absicht, dich außen vor zu lassen. Ich war nur davon ausgegangen, dass du wegen der Band nach Feierabend gar keine Zeit für so was hast.«

»Das stimmt allerdings. Also tut, was ihr tun müsst, ich kenne die Villa ja schon.«

»Wie kommen wir eigentlich in das Haus? Und sollte Sinje nicht auch dabei sein?«, frage ich, auch wenn dieser Ausflug womöglich die perfekte Gelegenheit wäre, mit Jonas allein zu sein, ihm zu gestehen, dass ich schon seit sechs Jahren von Olaf getrennt bin, und zu versichern, dass ich kein Interesse mehr an meinem Ex-Freund habe. Doch die Villa und der künftige Friedwald sind Sinjes Traum, also ist es selbstverständlich, dass sie ebenfalls mit von der Partie ist. Ich finde hoffentlich eine andere Gelegenheit, um Jonas endlich die Wahrheit zu sagen.

»Gute Idee«, erwidert er, sieht allerdings nicht sonderlich begeistert aus. Es fehlt dieses freche Blitzen in seinen Augen, das er sonst hat, wenn ihm etwas gefällt. »Den Schlüssel bekommen wir von Herrn van Hoves Sekretärin. Schließlich läuft die Zwangsversteigerung über seinen Schreibtisch.«

Beklommen denke ich an Sinjes Worte. *»Und du wirst sehen, ich mache meinen Traum wahr, egal, wie viele Steine oder Felsbrocken Falk van Hove mir in den Weg legt.«*

Wie, um Himmels willen, will sie es schaffen, bei der Versteigerung gegen ihn zu gewinnen? Das Amtsgericht und der Bürgermeister sind quasi eins, der Verkauf an Falk van Hove nur eine reine Formalität. Ich muss sie nachher unbedingt anrufen oder besuchen und mich mit ihr beratschlagen.

Wir kommen gar nicht mehr weiter dazu, über die Villa zu sprechen, denn das Büro öffnet, und wir sind den ganzen Tag damit beschäftigt, Touristenwünsche zu erfüllen und zu beraten. Nachdem der Ansturm allmählich abgeebbt ist, verabschiedet Rantje sich, weil sie einen Arzttermin hat.

»Schön, mal mit dir allein zu sein«, sagt Jonas, nachdem Rantje gegangen ist. »Keine Urlauber, noch nicht einmal Abraxas.«

»Und auch kein Olaf, wie bei unserer letzten Begegnung.«

»Das hast du gesagt, nicht ich, obwohl du natürlich recht hast«, erwidert Jonas. Und da ist es wieder, dieses Blitzen in seinen traumschönen grünen Augen, in denen ich versinken und mich auf ewig verlieren könnte.

»Ja, das habe ich, und ich wollte dir auch noch sagen, dass das mit ihm und mir …«

Auch dieser Satz bleibt unvollendet, denn plötzlich steht Michaela vor uns, die Hände kämpferisch in die Hüften gestemmt, das Kinn energisch gereckt. Allmählich nervt es, dass in Lütteby alle unangekündigt auftauchen. Neben Michaela steht Federico mit finsterem Gesichtsausdruck, eine Ausgabe der Lokalzeitung *Unser kleiner Marktplatz* in der Hand.

Ohne ein Wort der Begrüßung geht's auch schon los: »Wir haben gerade gelesen, dass dieses Systemgastro-Monster Mitte Juli eröffnet wird. Wusstest du davon? Wozu haben wir eigentlich bei der Notfallsitzung beschlossen, Ideen für die Nutzung von Stines ehemaligem Laden einzureichen, um zu verhindern, dass van Hove sich in Lütteby noch breiter macht als bisher?«

Michaelas Tonfall wird mit jedem Wort schriller.

»Wir hatten doch beschlossen, dass wir zusammenhalten und nicht zulassen, dass Amelies Café und mein Restaurant Konkurrenz bekommen«, empört Federico sich. »Wir haben Vorschläge gemacht, die Sinje dem Bürgermeister unterbreiten wollte. Was ist damit passiert? Wieso lässt man zu, dass Lütteby von einem geldgierigen Mann wie van Hove gekaspert wird?«

Gekaspert?!

»Das heißt gekapert«, zischt Michaela. In ihrem Zorn erinnert sie an eine Giftschlange, die sich um den Hals ihrer Beute windet und dann so lange zudrückt, bis dem Opfer im wahrsten Sinne des Wortes die Luft ausgeht.

Mir wird abwechselnd heiß und kalt. Hat Sinje etwa vergessen, die Vorschläge weiterzuleiten?

Oder sind sie einfach zu spät gekommen? Was auch immer passiert ist, van Hove hat sich also wieder einmal durchgesetzt, und wir haben es irgendwie verschlafen, uns rechtzeitig mit aller Kraft dagegen zu wehren. Doch das ist dummerweise nicht das einzige Problem.

»Welche Sitzung? Wann war die, und wieso war ich nicht dabei?«, fragt Jonas mit hochgezogener Augenbraue.

Mist! Man hätte ihn dazubitten sollen, genau wie Gunnars Vater es gesagt hatte.

»Verrätst du es ihm, Lina, oder soll ich es tun?«, fragt Michaela.

Ich bin dermaßen überrumpelt von ihrem Auftritt, dass ich außerstande bin, zu antworten, also übernimmt sie wieder das Reden. »Eigentlich müssten wir über diese Sache mit Sinje sprechen, schließlich hat sie in Vertretung von Thorsten die Sitzung geleitet. Aber Frau Pastorin ist mal wieder im Stress wegen irgendwelcher Termine. Ich finde, dass sie in letzter Zeit etwas fahrig wirkt. Als wir eben bei ihr waren, um sie zur Rede zu stellen, machte sie gerade einem Typen schöne Augen, den ich hier in Lütteby noch nie gesehen habe.«

»Stopp!«, rufe ich wütend. »Es ist eine Sache, sich wegen der neuen Gastronomie aufzuregen, aber eine ganz andere, Sinje die Schuld dafür in die Schuhe zu schieben und zudem noch über sie herzuziehen. Ich schlage vor, ihr beiden beruhigt euch wieder und ich spreche mit Sinje, sobald sie Zeit hat, was ganz sicher irgendwann heute Abend der Fall sein wird. Danach melde ich mich bei euch, ja? Bis dahin möchte ich euch bitten, keine weiteren Unterstellungen in die Welt zu posaunen, denn das ist ungerecht und ziemlich stillos.«

Michaelas Mund klappt auf und dann wieder zu. Sie ist es nicht gewohnt, Gegenwind zu bekommen, und schon gar nicht von mir.

»Und ich möchte immer noch gern wissen, von welcher Sitzung die Rede ist und wieso ich nicht dazugebeten wurde.«

Jonas ist mittlerweile aufgestanden und taxiert uns alle drei genauso streng, wie er Rantje und mich in seiner ersten Woche in Lütteby gemustert hat. Keine Spur mehr von dem zugewandten, humorvollen Jonas, der mein Herz erobert hat. Er wirkt stinksauer und tatsächlich ein bisschen furchterregend.

»Es geht um ein außerplanmäßiges Treffen der Werbegemeinschaft am Sonntag vor zwei Wochen«, erkläre ich und wage es kaum, ihm ins Gesicht zu schauen. »Wir haben dich nicht dazu eingeladen, weil wir dich noch nicht gut genug kannten und es um wichtige Entscheidungen ging, die …«

»… die mit Stadtmarketing zu tun haben, für das ich rein zufällig zuständig bin, im Gegensatz zu Sinje Meyer. Wie kommt sie dazu, die Sitzung stellvertretend für Herrn Näler zu leiten? Das wäre meine Aufgabe gewesen.«

Erst jetzt scheint Michaela klar zu werden, was sie mit ihrem spontanen Ausbruch angerichtet hat. Und wie immer tut es ihr leid, wenngleich die Reue wie so häufig zu spät kommt.

»Nehmen Sie das Lina nicht übel, die hat damit gar nichts zu tun«, versucht sie mich in Schutz zu nehmen.

»Korrigieren Sie mich bitte, wenn ich mich irre«, hält Jonas wütend dagegen. »Arbeitet Frau Hansen etwa nicht hier? Und wäre es nicht ihre Aufgabe gewesen, mich umgehend zu informieren? Die Werbestrategien der Gemeinschaft werden zum größten Teil von diesem Budget finanziert und sind zudem eng mit dem Stadtmarketing abzustimmen. Da geht es nicht darum, dass man jemanden nicht lange oder gut genug kennt, sondern schlicht um Regeln. Ich möchte jetzt, dass Sie alle drei gehen und mich allein lassen. Ich werde nun mit Herrn van Hove telefonieren und versuchen, mir ein eigenes Bild von der Situation zu machen.«

»Soll ich auch gehen?«, frage ich, entsetzt darüber, welche Wendung die Dinge auf einmal genommen haben.

»Ja, Lina, du auch. Ich habe jetzt zu arbeiten und möchte dabei nicht gestört werden.«

- 28 -

Wütend und verletzt stürme ich aus dem Büro, gefolgt von Michaela und Federico.

»Es tut mir leid, Lina«, sagt Lorusso. »Komm mit ins Ristorante, und ich spendiere dir zur Entschuldigung etwas zu essen. Chiara hat heute frischen Fisch, und wir haben eine Lieferung Salento bekommen, deinen Lieblingswein.«

»Nein danke, ich gehe jetzt zu Sinje und versuche zu klären, was passiert ist.«

Ohne mich umzudrehen, stapfe ich von dannen, in Richtung Pastorat, gefolgt von …

»Wollen wir nicht erst einmal darüber reden?«, schlägt Michaela vor, und das macht mich erst recht kirre. Ich drehe mich um und verspüre zum ersten Mal, seit ich sie kenne, das Bedürfnis, ihr den Mund zuzukleben und das Pflaster so lange drauf zu lassen, bis sie begriffen hat, wie viel Unheil ihre Tratscherei anrichten kann.

»Ich finde, es wurde in letzter Zeit viel zu viel geredet beziehungsweise geklatscht. Schlimm genug, dass du mit deinen Mutmaßungen alles zwischen Olaf, Jonas und mir durcheinandergebracht hast, aber das verkrafte ich. Doch wenn es um Sinje geht, verstehe ich keinen Spaß.«

»Das weiß ich doch«, murmelt Michaela, ehrlich zerknirscht. »Das war wirklich blöd von mir, erst recht, wo du mir doch bei der Modenschau so lieb aus der Patsche geholfen hast.«

»Es sollte dir auch leidtun, aber unabhängig davon, ob ich dir zuvor geholfen habe oder nicht. Das eine hat mit dem anderen rein gar nichts zu tun. Halt dich künftig einfach aus dem Privatleben anderer heraus, ja? Oder ist das so schwer zu verstehen?«

»Michaela hat doch nur versucht, Amelie und mir zu helfen«, verteidigt Federico sie. »Wir alle machen uns Sorgen, weil van Hove nach und nach immer mehr Macht über Lütteby bekommt. Sobald dieses Super-Food-Restaurant in Stines Haus kommt, bin ich gezwungen, einen Pizzaofen zu kaufen, und auch Amelie wird finanzielle Einbußen erleiden.«

»Und wieso willst du keinen Ofen kaufen?«, frage ich, immer noch wütend, aber auch gerührt, weil viel von diesem Chaos dadurch entsteht, dass alle einander helfen wollen. Nur leider eben manchmal mit den falschen Mitteln und Methoden.

»Mir fehlt das Geld dafür«, murmelt Federico. »Nino wächst so schnell, er braucht ständig neue Sachen, auch für die Schule, und bald auch einen Laptop, weil die Schulbehörde das angeordnet hat. Chiara schickt Geld an ihre kranke Mama in Bari, und unsere Geschäfte laufen nur in der Saison gut. Es hat sich in den letzten zwei Jahren eben einiges verändert, was wir nicht an die große Glocke hängen wollten. Das ist Sache der famiglia.«

»Was kostet denn so ein Pizzaofen?«, frage ich, entsetzt darüber, wie schlecht es den Lorussos offenbar geht. Ich wusste weder, dass Chiaras Mama krank ist, noch, dass das *Dal Trullo* nicht so gut läuft. Wie traurig. Seit wann erzählen wir uns bei den Treffen vor dem Lädchen nicht mehr von unseren Sorgen?!

»Zwischen tausendfünfhundert Euro und achttausend ist alles drin. Aber du weißt selbst: Qualität hat ihren Preis, also muss ich mir überlegen, ob ich einen günstigen kaufe und riskiere, dass er nicht gut genug ist, es bleiben lasse oder einen weiteren Kredit aufnehme.«

»Oje, das ist eine Menge Geld«, erwidere ich betrübt. »Das würde ich an deiner Stelle auch überdenken. Aber lass uns das

Thema bitte erst mal vertagen, ja? Ich spreche mit Sinje und frage, was mit den Vorschlägen zur Nutzung des Erdgeschosses passiert ist und vor allem, ob es sich bei dem Artikel in der Zeitung um eine Mutmaßung handelt oder ob das alles wirklich beschlossene Sache ist.«

»Die Mühe kannst du dir leider sparen«, sagt Federico traurig und reicht mir das Lokalblatt. Neben dem Artikel prangt eine ganzseitige Anzeige mit der Überschrift »Der neue In-Place in Lütteby öffnet am 15. Juli seine Pforten«.

Ich überfliege die Doppelseite, die ausschließlich dem neuen Restaurant gewidmet ist. Ende dieser Woche beginnen die Umbauarbeiten.

»Dann finde ich zumindest heraus, wie das passieren konnte. Vielleicht fällt uns ja noch eine Lösung ein, wie wir dein Restaurant und Amelies Café –« ich will schon *bestmöglich gegen den feindlichen Angriff schützen können* sagen, bekomme aber gerade noch rechtzeitig die Kurve. Ich wähle den Ausdruck »besser aufstellen können«, was sich allerdings emotionslos und auch irgendwie falsch anhört.

»Mach das«, erwidert Federico seufzend.

»Und du meldest dich später, ja?«, schiebt Michaela hinterher. Ihr Tonfall lässt keinen Aufschluss darüber zu, ob sie wegen meiner deutlichen Worte beleidigt ist oder versteht, was mich zu diesem Ausbruch veranlasst hat.

Was für eine verworrene, bescheuerte und schreckliche Situation!

Kurze Zeit später stehe ich vor dem Eingang des Pastorats.

Ich klingle bei Sinje, doch sie öffnet nicht, also ist sie wahrscheinlich in ihrem Amtszimmer.

Meine Vermutung stimmt, ich höre Sinje lachen und eine männliche Stimme, die mir völlig unbekannt ist. Ist das etwa der »Fremde«, von dem Michaela vorhin erzählt hat?

Ich rufe: »Sinje, ich bin's, Lina«, und kündige damit meinen Besuch an. Dann gehe ich durch die Tür und sehe auf den ersten Blick, was Michaela vorhin gemeint haben muss: Sinjes Wangen sind gerötet, ihre Augen funkeln und blitzen, und sie fährt sich ständig durch die Haare, die sie heute ausnahmsweise nicht zum Zopf gebunden hat, obwohl sie im Dienst ist.

»Moin, Lina. Darf ich dir Sven Kroogmann vorstellen? Er ist Restaurator und Spezialist für historische Gebäude und hat sich heute Nachmittag ein Bild von den notwendigen Umbauarbeiten der Villa gemacht.«

Mir fällt neben Sinjes Aufgedrehtheit vor allem eines auf: Sie hat Villa gesagt und nicht Spukvilla.

»Moin, Sven, ich bin Lina, freut mich, Sie oder dich kennenzulernen«, sage ich. Svens Händedruck ist so, wie ein Händedruck idealerweise sein sollte, der dunkelhaarige Restaurator ist ausgesprochen gut aussehend und hat sympathische Lachfältchen um seine tiefblauen Augen. Ich schätze ihn etwas älter als Sinje, so Anfang, Mitte vierzig.

»Du bist also Sinjes beste Freundin«, erwidert er zu meiner großen Überraschung. »Sie hat mir erzählt, dass euch beide eine gemeinsame Geschichte mit dieser Villa am Waldrand verbindet und dass du ihren Traum, das Pastorat dorthin zu verlegen, unterstützt. Das Haus ist wunderschön, ich liebe diese alten Kapitänsvillen. Schade, dass sie mittlerweile in einem derart maroden Zustand ist.«

»Ist denn da überhaupt noch etwas zu machen?«, frage ich, während es schon wieder wild in meinem Kopf rotiert.

Wieso hat Sinje diesen Mann engagiert, obwohl sie weiß, dass Falk scharf auf die Villa ist und sie es ganz bestimmt nicht schaffen wird, ihn bei der Versteigerung zu überbieten? Und wovon will sie seine Arbeit bezahlen? Aber so ist Sinje eben: immer wieder für eine Überraschung gut.

»Natürlich ist es das«, erwidert Sven. »Die Bausubstanz ist gut. Man hat zu der damaligen Zeit mit hochwertigen Materialien gebaut und keinen schnellen Pfusch betrieben, wie es heute leider häufig der Fall ist. Natürlich wird das alles viel Zeit und Liebe kosten, aber auch eine Stange Geld. Doch die Investition lohnt sich auf jeden Fall. Man sollte meiner Meinung nach versuchen, jedes Dokument nordfriesischer Geschichte zu retten, wenn man es retten kann.«

»Geld ist zum Glück nicht das Problem«, sagt Sinje, und jetzt verstehe ich gar nichts mehr.

Hat sie etwa im Lotto gewonnen? Ein millionenschweres Erbe kassiert, von dem ich nichts weiß? Oder dreht sie jetzt schlicht und einfach durch?

»Falk van Hove hat Geld wie Heu und hochtrabende Pläne, und ich werde ihn davon überzeugen, dass eure Firma die beste für diese Aufgabe ist. Wann könntest du denn mit deinem Team loslegen?«

Ich muss mich schwer zusammenreißen, um Sinje nicht zu fragen, ob sie gerade völlig irre geworden ist. Was zum Teufel tut sie da?

»Sobald der Bauingenieur unserer Firma sich das angeschaut hat, wir uns beratschlagt und einen Kostenplan erstellt haben«, sagt Sven. »Natürlich müssen auch Handwerker zur Verfügung stehen, aber das kriegen wir sicher irgendwie hin. Pi mal Daumen würde ich sagen, spätestens ab Mitte August, wenn die Ferien zu Ende und alle aus dem Urlaub zurück sind.«

»Das klingt gut«, erwidert Sinje strahlend.

»Also dann, hat mich sehr gefreut, euch beide kennenzulernen. Bis hoffentlich bald«, sagt Sven und verabschiedet sich.

»Ist er nicht großartig?«, fragt Sinje, sobald die Tür hinter ihm ins Schloss gefallen ist. »Optisch eine Mischung aus Aragorn aus *Der Herr der Ringe* und dem Schauspieler, der Jack in der Serie

Virgin River spielt. Und fachlich ist er mindestens ebenso eine Nummer eins.« Sinje dreht ihren Laptop in meine Richtung. »Seine Firma genießt einen exzellenten Ruf und ist spezialisiert auf Denkmalschutz und Bauen im Bestand, wie es so schön heißt. Die werden die alte Villa in neuem Glanz erstrahlen lassen, und dann ...«

»Und dann schaust du zu, wie die Gäste des Golfhotels die Auffahrt hochfahren und von livrierten Pagen empfangen werden? Was ist los, Sinje? Ich verstehe kein Wort von dem, was du da faselst. Und ich habe eben verdammten Ärger mit Michaela und Federico bekommen, weil das Restaurant in Stines Haus Mitte Juli eröffnet wird, und beide fragen, was aus der Vorschlagsliste geworden ist, die du van Hove unterbreiten wolltest. Obendrein ist Jonas ausgeflippt, weil er jetzt weiß, dass die Notfallsitzung der Werbegemeinschaft ohne ihn stattgefunden hat und du als Thorstens Stellvertreterin fungiert hast.«

»Ach du Schande. Echt jetzt?« Sinje wirkt ehrlich bestürzt.

»Ja, echt jetzt. Jonas hat mich deswegen gerade aus dem Büro geworfen. Mehr muss ich dazu wohl nicht sagen, oder?«

»Oh, das tut mir aber alles sehr leid. Woher wissen Michaela und Federico denn von der Sache mit dem Restaurant?«

»Aus der Zeitung. Ist der Aufmacher des Tages.«

Sinje fährt sich erneut nervös durch die Haare. »Hab ich gar nicht mitbekommen, denn ich war heute so beschäftigt, dass ich noch keinen Blick in unser Blättchen werfen konnte. Heute früh ist der alte Tove Martensen gestorben, und ich hatte alle Hände voll damit zu tun, seine Familie zu trösten und die Bestattungsmodalitäten zu klären. Und kaum war ich damit durch, stand auch schon der Termin mit Sven Kroogmann auf dem Programm.«

»Bevor du mir erklärst, wieso du überhaupt einen Termin mit ihm gemacht hast: Kannst du mir bitte verraten, was ich Federico und Amelie erzählen soll? Wir hatten doch versprochen, dass wir uns gemeinsam gegen van Hoves Pläne stellen. Hast du denn überhaupt mit ihm gesprochen und ihm die Vorschläge zukommen lassen?«

Sinje senkt den Kopf.

»Hast du das etwa vergessen?«, frage ich entsetzt. »Bitte sag, dass das nicht wahr ist.«

»Doch, das ist es«, murmelt sie und schaut mich mit betretener Miene an.

Ihre Augen schimmern feucht, es zuckt um ihre Mundwinkel.

Ich gehe zu ihr und nehme sie in den Arm. Bevor Sinje Tränen vergießt, muss es ganz dicke kommen, das weiß ich.

»Was ist denn los?«, frage ich und halte sie, so fest ich kann. »Das passt so gar nicht zu dir.«

»Ich hatte wieder so viel Stress mit Gunnar und sogar Streit mit Eva. Sie hat mir deutlich zu verstehen gegeben, dass sie es vorziehen würde, wenn ich Gunnars Namen annehme. Sinje Dorsch, wie klingt das denn bitte? Und in welchem Jahrhundert leben wir eigentlich? Außerdem finden sie es unter aller Kanone, wenn ich mit dem Pastorat in die Villa *zu den Gespenstern* ziehe, wie sie so schön sagt. Und sie wollen partout nicht, dass Gunnar dort wohnt, weil ein Fluch auf der Gegend lastet und sich dann womöglich auf die Familie überträgt. Was für ein abergläubischer Bullshit ist das denn bitte?«

Na ja, so ganz ist das ja nicht von der Hand zu weisen …

Mehr als ein »Oha!« fällt mir auf die Schnelle nicht als Antwort ein, dazu ist die Lage eindeutig zu komplex und kompliziert.

»Das war alles so nervig, so zeitraubend und so existenziell, dass ich die Sache mit Stines Haus völlig vergessen habe. Und dafür könnte ich mich wirklich ohrfeigen, weil ich genau weiß, wie schwer das neue Restaurant es Amelie und Federico machen wird. Ist doch idiotisch, dass ich eine außerplanmäßige Sitzung einberufe, einen auf Retterin Lüttebys mache, dich nicht dazu auffordere, Jonas Bescheid zu geben, was dir wiederum Ärger mit ihm einbrockt, und dann alles vergeige, bloß weil mein Privatleben gerade in Trümmern liegt.«

»Vielleicht hätte man das Ganze ja ohnehin nicht verhindern können. Hast du Falk wenigstens gefragt, ob der Pachtvertrag mit dem Restaurant schon unter Dach und Fach war?«, murmle ich bedrückt.

»Nein«, sagt Sinje. »Wie auch immer mir das passieren konnte. Ich hatte es ja vor, aber dann kam dies und jenes dazwischen, und ich war viel zu sehr auf meine privaten Probleme fokussiert. So sehr, dass ich die Sorgen der anderen vergessen habe. Welche Pastorin tut so etwas? Ich schäme mich in Grund und Boden. Was soll ich denn jetzt nur machen?«

»Ehrlich gesagt glaube ich, dass wir zuerst über dein Privatleben sprechen sollten, denn die Sache mit dem Restaurant ist nun eh nicht mehr zu ändern. Das mit Gunnar und seiner übergriffigen Familie klingt gar nicht gut. Wie soll das denn weitergehen, wenn der Kleinkrieg schon startet, bevor ihr beiden überhaupt geheiratet habt? Andererseits ist es aber vielleicht ganz gut, wenn die Dinge jetzt ungeschönt auf den Tisch kommen, denn dann wissen alle Beteiligten Bescheid, bevor es womöglich zu spät ist.«

»Das stimmt allerdings«, sagt Sinje und reckt das Kinn. »Ich finde, du solltest Jonas anrufen und klarstellen, dass es keine böse Absicht war, dass wir ihn nicht zur Sitzung gebeten haben. Außerdem musst du ihm endlich reinen Wein wegen deiner Verlobung einschenken, die gar keine ist.«

»Das wollte ich ja, aber genau in dem Moment ist Michaela ins Büro geplatzt und hat mir die Tour vermasselt. Hast du nachher noch Zeit für einen kleinen Spaziergang oder für ein Essen?«, frage ich. »Wie es scheint, haben wir so einiges zu besprechen, das sich angesammelt hat, während ich krank war.«

»Leider nein«, sagt Sinje bedauernd. »Aber wir holen das ganz bald nach, ja? Ich mache uns einen Salat mit gebratenen Garnelen, wir setzen uns in den Garten, trinken was Nettes und quatschen so lange, bis wir umfallen. Aber eines kann ich dir auf alle Fälle jetzt schon sagen. Ich werde nicht bei der Versteigerung mitbieten, sondern Falk die Villa kaufen lassen. Und wenn es so weit ist und Svens Firma alles auf seine Kosten schön gemacht hat, schlage ich zu.«

»Du schlägst zu?«, frage ich, vollkommen verwirrt. »Wie meinst du das denn bitte?«

Sinje lächelt geheimnisvoll und sieht schon deutlich fröhlicher aus. »Ich meine damit, dass ich einen fulminanten Plan habe, der allerdings nur funktionieren wird, wenn du mir dabei hilfst. Doch was genau ich damit meine, verrate ich erst, wenn es so weit ist. Schließlich will ich dich nicht schon im Vorfeld unnötig verrückt machen.«

1635

Kerrin stand vor dem Grab, in das ihre Freundin Algea unter großer Anteilnahme der Bewohner Lüttebys gebettet worden war.
Algeas Eltern waren gramgebeugt gewesen, ihr kleiner Bruder hatte bitterlich um die geliebte Schwester geweint.
»Fokke hat dir kein Glück gebracht, du hättest dich nicht mit einem aus Grotersum einlassen dürfen«, murmelte Kerrin unter Tränen und las wiederholt die Inschrift. »Ruhe in Frieden, geliebte Tochter«, stand dort in erhobenen Buchstaben auf Sandstein, darunter waren ein Herz und Engelsflügel gemeißelt.
Diese aufwendigen Grabsteine konnten sich nur Wohlhabende leisten, doch im Jahr nach der zweiten Groten Mandränke von 1634 hatte die finanzielle Not ihre Hand auch nach den einst so vermögenden Ketelsens ausgestreckt.

Mit der verheerenden Sturmflut war Unglück über Nordfriesland hereingebrochen. Zahllose Menschen hatten ihr Leben lassen müssen, Ernten waren zerstört, Existenzen ruiniert worden. Auf den Inseln herrschte Hungersnot, viele suchten ihr Glück auf hoher See. Auch Tamme war aufgebrochen und stolzer zweiter Kommandeur auf einem Dreimastsegler, der in Richtung Grönland unterwegs war, damit die Besatzung Wale fangen konnte. Aus dem Speck der riesigen Tiere wurde Tran gewonnen, ein kostbarer Heizstoff und Material zum Erleuchten von Lampen. Wem das Glück hold war und wer sich geschickt anstellte, der konnte sich später die Taschen voller Geld füllen. Kerrin starrte auf die Grabstätte der lieben Freundin, die sie genauso schmerzlich vermisste wie ihren Ehemann. Sie trug ein Kind unter dem Herzen und hoffte, dass alles gut gehen und sie ihrem Gatten nach dessen Rückkehr einen gesunden Sohn in die Arme legen konnte. Wie gern hätte sie ihn Algea gezeigt, wie gern hätte sie sie gebeten, Patin zu werden.

Doch nun verwitterten die sterblichen Überreste ihrer schönen Freundin in einem kalten Grab. Kerrin graute immer noch bei dem Gedanken daran, wie Algea sich gefühlt haben musste, als der Dachboden der Villa Feuer fing und sie wusste, dass es kein Entrinnen mehr gab. Hatte sie geschrien, als der schwere Balken auf sie niedergesaust war wie das Fallbeil eines grausamen Henkers?

Hatte sie Fokke ein letztes Mal gesagt, dass sie ihn liebte?

Es ging die Mär, dass Algea sich nach ihrem grausamen Tod in Vollmondnächten am Fenster der Spukvilla zeigte, wie das Kapitänshaus der Ketelsens nun hinter vorgehaltener Hand genannt wurde. Sie stand dort, gehüllt in ein weißes Gewand, und hielt Ausschau nach ihrem Geliebten, der nach der Brandnacht spurlos verschwunden war. Als Wochen später eine Leiche an Land gespült wurde, munkelten einige, dass es sich um Fokke van Hove handeln musste, der Tag und Nacht von seiner Familie gesucht wurde. Wer auch immer der Tote war, es konnte nicht mehr festgestellt werden. Und so fand der Unbekannte sein Grab dort, wo alle beerdigt wurden, die namenlos waren oder große

Sünden begangen hatten: auf dem Friedhof der Heimatlosen vor den Toren Lüttebys.

»Ich hoffe, du findest endlich deinen Frieden, meine liebste Algea«, murmelte Kerrin und legte einen Strauß Strandkamille auf das Grab. »Und ich hoffe, dass du irgendwann auf ewig mit Fokke vereint bist, denn eure Liebe war so groß und stark, dass sie Jahrhunderte überdauern wird.«

Vom Glück des richtigen Augenblicks

Wort halten
Hand halten
Zueinanderhalten
Manchmal auch:
Besser den Mund halten

- 29 -

»Linchen, ist alles in Ordnung mit dir?«

»Ja, wieso fragst du?«

»Weil du seit zehn Minuten auf den Marktplatz starrst und auf meine Frage, ob du die Lieferung mit den neuen Postkarten in die Ständer einsortieren willst oder ob ich das machen soll, nicht geantwortet hast.«

Ich drehe mich zu Henrikje um, und es kommt mir tatsächlich vor, als sei ich eine Weile völlig weggetreten gewesen. »Das mache ich sehr gern, das weißt du doch«, erwidere ich, darum bemüht, aus meinem Gedankenwirrwarr in Endlosschleife wieder auf den Boden der Tatsachen zurückzukommen.

»Nun sag schon, was bedrückt dich? Vielleicht kann ich ja helfen.« Ein Blick in Henrikjes kluge und warme Augen genügt, und ich weiß, dass ich ihr endlich alles erzählen muss, was sich in den vergangenen Tagen in meinem, aber auch in Sinjes Leben und dem vieler anderer ereignet hat, die mir etwas bedeuten. Als hätte man ein Schleusentor geöffnet, strömt alles heraus, ungefiltert, unsortiert, ganz genau so, wie ich es gerade empfinde. Henrikje hört aufmerksam zu und schenkt Tee ein, als mein Mund trocken wird und ich mich vor Aufregung heiser geredet habe.

»Da hat sich ja einiges aufgestaut, min Seuten«, sagt sie, nachdem ich meinen Redeschwall beendet und einmal abgrundtief geseufzt habe, weil ich mich so überfordert fühle.

»Welches von diesen vielen Themen macht dir am meisten zu schaffen? Die längst überfällige Loslösung von Olaf oder die

Erkenntnis, dass du dich in Jonas verliebt hast, was ich mir erstens schon lange dachte und zweitens nachvollziehen kann, denn ich mag ihn auch sehr gern. Ihr beide würdet ein tolles Paar abgeben. Ich habe bislang nur nichts zu dieser Sache gesagt, weil ich den Eindruck hatte, dass du selbst nicht weißt, welcher Art deine Gefühle für ihn sind.«

Henrikje mag Jonas?! Gut zu wissen, denn sie verfügt über gute Menschenkenntnis, und zudem ist mir ihre Meinung wichtig.

Doch darum geht es jetzt nicht, sondern darum, dass Sinje meine Hilfe braucht. »Ganz akut bin ich besorgt, weil Sinje sich in diese missliche Lage manövriert hat und natürlich wegen ihrer Probleme mit Gunnar. Doch die Sache mit Jonas belastet mich ebenfalls, schließlich weiß ich nicht, was er für mich empfindet. Zudem ist er ja auch noch mein Chef, und er wird nicht ewig in Lütteby bleiben.«

»Oh, oh«, erwidert Henrikje schmunzelnd. »Das erinnert mich daran, als du klein warst. Immer wenn du aus der Schule kamst, hattest du unendlich viel zu erzählen, weil du alles so nah an dich herangelassen hast, dass du manchmal kaum in der Lage warst, deine Schularbeiten zu machen. Ich habe dir damals schon gesagt, dass das meiste nicht so heiß gegessen wird, wie es gekocht wurde. Und dass viele Probleme und Fragen sich von ganz allein in Luft auflösen und man mit dem winzigen Rest, der dann noch übrig bleibt, meist ganz gut fertigwird. Aber erst wenn man eine Nacht in Ruhe darüber geschlafen und etwas Abstand gewonnen hat. Ein Spaziergang am Meer würde dir jetzt sicher guttun. Den Blick und das Herz zu weiten hilft immer und wirkt Wunder.«

»Das klingt nach einem guten Plan«, murmle ich und öffne den ersten der fünf Kartons, die heute Morgen ins Lädchen geliefert wurden. Die Besucher Lüttebys haben in dieser Saison offenbar wieder das Postkartenschreiben für sich entdeckt und verschicken nicht nur fotografische Urlaubsgrüße per Handy.

»Wenn du magst, schmeiße ich den Laden allein und du vertrittst dir stattdessen die Beine. Na los, ab mit dir.«

In diesem Moment bimmelt das Glöckchen an der Eingangstür, Violetta bringt, Matti im Schlepptau, die neue Blumendeko. »Moin, ihr beiden«, sagt Vio und drückt Henrikje einen Strauß hellrosafarbene Lisianthus, Kamille und fliederfarbene Veronica in die Hand. »Könnt ihr eine Weile auf Matti aufpassen? Dummerweise fallen heute die ersten beiden Unterrichtsstunden aus, weil zwei Lehrer krank sind, und ich muss gleich noch ganz viele Gestecke für eine große Feier in Niebüll machen, dafür brauche ich meine volle Konzentration. Ich hole Matti dann nachher wieder ab und bringe sie zur Schule.«

»Aber sicher doch, wir freuen uns«, sagt Henrikje. »Hast du Lust, die neuen Karten in den Ständer zu sortieren und den Lieferschein abzustreichen, Matti? Lina hat jetzt nämlich leider keine Zeit dafür. Also kommst du mir gerade recht und wärest mir sogar eine echte Hilfe. Danach könnten wir Marmorkuchen essen und Kakao trinken, wenn du magst, ich habe gestern nämlich gebacken.«

»O ja, das ist super. Aber kann ich das denn auch?«, fragt Mathilda mit großen Augen.

»Aber natürlich kannst du das«, erwidert Henrikje energisch. »Du kannst alles schaffen, was du willst. Vielleicht funktioniert es nicht gleich perfekt, und du machst Fehler. Aber kein Fehler der Welt ist so schlimm, dass man ihn nicht wiedergutmachen und daraus lernen könnte. Danach gelingt's dann umso besser, und du kannst stolz auf dich sein.«

»Viel Spaß euch beiden, bis später«, sage ich und verlasse gemeinsam mit Violetta das Lädchen. Ich bin mir sicher, dass Henrikjes Worte nicht nur Matti galten, sondern auch mir.

»Und was hast du jetzt Schönes vor?«, fragt Violetta, die neben mir hergeht.

»Ich will zum Strand, ein bisschen durchlüften.«

»Das würde ich auch gern mal wieder machen, aber ich komme einfach nicht dazu. Alleinerziehend zu sein und ein Geschäft zu führen, ist echt anstrengend. Doch ich will dir jetzt nichts vorjammern. Grüß mir das Meer, und bring Muscheln mit, wenn du welche findest. Die könnte ich gut als Deko im Laden brauchen.«

Mit diesen Worten verschwindet die Blumenhändlerin in ihrem Geschäft.

Am Strand angekommen, betrachte ich eine Weile den Leuchtturm, den Ort, an dem ich Olaf damals heiraten wollte.

Es ist wunderbar ruhig, noch lässt kein Urlauber sich blicken, die meisten Touristen sitzen gemütlich beim Frühstück. Die Morgenstunden am Meer sind die schönsten, ich liebe sie mindestens so sehr wie die Abenddämmerung an der Nordsee. Zwei Möwen lassen sich auf der roten Turmspitze nieder, sitzen dort ein Weilchen, fliegen wieder los, jedoch getrennt. Dieses Bild gleicht meiner zerbrochenen Liebe zu Olaf, die ich nun endgültig losgelassen habe. *Das Alte muss weichen, damit das Neue Platz hat*, sagt Henrikje stets. Dieser Satz stammt nicht von ihr und ist wahrlich nicht neu, aber ich konnte ihn noch nie so gut nachempfinden wie gerade jetzt. Letztlich war es gut, dass Olaf nach Lütteby gekommen ist und sich so verhalten hat, wie er sich verhalten hat. Nun weiß ich sicher, dass ich nicht glücklich mit ihm geworden wäre, sosehr diese Erkenntnis auch immer noch schmerzt, denn zerplatzte Träume sind nun mal große Wünsche, die nicht in Erfüllung gegangen sind.

Ob es Sinje und Gunnar gelingen wird, ihre Differenzen beizulegen und einen guten Weg zu finden? Keine Ahnung.

Auf alle Fälle muss mir unbedingt eine Lösung dafür einfallen, wie Sinje aus der Sache mit dem Superfood-Restaurant herauskommen kann, ohne in Lütteby an Ansehen zu verlieren.

Um die Gedanken zu sortieren und zur Ruhe zu kommen, gibt es kaum etwas Besseres, als aufs Meer zu schauen, friesische Waffelkekse zu backen oder Strandgut zu sammeln. Ich ziehe die Schuhe aus, stecke sie in meine runde Korbtasche und wate durch den Priel. Momentan herrscht ablaufendes Wasser, ich kann förmlich dabei zusehen, wie die Nordsee sich zurückzieht und nach und nach sandige Flächen freigibt. Eine Schar Möwen versammelt sich zu einem Sonnenbad im seichten Wasser, Austernfischer fliegen über meinen Kopf hinweg in Richtung Norden.

Als ein Spaziergänger mit seinem Hund kommt und dieser aufgeregt bellend ins Meer läuft, steigen die Möwen hoch in den Himmel hinauf und formen eine Silhouette, die einer silbernen Wolke ähnelt. Ich unterlasse den Hinweis darauf, dass dies kein Hundestrand ist, denn außer den aufgescheuchten Silbermöwen stört der süße, strubbelige Mischling nichts und niemanden.

Ich erwidere das freundliche »Moin« des Herrchens und kraule dem Hund den Kopf, als er sich nach einem kurzen Bad wieder seinem Besitzer anschließt.

Als die beiden verschwunden sind, besinne ich mich auf Violettas Bitte und bücke mich, um Austernschalen, Plattmuscheln, getrocknete Algenbällchen und Wellhornschneckengehäuse für sie zu sammeln. Die letzte Flut hat einiges an Land gespült, ich denke, dass Vio zufrieden mit meinen Funden sein wird. Als die letzte, besonders schöne, blaustichige Austernschale in meiner Korbtasche verschwindet, habe ich eine Idee, die Sinjes Probleme lösen könnte, krame nach meinem Handy und wähle schließlich die Nummer des Bürgermeisters.

»Könnte ich bitte Herrn van Hove sprechen? Hier ist Lina Hansen«, sage ich zu Falks Sekretärin. »Es geht um das neue Restaurant in Lütteby.«

Es dauert eine Weile, und ich befürchte schon, am Telefon abgewimmelt zu werden, doch dann werde ich tatsächlich zu van Hove persönlich durchgestellt.

»Henrikjes Enkelin, was verschafft mir die Ehre?«, sagt er in diesem jovialen Tonfall, den Politiker anscheinend mit der Muttermilch aufgesogen haben. Wieso nennt er mich eigentlich immer Henrikjes Enkelin? Er sagt doch zu Sinje auch nicht Avas Tochter?!

»Ich möchte gern wissen, wann der Pachtvertrag mit dem neuen Restaurant abgeschlossen wurde.«

»Wieso sollte ich Ihnen das erzählen? Das geht Sie gar nichts an.« Das ist allerdings wahr. Was sage ich denn jetzt?

Hätte ich nicht erst denken und dann telefonieren können?

Doch ich lasse mich jetzt nicht kleinkriegen, der unbedingte Wille, Sinje zu helfen, verleiht mir Flügel.

»Der Anlass für meine Frage ist, dass wir Vorschläge zur Nutzung der Räumlichkeiten in Stines Haus haben, die keine Konkurrenz für das Restaurant *Dal Trullo* und Amelies Café darstellen. Die Eröffnung wurde zwar in der Lokalpresse angekündigt, aber manchmal sind die Dinge ja trotzdem noch nicht in Stein gemeißelt.«

»Damit kommen Sie ja jetzt ein bisschen arg spät«, knurrt van Hove, doch das ist mir egal.

»Ist Ihnen eigentlich klar, wie sehr gerade die Lorussos darunter leiden würden? Die sind dann gezwungen, sich einen Pizzaofen anzuschaffen, um konkurrenzfähig zu bleiben. Ein qualitativ hochwertiger kostet mindestens fünftausend Euro, eher acht, darüber habe ich mich genau informiert. Das kann Federico sich auf keinen Fall leisten. Aber wäre es nicht furchtbar schade, wenn Sie und Ihre Mutter nicht mehr sonntags die köstlichen apulischen Spezialitäten genießen könnten, die Lavea so sehr liebt? Wenn das *Dal Trullo* pleitegeht, gibt es keine andere Möglichkeit, an diese speziellen Delikatessen zu kommen, denn apulische Gaststätten gibt es nun mal nicht wie Sand am Meer. Wollen Sie sich und Ihrer Mutter diese Freude nehmen?«

»Das ist Erpressung«, sagt van Hove, in einem Ton, der mir Angst macht. »Was ist eigentlich los mit Ihnen? Erst brechen Sie gemeinsam mit der Pastorin in die Villa ein, und jetzt versuchen Sie, mir ein schlechtes Gewissen zu machen, weil ich die Wirtschaft von Lütteby ankurbeln möchte, was nebenbei bemerkt die Aufgabe eines Bürgermeisters ist.«

Ruhig, Lina, ganz ruhig. Hunde, die bellen, beißen nicht.

Oder zumindest selten.

»Das ist keine Erpressung, sondern lediglich die Bitte, die Dinge aus einem anderen Blickwinkel zu betrachten. Ich habe Sie angerufen, weil ich als Bürgerin von Lütteby besorgt bin und als Mitglied der Werbegemeinschaft *Unser kleiner Marktplatz* auf Missstände dieser Art aufmerksam machen muss. Ich sehe es als meine Aufgabe, nein, sogar als meine Pflicht an, so zu handeln. Das verstehen Sie doch sicher?«

»Das muss ich mir durch den Kopf gehen lassen«, erwidert Falk van Hove in eisigem Tonfall. »Ich habe jetzt zu tun, aber Sie hören von mir.« Mit diesen Worten beendet der Bürgermeister das Gespräch.

Der Satz »Das muss ich mir durch den Kopf gehen lassen« stimmt mich ein klein wenig optimistischer, als ich es noch bis eben war.

Selbst wenn mein Plan nicht aufgeht, habe ich es doch zumindest versucht. Auch das hat Henrikje mir von klein auf beigebracht: Man sollte sich nie als Opfer der Umstände fühlen, die einem zu schaffen machen, sondern versuchen, Missstände zu ändern. Und wenn man diese nicht ändern kann, dann zumindest den Umgang damit.

Ich verbuche dieses Telefonat als eine kleine Etappe auf dem Weg der Problemlösung und bin jetzt dermaßen in Fahrt, dass ich gleich den nächsten Schritt wage, nämlich einen Anruf bei Jonas mit dem Vorschlag, heute Abend gemeinsam zur Villa zu gehen, jedoch ohne Sinje und Rantje. Da das letzte Wort, das wir gestern gewechselt haben, mein Rauswurf aus dem Büro war, habe ich ein mulmiges Gefühl, als Jonas an sein Handy geht.

Doch erstaunlicherweise sagt er freundlich und ohne zu zögern: »Gute Idee, das machen wir. Heute Abend um halb zehn am Brunnen? Vorher kann ich nicht.«

Ich atme tief durch, nachdem ich das Handy zurück in meine Tasche gesteckt habe. Frische Nordseeluft füllt meine Lungen, und ich lasse meinen Blick übers Meer schweifen, während es tief in mir vor Freude gluckst. Jonas hat meinem Vorschlag, ihn zu treffen, sofort zugestimmt.

Als Nächstes spreche ich Sinje den Inhalt meines Gesprächs mit Falk van Hove auf die Mailbox, weil ich sie telefonisch nicht erreichen kann.

Wer weiß? Vielleicht kommt doch noch alles in Ordnung.

Dankbarkeit dafür, an einem so schönen Ort leben zu dürfen, durchströmt mich, als ich mich erneut bücke, um ein ganz besonders hübsches Fundstück aufzusammeln, doch ich werde es nicht Violetta geben, sondern selbst behalten: Der Anblick der zwei weißen Herzmuscheln lässt mich an Jonas denken und mein Herz etliche Takte schneller schlagen.

Ich hätte nie geglaubt, dass ich mich nach der Geschichte mit Olaf jemals wieder so sehr verlieben würde.

Lütteby ist wirklich ein Ort, an dem Wunder geschehen …

- 30 -

Allmählich legt sich der Mantel der Dämmerung über unser kleines Städtchen.

Es ist fünf vor halb zehn, um kurz vor zehn geht die Sonne endgültig unter und versinkt im Meer, dann wird es dunkel in Lütteby. Das Plätschern des Brunnenwassers hat etwas Beruhigendes, beinahe Meditatives, das gerade sehr guttut, denn ich habe ein kleines bisschen Bammel vor meinem Treffen mit Jonas.

Doch gleichzeitig freue ich mich wie verrückt auf ihn.

Ich sehe ihn schon von Weitem auf mich zukommen und höre seinen federnden, energischen Schritt. Mit jedem Meter wächst meine Aufregung. Wird er mir verzeihen, dass ich ihn bei der Sitzung außen vor gelassen und ihm die Wahrheit über Olaf und mich verschwiegen habe?

Werde ich den Mut aufbringen, ihm endlich zu gestehen, was ich für ihn empfinde?

Als er vor mir steht, sagen wir beide im selben Moment: »Tut mir leid«, anstatt einer Begrüßung, halten einen kurzen Moment inne und beginnen schließlich zu lachen. Ich würde am liebsten meine Arme um seinen Hals schlingen, aber das traue ich mich dann doch nicht …

»Was genau tut dir leid, Lina?«, fragt Jonas und hat nichts mehr mit dem wütenden Mann gemeinsam, der mich gestern aus dem Büro geworfen hat. Wobei: er hat mich streng genommen gar nicht hinausgeworfen, sondern lediglich gebeten zu gehen, damit er ungestört mit *The Joker* van Hove telefonieren kann, was angesichts der Situation durchaus legitim war.

»Bitte entschuldige, dass ich dich nicht zu unserer Sitzung gebeten habe. Und was wolltest du mir sagen?«

»Dass ich gestern überreagiert habe. Natürlich war es nicht korrekt von euch, mich nicht über euer Treffen zu informieren, aber wenn ich eines im Laufe meiner Zeit in Lütteby gelernt habe, ist es, dass ihr eine eingeschworene Gemeinschaft seid und man sich eure Achtung, euren Respekt und euer Vertrauen erst einmal verdienen muss.«

»Da könntest du recht haben«, murmle ich, immer noch ein wenig verlegen. »Wollen wir los, bevor es stockdunkel wird?«

»Na klar, ich kann es kaum erwarten, die berühmte Villa endlich selbst in Augenschein zu nehmen«, sagt Jonas, während wir beide den Weg in Richtung Wald einschlagen. »Hast du diese Spukerscheinung eigentlich schon mal persönlich gesehen, oder ist das doch nur eine abenteuerliche Geschichte, die man sich in dieser Gegend an kalten Winterabenden erzählt, um sich mit Schauermärchen die Zeit zu vertreiben?«

»Das ist kein Märchen. Denk nur an die vielen Besitzer, die das Gespenst in den letzten Jahren in die Flucht geschlagen hat. Nicht umsonst wird das Haus jetzt zwangsversteigert«, widerspreche ich und ringe mit mir: Soll ich Jonas von einer Mutprobe und dem Geistermädchen am Fenster erzählen? Nicht jeder reagiert verständnisvoll auf solche Geschichten.

Am Ende hält er mich noch für verrückt, weil ich glaube, Gespenster zu sehen.

Mit Betreten des Areals rund um den Wald verändert die Luft ihren Duft. Seit meiner Kindheit verbinde ich mit Wäldern Märchen und liebe die Vorstellung, dass sich zwischen den Bäumen, in den Höhlen im Waldboden und in den hohen Wipfeln eine magische Welt verbirgt, auch wenn sie mir zuweilen ein wenig

Angst macht. Doch ich stelle gerade fest, dass dieser magische Zauber durch die Anwesenheit von Jonas verstärkt wird, und das fühlt sich toll an.

»Meinst du nicht, dass es für die Gespenstererscheinungen eine logische Erklärung gibt? Lichtreflexe, Spiegelungen, Geräusche von Holzböden oder alten Rohren, die man auch als Schritte oder mysteriöses Klopfen wahrnehmen könnte, können einem durchaus vorgaukeln, dass es nicht mit rechten Dingen zugeht«, sagt Jonas, der nichts von meinen Empfindungen zu ahnen scheint. »Dazu kommt die Kraft der Imagination. Ist es nicht so, dass man garantiert ein Gespenst sehen wird, wenn man sich seit Jahren in der Gegend erzählt, dass es an einem bestimmten Ort spukt?«

»Du meinst so eine Art übersinnliche Selffulfilling Prophecy?«, frage ich, denn natürlich habe ich diese Möglichkeit auch erwogen, als ich über das Mädchen am Fenster nachgedacht habe. Laut Henrikje haben Gedanken die Kraft und die Macht, sich zu materialisieren oder auch zu manifestieren. Und wie sagt Sinje so schön, wenn ich über derartige Themen mit ihr spreche? »Vergiss nicht, dass der Glaube Berge versetzen kann.«

Kann dieser Glaube auch Liebesgefühle erzeugen, wenn man sich das nur fest genug wünscht?

»So etwas in der Art«, stimmt Jonas zu, und dann ragt sie auch schon vor uns auf, die Spukvilla. »Ganz schön beeindruckend«, sagt er leise und bleibt stehen. »Eine Mischung aus Märchenschloss, Burgruine und einem Wahrzeichen nordfriesischer Geschichte. Jetzt bin ich sehr gespannt, wie es drinnen aussieht. Wo zeigt sich Algea der Sage nach?«

»Für gewöhnlich an dem Fenster im Obergeschoss, das jetzt zugemauert ist«, sage ich. »Dort habe ich sie auch schon erblickt. Ich war zehn Jahre alt und musste eine Mutprobe bestehen.« So, nun ist es raus.

»Ach was, wirklich?«, fragt Jonas. »Erzähl.«

Anstatt in die Villa zu gehen, bleiben wir vor dem Spukschloss stehen, und ich berichte von meiner Begegnung mit dem Mädchen am Fenster, dem davonfliegenden Käuzchen und Algeas Hilferuf. Natürlich lasse ich auch nicht die gruselige Begegnung mit der alten Eevke Ketelsen aus, die mir immer noch Schauer über den Rücken jagt, wenn ich bloß daran denke. Sie ist jetzt seit fünfzehn Jahren tot, doch in meiner Erinnerung so lebendig, als stünde sie direkt vor mir.

»Ein Käuzchen, sagtest du?«, fragt Jonas und fährt sich über den kurzen Bart. »Dieser Vogel soll laut Aberglauben ein Vorbote des Todes sein, genau wie die Eule. Seine Rufe klingen so ähnlich wie *Komm mit!* Früher hat man auf dem Land die Fenster geöffnet, wenn jemand starb, damit die Seele in den Himmel fliegen konnte.«

»Das machen wir in Lütteby noch heute so«, sage ich erleichtert darüber, dass man mit Jonas gut über diese Dinge sprechen kann. Doch so gruselig ich diese Geschichten auch finde, so fasziniert bin ich davon, dass er sich mit derartigen Themen offenbar auch schon beschäftigt hat.

»Im Übrigen heißt es, dass nur diejenigen Algea sehen, die ihre wahre, große Liebe noch nicht gefunden haben.«

»Also kann man nur hoffen, dass Falk van Hove als Käufer der Villa und die Gäste des Golfhotels sie nicht zu Gesicht bekommen werden, weil sie bereits alle glücklich vergeben sind.«

»Ich denke nicht, denn Falks Frau ist vor einigen Jahren bei einem Reitunfall ums Leben gekommen«, sage ich. »Wusstest du das nicht?«

Seitdem, so erzählt man sich in Lütteby, hat van Hove sich in The Joker *verwandelt und kompensiert seine Trauer durch Machtspielchen.*

»Wie alt warst du noch mal, als du Algea gesehen hast?«, fragt Jonas, statt auf meine Frage einzugehen. »Kennst du deinen Olaf nicht schon seit Schulzeiten?«

»Er ist nicht mehr mein Olaf, und ich bin auch nicht mit ihm verlobt«, platzt es plötzlich aus mir heraus. »Also ich war es … aber das ist schon über sechs Jahre her. Wir sind wegen des Studiums gemeinsam nach Hamburg gegangen und haben dort zusammengelebt. Wir wollten heiraten und eine Familie gründen, doch dann wollte Olaf das alles eines Tages nicht mehr. Tut mir leid, dass ich dir etwas vorgeflunkert habe. Das war auch nie meine Absicht, aber plötzlich jagte ein Missverständnis das nächste, und die Dinge wurden immer vertrackter.«

»Und von wessen Hochzeit war da andauernd die Rede? Und wieso lagst du bei dem Fest am Marktplatz in seinen Armen?«

Jonas sieht völlig verblüfft aus, und ich weiß kaum, wie ich das alles erklären soll, ohne dumm oder als komplette Lügnerin dazustehen. Doch Hauptsache, der Anfang ist gemacht, alles Weitere wird sich zeigen.

»Die erste Hochzeit, bei deren Erwähnung du sicher gedacht hast, dass ich die Braut sein könnte, ist die von guten Bekannten, bei denen Abraxas die Trauringe überbringen soll. Und dann gab's auf dem Fest noch ein Missverständnis zwischen Mathilda und mir. Du weißt doch, wie kleine Mädchen oft sind, sie lieben Hochzeiten und träumen davon, Blumenmädchen zu spielen. Und was Olaf betrifft, nun ja, er hat mich schlicht und einfach überrumpelt, als er mich nach so langer Zeit wiedergesehen hat. Und dann kam eins zum anderen.«

Jonas schenkt mir einen Blick, den ich nicht recht deuten kann. Es ist eine Mischung aus Ungläubigkeit, Freude und so etwas wie … Zärtlichkeit.

Oder bilde ich mir das nur ein, weil einem an Orten wie diesem schnell die Fantasie durchgeht und ich mir nichts sehnlicher wünsche, als dass er mich endlich in den Arm nimmt und küsst?

»Ich kann verstehen, dass du ihn umgehauen hast«, sagt Jonas schließlich mit rauer Stimme. »Als ich an meinem ersten

Arbeitstag durch die Tür des Büros gekommen bin und dich gesehen habe, haben deine lebendig funkelnden Augen mich sofort elektrisiert. Ich dachte: Sie sieht aus wie ein Wesen, das vom Himmel gefallen ist. Wie eine Fee oder Elfe.«

In der Hoffnung, diesen unglaublichen Moment für immer festzuhalten, halte ich den Atem an. »Natürlich könnte man jetzt sagen, dass diese Anziehung zuerst rein optischer Natur war, aber es hat nicht lange gedauert, da hat mich deine liebenswerte, kluge, zuweilen etwas schüchterne, aber dann doch wieder sehr bestimmte Art in den Bann gezogen. Du bist eine besondere Frau, Lina. Ist dir das bewusst?«

Das ist das schönste Kompliment, das ich je bekommen habe.

Es gleicht schon beinahe einer Liebeserklärung.

»Und du bist ein ganz besonderer Mann«, erwidere ich, ermutigt durch seine Komplimente. Jonas war ehrlich, also will und muss ich es auch sein. »In den ersten Tagen fand ich dich einfach nur nervig und grauenvoll, aber dann hast du irgendwie mein Herz berührt, und ich konnte nicht mehr aufhören, an dich zu denken, und …«

Ich komme nicht dazu weiterzureden, weil Jonas mich plötzlich küsst. Dieser Kuss ist tausendmal schöner, aufregender und erotischer, als ich es mir in meinen kühnsten Träumen ausgemalt habe. Ja, ich habe davon geträumt, Jonas zu küssen, auch wenn es mir schwerfällt, das einzugestehen.

»Ach, Lina, du fühlst dich so gut an«, murmelt Jonas, das Gesicht in meinen Haaren vergraben. Der Duft seines Aftershaves steigt mir in die Nase, ich kann ihn wirklich mehr als gut riechen – ich könnte ihn geradezu inhalieren. »Ich kann dir gar nicht sagen, wie froh ich bin, dass du und Olaf kein Paar seid«, fährt Jonas leise fort. Seine Stimme hat nun einen warmen, zärtlichen Klang, der mich umhüllt wie eine Kuscheldecke an einem kalten Wintertag. »Die ganze Zeit dachte ich: Verdammt, wieso bin ich nicht früher nach Lütteby gekommen? Wieso hat sich ein anderer diese umwerfende Frau geschnappt?«

»Na, dann ist es ja gut, dass du nun die Wahrheit weißt«, erwidere ich wie berauscht. Keine Ahnung, wie viel Zeit vergangen ist, bis es uns gelingt, einander nicht mehr fortwährend zu küssen und uns voneinander zu lösen.

Doch genau genommen lösen wir uns gar nicht, sondern betreten die Villa mit ineinander verschränkten Händen. Ich bin nach wie vor wie in Trance und gar nicht aufnahmefähig für die Besichtigung.

Auch Jonas ist nicht ganz bei der Sache, denn er knipst zwar Fotos, greift aber immer wieder nach meiner Hand. Dann schauen wir einander tief in die Augen, als wollten wir uns vergewissern, dass unsere Umarmungen, Küsse und Geständnisse auch wirklich real sind und nicht das Produkt heimlicher Fantasien. Durch diesen innigen Blickwechsel spiegeln wir uns in den Augen des anderen und schaffen damit eine Verbindung, wie ich sie noch nie zuvor mit einem Mann erlebt habe.

Den Rückweg treten wir ebenfalls eng umschlungen an.

»Sehen wir uns morgen Abend?«, fragt Jonas, nachdem er mich zur Haustür gebracht hat. »Ich würde gern wieder mit dir ans Meer. Und zum Leuchtturm und einen Ausflug nach Husum unternehmen und, und, und … so vieles, vorausgesetzt, dass du dir das auch wünschst.«

Ich flüstere: »Nichts lieber als das«, und dann küssen wir uns erneut, prickelnde Schauer jagen meinen Rücken hinunter, mein Körper vibriert. Am liebsten würde ich ihn mit reinbitten, doch das erscheint mir ein wenig zu überstürzt, auch wenn ich mich gerade mit jeder Faser nach Jonas sehne und das Gefühl habe, ihm immer noch nicht nahe genug zu sein. So schwer es mir auch fällt, mich von ihm zu trennen, sagen wir einander irgendwann Lebewohl. Jonas muss noch ein paar Mails schreiben, zudem ist es kurz nach Mitternacht.

»Bis morgen dann?«, frage ich.

»Bis morgen«, erwidert Jonas. »Ich kann es kaum erwarten, dich wiederzusehen. Schlaf schön.«

Versonnen schaue ich ihm eine Weile hinterher, bis er irgendwann von der Schwärze der Nacht verschluckt wird.

Eigentümlicherweise vermisse ich ihn jetzt schon, obwohl er nur wenige Schritte von mir entfernt ist. Doch dann wird mir kühl, es ist Zeit, ins Haus zu gehen.

»Lina, da bist du ja endlich«, sagt die Stimme einer Frau, deren Silhouette sich aus der Dunkelheit löst.

Es dauert einen Moment, bis ich erkenne, dass Rantje vor dem Eingang wartet. In Lütteby brennen nachts kaum Laternen, und der Marktplatz wird nur durch das sanfte Licht des Mondes beschienen, es ist also ziemlich dunkel um diese Uhrzeit.

»Um gleich mit der Tür ins Haus zu fallen: Du hast dir den falschen Mann ausgesucht, so leid es mir auch tut, dir das sagen zu müssen.«

»Wieso den Falschen?«, frage ich verstört und nicht gewillt, aus meinem Liebestaumel aufzutauchen. »Was machst du überhaupt hier, Rantje? Du hättest doch auch anrufen können. Es ist schon spät.«

»Du bist aber nicht drangegangen«, sagt sie. »Thorsten hat den ganzen Abend versucht, dich zu erreichen, weil er etwas über Jonas herausgefunden hat, das dir nicht gefallen wird und mir ehrlich gesagt auch nicht. Doch du hast weder auf seinen Anruf reagiert noch auf meinen.«

Das stimmt. Ich hatte mein Handy auf lautlos gestellt, um bei meinem Treffen nicht gestört zu werden.

»Jonas ist ein Handlanger unseres Bürgermeisters, macht also gemeinsame Sache mit ihm«, sagt Rantje und stößt Rauchkringel in den Nachthimmel. Abraxas gibt Krächzlaute von sich und schlägt wild mit den Flügeln. Ich bemerke erst jetzt, dass er auf Rantjes Schulter sitzt.

»Wie, Handlanger? Was meinst du damit?«, frage ich, zutiefst befremdet von dieser Anschuldigung, die völlig konträr zu dem Glücks- und Hormonrausch ist, der mich überflutet. »Und was macht ihr beide eigentlich für einen Wirbel? Ich habe nicht die geringste Ahnung, worum es geht.«

»Genau aus dem Grund bin ich hier, nämlich, um dir alles zu erklären, was ich von Thorsten weiß und vorhin mit eigenen Augen gesehen habe, während du mit Jonas, diesem Verräter, in der Gegend herumspaziert bist.«

»Jonas ein Verräter?« Ich kann und will immer noch nicht glauben, was Rantje sagt. »Das muss ein Missverständnis sein.«

»Leider nein. Er wurde von Falk van Hove ganz bewusst als Spion bei uns eingeschleust, damit unser werter Herr Bürgermeister genauestens darüber informiert ist, was wir in Lütteby planen und machen.«

»Ich glaube kein Wort von dem, was du sagst«, erwidere ich empört. »Was ist das denn für eine unsinnige, ungeheuerliche Geschichte?«

»Das ist kein Unsinn, sondern leider die bittere Wahrheit. Jonas und Falk haben sich vor Monaten auf einer Tourismus-Tagung in Berlin kennengelernt und sind seitdem in Kontakt. Das weiß Thorsten von einem Freund, der ebenfalls bei diesem Kongress war und den Thorsten nach seinem Treffen mit Jonas angerufen hat, um zu fragen, ob der ihn zufällig kennt und welchen Eindruck er von ihm hat.«

Das ist in der Tat merkwürdig. Uns gegenüber hat Jonas die ganze Zeit so getan, als kenne er den Bürgermeister gar nicht …

»Jonas schuldet van Hove offenbar irgendeinen Gefallen und arbeitet schon die ganze Zeit daran, langfristig Thorsten aus dem Amt zu drängen, damit er selbst ans Ruder kann«, fährt Rantje fort, und ich beginne am ganzen Leib zu zittern. »Glaub ja nicht, dass du das Büro eines Tages leiten wirst, wie du es dir erträumt hast. Das wird nämlich der Mann tun, mit dem du gerade geknutscht hast. Meiner Ansicht nach ist die Freundlichkeit, die Carstensen auf einmal an den Tag gelegt hat, nichts als eine Finte, um von seiner wahren Mission abzulenken. Die Schokocroissants, sein Interesse an meiner Musik, die Flirterei mit dir, alles nur eine perfide Taktik, damit wir ihn mögen und ihm nicht auf die Schliche kommen.«

»Aber woher weißt du das alles?«, frage ich, immer noch völlig entsetzt. Sollte ich mich so in dem Mann getäuscht haben, der mein Herz erobert hat?! Was ist mit Henrikjes Menschenkenntnis? Hätte sie nicht spüren müssen, wenn etwas mit Jonas nicht stimmt?

»Alarmiert durch Thorstens Nachricht, habe ich mich vorhin mithilfe eines Freundes in Jonas' Bürocomputer gehackt, weil ich es anfangs auch nicht glauben wollte und dachte, wenn ich etwas finde, das ihn belastet, dann auf dem PC. Obwohl er meistens mit seinem eigenen Laptop arbeitet, gibt es auf dem Server eine Datei mit dem Namen ›Zukunft‹, und darin sind Mails gespeichert, in denen Jonas alles haarklein berichtet, was wir in unseren Meetings besprochen haben. Falk hat auf die meisten dieser Mails mit ›Gut!‹ und ›Weiter so!‹ geantwortet. Oder mit Bemerkungen wie: ›Toll, je mehr ich darüber weiß, was die Werbegemeinschaft plant, desto besser.‹ Lina, so leid es mir tut, diese Mailkorrespondenz lässt keine Zweifel offen. Jonas arbeitet im Interesse van Hoves und fährt uns gegenüber nur diesen Kuschelkurs, damit wir ihm vertrauen und er an Informationen kommt, die seinen taktischen Planungen in die Hände spielen.«

Mir gehen tausend Dinge durch den Kopf, die leider alle darauf hindeuten, dass Rantje recht hat: Jonas hatte vom ersten

Tag an eine Zugangsberechtigung zum Computer. Ich weiß bis heute nicht, wer ihn eingestellt hat und wieso er so plötzlich als Vertretung für Thorsten zur Verfügung stand.

Ich denke daran, wie sehr er sich dafür ausgesprochen hat, dass Thorsten nach dem Sturz endlich in Rente geht. Das war offenbar alles das Werk von Falk van Hove. Aber soll ich diesen Mutmaßungen wirklich glauben, nur weil das alles logisch klingt? Mein Verstand sagt: Ja, doch mein Herz schreit: Nein, das kann nicht sein. Es gibt sicher eine andere Erklärung ...

Doch dann setzt sich ein kleines Teufelchen auf meine Schulter und flüstert mir schlimme Dinge ein.

Mit einem Mal sehe auch ich Jonas' überschwängliche Schwärmerei und sein plötzliches Geständnis in einem völlig anderen Licht und frage mich: Hat er das alles wirklich nur gesagt, um mich zu manipulieren und van Hoves Pläne auszuführen? Sollten diese warmen, zarten und zugleich leidenschaftlichen Küsse nur gespielt gewesen sein?

Der Mann hat zwei Gesichter, denke ich mit Schaudern.

Am Abend nach dem mysteriösen Anruf war Jonas wie ausgewechselt, furchtbar aufgebracht und hat dem Anrufer oder der Anruferin sogar gedroht. Er hatte versprochen, mir zu erklären, worum es in dem Telefonat gegangen war, doch das tat er nie. Das hatte ich in meinem Liebesrausch schon völlig vergessen.

»Denk mal darüber nach, was ich gesagt habe, und schlaf 'ne Nacht drüber. Ich wollte nur, dass du das so schnell wie möglich weißt, bevor du dich noch mehr in ihn verknallst und womöglich noch mit ihm in der Kiste landest«, unterbricht Rantje meinen inneren Kampf. »Ich habe hier den USB-Stick mit der gesamten Korrespondenz, die du dir anschauen kannst, wenn du noch Zweifel hast. Gute Nacht, Lina, ich hoffe, du kriegst auf den Schreck überhaupt ein Auge zu. Es tut mir leid, dass du nach dem ganzen Mist mit Olaf schon wieder so eine emotionale

Pleite erlebst, das hast du wirklich nicht verdient. Rufst du Thorsten bitte morgen an, damit ihr besprechen könnt, wie es jetzt weitergeht?«

Rantje drückt die Zigarette aus, die Glut erlischt, und Abraxas flattert ihr von der Schulter.

Gelähmt vor Schreck und völlig aufgewühlt schaffe ich es nicht, mich auch nur einen Millimeter vom Fleck zu rühren.

Wie konnte ich nur so dumm und naiv sein?

Mein erster Eindruck von Jonas war offenbar doch richtig. Das Blut saust in meinen Ohren, alles dreht sich um mich. Am liebsten würde ich meine Wut und Verzweiflung laut hinausschreien, doch das geht leider nicht.

Ich verabschiede mich mit letzter Kraft von Rantje und gehe ins Haus, mit dem Gefühl, gerade niedergeschlagen oder Opfer eines schweren Unfalls geworden zu sein. Bitte, bitte lass Henrikje noch wach sein, ich brauche sie jetzt!, bete ich innerlich. In der Stuv brennt zum Glück noch Licht, auf dem Wohnzimmertisch steht ein geöffneter Karton, davor liegt eine Postkarte. Von Henrikje fehlt allerdings jede Spur. Ich rufe nach ihr, für den Fall, dass sie gerade im Badezimmer ist, doch es kommt keine Antwort. Es sieht aus, als hätte sie das Haus fluchtartig verlassen, eigenartig!

Um nicht völlig durchzudrehen, wähle ich Sinjes Nummer, doch da springt sofort die Mailbox an. Während ich fieberhaft überlege, was ich jetzt machen soll, fällt mein Blick erneut auf die Postkarte auf dem Tisch. Sie zeigt die Stadt Paris und scheint älteren Datums zu sein. Obwohl es das Unsinnigste ist, was ich jetzt tun kann, und in keiner Weise zielführend, drehe ich sie um und beginne zu lesen. In derselben Schrift, in der auch die Aufzeichnungen der norddeutschen Glücksrezepte verfasst wurden, steht da:

Mach dir keine Sorgen, Mama.
Mir geht's gut.
Gib Lina einen Kuss von mir.
Ich vermisse euch beide unendlich.
Florence

Zutiefst schockiert lasse ich mich auf den Stuhl sinken, der am nächsten steht. *Was ist das denn bitte?!*

Henrikje hat immer gesagt, dass sie nach dem Verschwinden meiner Mutter nie wieder etwas von ihr gehört hat und auch die Polizei mit ihren Ermittlungen nicht weitergekommen ist.

Die Karte trägt einen Datumsstempel von vor fünfzehn Jahren.

Wieso hat meine Großmutter mir nie von der Karte erzählt, die immerhin beweist, dass meine Mutter lebt?

Mir kommt plötzlich der Satz aus der Textsammlung »Um ein Kind zu erziehen, braucht es ein ganzes Dorf – oder einen Ort wie Lütteby« in den Sinn. Über den bin ich schon mehrfach gestolpert, denn er sticht aus den Aufzeichnungen heraus. Bedeutet er womöglich, dass meine Mutter ganz bewusst von hier »geflohen ist« und mich bei Henrikje zurückgelassen hat?

Aber welche Mutter tut so etwas?

Und wenn meine Vermutung stimmt, wieso deckt meine Großmutter dieses Lügenkonstrukt, obwohl sie genau weiß, dass ich tief in meinem Inneren immer befürchtet habe, meiner Mutter sei etwas Schlimmes zugestoßen und sie würde gar nicht mehr leben?

Da hinten wird's schon wieder hell –

norddeutsche Glücksrezepte *von Linas Mutter*

– HEIßE GLÜCKLICHMACHER –

Manchmal muss man einen im Tee haben, die Welt einfach Welt sein lassen und sich aufwärmen.

Dazu drei Rezepte für Körper und Seele:

Für Kaffeetanten: der Pharisäer

Starker Kaffee, Zucker, ein ordentlicher Schuss Rum und als Krönung eine Sahnehaube.

Für Schokoholics: die Tote Tante

Heißer Kakao, ein Schuss Rum, Schlagsahne und Schokostreusel.

Für alle anderen: der Eier-Grog (Zutaten für eine Portion)

1 Eigelb, 1 EL Zucker, 4 cl Weinbrand, 4 cl brauner Rum, heißes Wasser. Das Eigelb wird mit dem Zucker in einem vorgewärmten Glas schaumig gerührt. Rum und Weinbrand hinzufügen und mit heißem Wasser auffüllen.

Alle drei Spezialitäten sind Nationalheiligtümer im Norden, erfunden für Gelegenheiten, bei denen es etwas zu feiern oder betrauern gab und keiner wissen sollte, dass Hochprozentiges mit im Spiel ist. Die Sahnehaube versiegelt das Getränk und dämmt den verräterischen Duft des Alkohols ein. Man sollte sich also nicht erwischen lassen und später weder Fahrrad noch Auto fahren! Also am besten daheim genießen und sich anschließend mit einem guten Buch ins Bett kuscheln.

Glückstee zum Selbermachen

Man nehme:

- eine unbehandelte Zitrone
- einen Apfel (am besten frisch vom Baum)
- Gewürznelken (5–6)
- eine Zimtstange
- getrocknete Kamille
- frische Minze
- (evtl. frischer Bio-Ingwer)

Alle Zutaten bis auf die Minze in einen kleinen Topf mit kochendem Wasser geben, zehn Minuten ziehen lassen. Danach abseihen und den Tee in ein hohes, hitzefestes Glas geben. Anschließend mit frischer Minze garnieren. Wer mag, schnippelt noch frischen Ingwer hinein.
Augen schließen, schnuppern, kosten und glücklich sein.

SÜSS & CREMIG

Ein Stück vom Glück: die Friesentorte.

Schmeckt zuckersüß und einfach himmlisch.
Zutaten für 10 Stücke

Für den Blätterteig:
- 250 g Mehl
- 25 g Butter (zerlassen)
- 1 Prise Salz
- 1 Eigelb
- 250 g Butter (kalt)
- 25 g Mehl zum Ausrollen

Für die Füllung:
- 250 g Pflaumenmus
- Zimt (etwas gemahlen)
- 500 g Schlagsahne (33 % Fett)
- 1½ EL Puderzucker (zum Bestäuben)

Zubereitung

Für den Blätterteig:
1. Mehl in eine Schüssel sieben, flüssige Butter zugießen. Butter und etwas Mehl mit den Händen zu Bröseln verkneten. Salz und Eigelb hinzufügen und 125 ml kaltes Wasser nach und nach dazugießen. Alles mit den Händen zu einem glatten Teig verkneten. In Frischhaltefolie wickeln und für 30 Minuten kalt stellen.
2. Die kalte Butter in kleine Würfel schneiden und das Mehl darüberstäuben. Butter und Mehl gut verkneten und zwischen

2 Lagen Frischhaltefolie legen. Die Butter zu einem Quadrat von etwa 19 cm Seitenlänge ausrollen und im Kühlschrank mindestens 30 Min. gut durchkühlen lassen.

3 Den Mehlteig auf wenig Mehl zu einem Rechteck von etwa 20 x 40 cm Größe ausrollen. Das kalte Butterquadrat auf eine Teighälfte legen, die andere Teighälfte darüber klappen. Die Teigränder gut andrücken. Das Teigpäckchen zu einem länglichen Rechteck ausrollen. Jeweils von unten und oben etwa ein Drittel des Teiges zur Mitte überklappen. Dieses dreilagige Teigpäckchen nochmals ausrollen. Den ausgerollten Teig nochmals jeweils wieder von oben und unten zu einem Drittel überklappen und das gefaltete Teigpäckchen für mindestens 30 Min. in den Kühlschrank stellen.

4 Teig auf wenig Mehl nochmals länglich ausrollen und zu jeweils einem Drittel wieder zur Mitte hin überklappen. 30 Min. kalt stellen. Durch das Ausrollen, Zusammenfalten und Kühlen des Teiges entstehen die feinen blättrigen Schichten.

5 Den Backofen auf 180 Grad, Umluft 160 Grad, Gas Stufe 3 vorheizen. Teig nochmals zu einem Rechteck von etwa 30 x 60 cm Größe ausrollen. Mit einem Springformrand (Ø 28 cm) 2 Tortenböden markieren und dann ausschneiden. Die Tortenböden auf zwei mit Wasser abgespülte Backbleche legen und im Ofen je etwa 30 Min. backen. Abkühlen lassen.

Für die Füllung:

1 Einen Blätterteigboden auf eine Tortenplatte legen, mit dem Pflaumenmus bestreichen und etwas Zimt darüber stäuben. Die Sahne steif schlagen, in einen Spritzbeutel mit großer Sterntülle füllen und auf das Mus spritzen. Zweiten Teigboden in 10 Stücke schneiden und auf die Sahne setzen. Mit Puderzucker bestäuben.

(Quelle: Brigitte-Rezepte)

Schnüüs –

*Glücklich machender Gemüseeintopf
mit regionalen Köstlichkeiten vom Markt,
neudeutsch SOULFOOD genannt:*

Variante 1:
Bohnen, Erbsen, Karotten, Kohlrabi, klein geschnittene Kartoffeln in Brühe kochen und später Milch hinzugeben. (Dabei die Garzeiten der Gemüsesorten beachten, also nacheinander in den Topf geben.)

Variante 2:
Das Gemüse von Anfang an in der Milch garen und später nach Belieben einen Schuss Sahne hinzugeben, damit es cremiger wird, oder eine leichte Mehlschwitze für die sämigere Version.
Zum Schluss mit Salz und Pfeffer abschmecken und frische Petersilie darüberstreuen.

Kleine Kräuterkunde:
Petersilie enthält viel Vitamin C, Mineralien und Spurenelemente und wirkt zudem aphrodisierend.
Liebe geht ja bekanntlich durch den Magen. Auch in Nordfriesland.

Oma Henrikjes Hühnersuppe mit Herz-Nudeln

Seelentröster und Gesundmacher.

Zutaten:

- 1 Suppenhuhn
- 2 Lorbeerblätter
- 1 TL weiße Pfefferkörner
- 2 Möhren
- 150 g Lauch
- 150 g Staudensellerie
- 1 Zwiebel
- 4 Nelken
- 5 große Stängel Petersilie
- Salz
- Pfeffer
- frisch geriebene Muskatnuss
- 200 g Suppennudeln
- Salz
- ½ Bund Schnittlauch
- herzförmige Nudeln

Zubereitung:

1 Suppenhuhn mit reichlich Wasser in einen Topf geben. Bei starker Hitze aufkochen und 2–3 Min. kochen lassen, dann alles abgießen, das Huhn abbrausen, den Topf auswaschen. Huhn mit ca. 2,2 l Wasser in den Topf geben und nochmals aufkochen lassen. Dann bei geringer Hitze 1 Std. zugedeckt köcheln lassen. Dabei während der ersten 20 Min. immer

wieder den aufsteigenden Schaum abschöpfen, damit die Brühe nicht trüb wird, danach die Lorbeerblätter und die Pfefferkörner dazugeben.

2 Das Gemüse waschen oder schälen und in Stücke schneiden. Zwiebel quer halbieren und die Hälften mit den Nelken spicken, Petersilie abbrausen. Alles zum Huhn geben und noch mal 1–1,5 Std. köcheln lassen. Das Gemüse sollte gar sein und die Haut sich leicht vom Hühnerfleisch lösen lassen. Etwa 10 Min. vor Garzeitende die Brühe nach Belieben mit Salz, Pfeffer und Muskat würzen.

3 Sellerie und Karotten ebenfalls in kleine Stücke schneiden. Die Suppennudeln garen, in ein Sieb abgießen und abtropfen lassen. Das Huhn aus dem Topf heben, die Brühe durch ein Sieb in einen zweiten Topf gießen. Den Schnittlauch in Röllchen schneiden. Von dem leicht abgekühlten Huhn die Haut abziehen, das Fleisch von den Knochen lösen und in mundgerechte Stücke schneiden.

4 Eventuell mit einem Löffel das Fett von der Brühe abschöpfen. Die Hühnerbrühe erneut erhitzen und Möhren, Sellerie, Fleisch und Nudeln dazugeben, heiß werden lassen. Die Suppe mit Schnittlauch bestreuen und servieren.